Hans Fallada

Junge Liebe zwischen Trümmern

Erzählungen

Herausgegeben
und mit einem Nachwort
von Peter Walther

atb aufbau taschenbuch

Erstmals veröffentlicht werden in diesem Band die Texte

Aufzeichnungen des jungen Rudolf Ditzen nach dem Scheinduell mit seinem Schulfreund
Das EK Eins
Der blutende Biber
Die Bucklige
Die schlimme Tochter
Gesine Lüders oder Eine kommt – eine geht
Ich, der verlorene Findling
Junge Liebe
Junge Liebe zwischen Trümmern
Meine Ahnen
Pogg, der Feigling
Schwierig oder leicht –?
Warnung vor Büchern

Mit 6 Abbildungen

MIX
Papier aus verantwortungsvollen Quellen
FSC® C083411

ISBN 978-3-7466-3610-8

Aufbau Taschenbuch ist eine Marke der Aufbau Verlag GmbH & Co. KG

1. Auflage 2019
Vollständige Taschenbuchausgabe

Die Originalausgabe erschien 2018 bei Aufbau,
einer Marke der Aufbau Verlag GmbH & Co. KG
Umschlaggestaltung U1berlin, Patrizia Di Stefano unter Verwendung
von Motiven von © ullstein bild – Imagno und © ullstein bild – ullstein bild
Satz und Reproduktion LVD GmbH, Berlin
Druck und Binden CPI books GmbH, Leck, Germany
Printed in Germany

www.aufbau-verlag.de

Inhalt

Junge Liebe

Schwierig oder leicht

Vom Entbehrlichen und vom Unentbehrlichen

Junge Liebe zwischen Trümmern

Meine lieben jungen Freunde

Anhang

JUNGE LIEBE

Junge Liebe

Er war kaum siebzehn Jahre und unglaubhaft schüchtern. Sein blondes Haar fiel ihm, sooft es auch zurückgekämmt wurde, in einer Welle über Stirn und Augen: dann warf er es mit einer ungeduldigen Bewegung zurück. Dieses Rückwerfen des Kopfes gab ihm etwas Kühnes, aber er war nicht kühn, er war schüchtern und besonders schüchtern gegenüber jungen Mädchen. Er sehnte sich nach der großen Liebe, aber er hatte noch nie gewagt, ein junges Mädchen anzusprechen.

Ein unbegreiflicher Ratschluss seines Vaters hatte den jungen Erwin Ruden zu einem Generalsuperintendenten in Pension gegeben, einem hassenswerten Mann von falscher Salbung, den zwei Eigenschaften noch hassenswerter machten. Er zwang alle seine Hausbewohner des Sonntags dreimal die Kirche zu besuchen, um der Gemeinde mit gutem Beispiel voranzugehen, und er hatte eine widerliche Vorliebe für Wildbraten mit dem stärksten Hautgout-Geschmack: das ganze Haus stank wie ein Aashaufen, wenn an den Wildbrettagen das Essen zubereitet wurde. Dann schüttelte es den Erwin Ruden vor Ekel, und bei solchen Mahlzeiten konnte er nicht einen Bissen hinunterwürgen.

Erwin wohnte im obersten Stock der Superintendentur, seine Fenster gingen auf die sogenannte Lumpengasse hinaus. Da er erst neu in dies thüringische Städtchen gekommen war und keinen Freund auf dem Gymnasium hatte, saß er oft viele Stunden an seinem Fenster und sah auf den Schlossberg mit der gelben Scheune des herzoglichen Schlosses hinaus oder auch in die nahen Fenster in der Lumpengasse.

Ihm grade gegenüber, so nahe, dass man sich fast über die Gasse weg die Hände reichen konnte, wohnte eine Schneiderin, eine dürre, ältliche, immer geschäftige Person, die sich für Erwin Ruden nur dadurch auszeichnete, dass sie den ›feineren‹ Töchtern der Stadt Unterricht im Wäschenähen und Sticken gab. Zweimal wöchentlich, dienstags und freitags von vier bis sechs, saß dort ein junges Mädchen am Fenster, und wenn der junge Erwin Ruden sie ansah, so schaute sie zurück – und dann trennten sich langsam ihre Blicke. Sie sah auf ihre Weißnäherei nieder, und die Hand nahm, als käme sie aus tiefem Schlaf, die Nadelarbeit wieder auf; er aber sah, die ungebärdige Locke in kühnem Schwung zurückwerfend, auf die wehenden Sommerkronen der Bäume am Schlossberg und die gelbe Scheune, die Großherzogliches Schloss genannt wurde.

So ging das zwischen den beiden manchen Tag, bis einmal plötzlich beim Blickewechsel der junge Erwin Ruden ein weißes Briefblatt vom Schreibtisch nahm und ihr winkend zeigte, als eine Aufforderung, in Briefwechsel miteinander zu treten. Sie nickte überraschend heftig zurück, und als er wieder hinsah, erblickte er sie schon eine Treppe tiefer im Schneiderhaus.

Unwillkürlich lief auch er, das leere Briefblatt in der Hand, das Treppenhaus der Superintendentur hinab, und so sahen sie einander immer wieder an den Treppenfenstern, sie ihm stets eine Stiege voraus. Bis sich die beiden am hellen Sommernachmittag auf der Lumpengasse gegenüberstanden, beide grenzenlos verlegen, beide atemlos, und das nicht nur von ihrem Treppenlauf, und einander nahe in die Augen schauten.

So standen sie eine Weile voreinander, dann machte das Mädchen eine Bewegung, sachte zog sie ihm das Briefblatt aus der Hand. Er flüsterte flehend: »Oh nein, bitte nicht!«, aber da hatte sie ihm schon kurz zugenickt und lief wieder in das Schneiderhaus zurück. So kehrte denn auch er in seine Superintendentur heim, aber beim Hinaufsteigen in sein Zimmer war sie ihm mehr als nur eine Stiege voraus, so langsam nahm er die Stufen.

In seinem Zimmer angekommen, ging er auch nicht wieder ans Fenster, so sehr schämte er sich. Er glaubte, die Schande nicht überleben zu können, dass er ihr ohne alle Erklärung ein leeres Briefblatt in die Hand gegeben hatte. Entweder musste sie ihn jetzt für einen unheilbaren Trottel halten oder für einen Frechling, der sie verspottet hatte. Er saß völlig zusammengebrochen auf seinem Sofa; ab und an warf er die Haarwelle aus Stirn und Augen, das sah kühn aus, aber er war unüberwindlich schüchtern, und er wusste das.

Aber ihm wurde nicht lange Zeit gelassen, sich diesen selbstbedauernden Gefühlen hinzugeben. Er wurde zum Generalsuperintendenten gerufen: das Stelldichein auf der Lumpengasse war nicht unbemerkt geblieben. Gewaltig blitzte und donnerte der alte zürnende Jahwe aus der Gewitterwolke, und bald bleich, bald rot stand der junge Erwin Ruden vor dem Zürnenden und erfuhr, was für ein infam sittenloser Bursche er sei, der seine Eltern noch einmal vor Kummer und Schande in die Grube bringen würde. Keinen Tag mehr dürfe er dies reine geistliche Haus durch seine Anwesenheit beschmutzen –! Jedes Wort der Verteidigung wurde ihm niedergeschrien, und schließlich wurde er mit der Drohung aus der Stube gejagt, sein Vater werde ihn noch ganz anders züchtigen –!

Da saß er nun wieder oben auf seinem Sofa und dachte darüber nach, wie doch dem einen im Leben alles glückt und dem andern – zum Beispiel ihm – gar nichts. Seine Mitschüler aus der Prima gingen jeden Nachmittag ganz offiziell mit ihren Tanzstundenflammen auf den ›Bummel‹ der kleinen

Stadt, er aber brauchte nur einem jungen Mädchen ein leeres Briefblatt in die Hand zu drücken, und schon war er ein angehender sittenloser Verbrecher! – Trat er aber zwischen solchen Gedanken einmal wieder ans Fenster und sah hinüber in die Schneiderstube, so war sie leer, oder aber – noch schlimmer! – die ältliche Schneiderin stand dort und drohte, sobald sie seiner ansichtig wurde, mit der Faust! Alle Menschen dachten schlecht von ihm, und das junge Mädchen, von dem er nicht einmal den Namen wusste, dachte wegen des leeren Briefblattes auch schlecht von ihm! Es war, um sich glatt zu erschießen, ein Gerichteter, wie er war.

Am nächsten Morgen kam dann sein telegraphisch herbeigerufener Vater, und wenn er auch nicht so donnerte und blitzte wie der Generalsuperintendent, so war er doch tief bekümmert über all die Schwierigkeiten, die ihm dieser Unglückssohn bereitete. Es mussten Entschuldigungsbesuche gemacht werden bei der Mutter des jungen Mädchens (er erfuhr so wenigstens, dass ›Sie‹ Erna hieß, aber er bekam sie nicht zu sehen) und beim Direktor des Gymnasiums (zu dem die Geschichte natürlich auch bereits gedrungen war). Dann wurde Erwin Ruden in eine andere Pension gegeben, zu einem Oberst a. D., der ein so milder Mann war, wie der Generalsuperintendent ein streitbarer Mann gewesen war. Erwin brauchte dort kein verdorbenes Wildfleisch zu essen, und am Sonntag musste er auch nicht dreimal in die Kirche gehen, ja, nicht ein Mal. Ob er aber jungen Mädchen Briefblätter zusteckte, weiß oder beschrieben, darum kümmerte sich der Oberst überhaupt nicht.

So war denn der Weg frei zu Erna, und er sah sie auch wieder, und sie war es sogar, die den Schüchternen mit dem kühnen Kopfwurf zuerst ansprach. Von da an gingen sie regelmäßig miteinander auf den Bummel, die Sache mit dem weißen Briefblatt war befriedigend aufgeklärt, und Erna galt allgemein als Rudens Flamme.

Aber es war kein Glück, und es wurde auch kein Glück, es wurde nicht einmal eine Liebelei daraus – alle Aufregungen und Leiden waren vergeblich gewesen! Aus der Nähe gesehen, hatte der junge Erwin Ruden entdeckt, dass Erna das Gesicht voller Pickel hatte: er konnte sich nie dazu überwinden, ihr einen Kuss zu geben. Das Mädchen war lieb und freundlich zu ihm, sie ertrug geduldig all seine Launen, sie tat ihm zuliebe, was sie nur von seinen Wünschen erraten konnte – er aber dachte: ›Du armer Kerl, du wirst nie im Leben Glück haben – genau wie ich nicht. Wir sind von vorneherein gezeichnet – du äußerlich, ich innerlich. Ach, wie lustig du mir bist –!‹

Er zog sich immer mehr von ihr zurück, ging nicht mehr auf den Bummel und beantwortete ihre Briefe nicht. Schließlich fuhr er mit dem bestandenen Abitur aus der kleinen thüringischen Stadt fort, gottlob, er musste sie nicht wiedersehen.

Jahre später sah er sie doch wieder. Die Pickel der Entwicklungsjahre waren vergangen, sie war eine strahlend schöne Frau geworden. Vielleicht hätte er sie jetzt lieben mögen, aber – und er warf die Haarlocke mit einem kühn wirkenden Schwung zurück –, aber er hatte jetzt Angst, sie würde ihm seine frühere Missachtung nie verzeihen und ihn zu ihrem Sklaven machen, wie sie einst seine Sklavin gewesen war. Er zog sich ganz von ihr zurück und sah sie nicht wieder, sie, die ihn noch immer liebte und immer lieben würde …

Aufzeichnungen des jungen Rudolf Ditzen nach dem Scheinduell mit seinem Schulfreund

Nach einem Aufenthalt von annähernd vier Wochen wurde ich aus dem Rudolstädter Krankenhaus nach Jena in die Psychiatrische Klinik überführt. Ich kann kaum sagen, dass mir die Zeit im Rud. Krankenhaus unangenehm oder peinlich gewesen wäre. Das, was ich getan, lag so fern von mir, dass es zu dem, was ich jetzt tat, in kaum einer Beziehung zu stehen schien. Ich war völlig losgelöst von »allem«, was früher war, mag sein, dass ich gestürzt war, aber dieser Sturz war so stark und plötzlich gewesen, dass außer einem augenblicklichen harten Schmerz wenig Nachwirkungen zu bleiben schienen. Denn aus den Nachwirkungen wurden Fernwirkungen, die umso stärker waren, je später sie kamen. Und dann vergaß ich nichts. Ich hatte mich in der Zeit meines Rud. Aufenthalts völlig darüber zu täuschen gewusst, was ich getan und wie ich getan. Und das »wie« war am Ende stärker als das »was«. Über die Tatsachen und Bemerkungen über die Schul- und Ferienzeit in Rud. werde ich später reden, wenn alles mir noch klarer geworden als jetzt, denn es pflegt oft so zu sein, dass wir uns über das Nähere eher klarer werden als über das Ferne. Jetzt genügt wohl die Bemerkung, dass ich wegen Tötung im Zweikampf – ich habe meinen besten Freund erschossen – eine gerichtliche Strafe zu erwarten hatte. Ich hatte Selbstmord begehen wollen, auch zwei Schüsse auf mein Herz abgegeben, die beide ausgezeichnet trafen, leider aber doch nicht so gut, dass ich dieses langweiligen Elends, das man Leben nennt, überhoben gewesen wäre. Beide Schüsse hatten das Herz gestreift, waren durch die Lunge hindurchgegangen und hatten zwei Rippen zerbrochen. Beide Verletzungen, schon jede für sich allein, stark genug, um selbst einer Bärennatur ein Ende zu machen, doch mein zäher Körper überstand sie völlig, so wie er ja auch schon vieles davor an Krankheiten überstanden hatte.

Nach einer Zeit lang, die ich still am Platze, auf den ich gestürzt, gelegen hatte, suchte ich mich zu erheben. Es misslang. Der Atem pfiff unheimlich in meine Lunge, das zerrissene und halb verkohlte Hemd entblößte meine linke Brust, in der sich direkt an der Brustwarze zwei schwarze runde Löcher befanden, in denen das Blut, bald höher steigend, bald tiefer sinkend, zischte. Ich zwang mich, nicht dahin zu sehen. Zwei Schüsse hatte mein Freund auf mich abgegeben – beide vorbei –, einen ich auf ihn, zwei auf mich selbst, blieb noch einer, denn der Revolver musste doch sechs Schüsse enthalten. Ich suchte ihn. Er lag ein wenig entfernt im bereiften Gras. Ich streckte meine Hand nach ihm aus und konnte ihn noch mit Mühe erreichen. Meine erstarrten Finger schlossen sich schlecht um seinen Kolben, es war diesen Morgen sehr kalt – kaum vermochte ich den Drücker zu ergreifen, dann drückte ich ein wenig, die Trommel setzte sich mit einem kurzen Ruck in Bewegung – Gut, er war also noch in Ordnung. Ich fasste ihn fester, dann setzte ich ihn an meine Schläfe. Es wäre eine Lüge, wenn ich sagen würde, ich hätte keine Furcht gehabt. Aber ich hatte auch nicht Furcht. In mir war eine völlige Gleichgiltigkeit gegen alles, was da kommen konnte. Ich tat wie eine Maschine das, was ich mir nun einmal vorgenommen, ohne viel zu denken, oder doch, ohne wenigstens am geringsten an die Folgen meiner Handlungsweise zu denken. Ich dachte anderes, während ich den Revolver an der Schläfe hatte, ganz blitzschnell glitt alles vorüber. Über mir die Tannenwipfel so ruhig im Blau, alles selber so gleichgiltig, Liebe vermochte ich nicht mehr in der

Schönheit der Natur zu sehen und im Glanze des sonnigen Blaus. Nein, diese Schönheit war wie die Schönheit eines dummen eitlen Geschöpfes, von außen herrlich, aber innen ist nichts als der Tod. Um mich wagte ich nicht zu sehen, denn hinter mir musste der liegen, dessen Röcheln eben erst verstummt war, und dann würde ich doch vielleicht nicht so handeln können, wie ich sollte und musste. Ich drückte ganz langsam. Die Trommel drehte sich, dann schnappte sie – jetzt, jetzt musste es kommen – doch nein, alles blieb still, der Schuss hatte versagt. Alles andere hatte ich erwartet, nur nicht das. Was sollte ich tun? Ich warf den Revolver weit weg. Einen Augenblick kam mir der Gedanke, dass da hinten ja noch Patronen lagen, dass ich wieder hätte laden können. Meine Willenskraft war dazu viel zu schwach, und dann – da hinten lag er ja, und ich hätte an ihm vorbeigemusst. Und ich begann zu rufen, ganz maschinenmäßig, ich hatte gelesen, dass Verwundete um Hilfe zu rufen pflegen, und ich rief um Hilfe: Hilfe ... Hilfe ... Immer in langen Pausen. Der Atem versagte oft. Das Echo warf mir das Wort aus dem Walde wieder auf die kleine Lichtung zurück, schwächer, wie Hohn, wie eine Parodie klang es: Hilfe ... Hilfe ... Dann rief ich mit Verzweiflung: Ach Gott, hilft mir denn niemand? Hilfe ... Hilfe ... Hilfe ... Alles blieb still. Die Verzweiflung war auch mehr in meiner Stimme als in meinen Gedanken. Ich war völlig apathisch. Und immer wieder dasselbe monotone Hilfe ... Hilfe ... Und immer wieder dieses selbe monotone Echo: Hilfe ... Hilfe ... Ganz erschöpft schwieg ich still. Doch nach all dem Lärm und Schreien war die Stille mir fürchterlich, eine grenzenlose Leere gähnte auf. Und ich überlegte fieberhaft: Hier durfte ich nicht liegen bleiben. Das war gewiss. Vor 11 Uhr würde meine Abwesenheit nicht gemerkt werden, und vor Abend würde ich nicht gefunden werden, wenn ich dann immer noch lebte und dann später sterben würde. Denn der Tod war mir ja gewiss.

Aber die ganze Zeit hier mit dem Toten allein wäre mir furchtbar. Das Rufen half nichts. Ein Ort war zwar nicht weit – eine halbe Stunde etwa –, aber dieser Platz hier lag so viel höher, dass all mein Schreien verschallen würde. So gab es nur zwei Möglichkeiten: ich musste sehen, dass ich mich wegschleppte, auf den kleinen Fußpfad hier in der Nähe, da könnte ja durch Zufall ein Mensch entlangkommen, und die zweite Möglichkeit, eine Ohnmacht, herbeigeführt durch die Überanstrengung beim Hinschleppen auf den Weg. Vielleicht auch der Tod, jetzt gleich, aber das war schließlich gleichgiltig, wann der kam. Aber ich würde so nicht gehen können, ich brauchte meinen Stock. Und der war hinten, da hinten, wohin ich nicht einmal zu sehen wagte, war nur ein Schritt, er steckte neben den Füßen des Toten, aber was für ein Schritt! Eine Weile lag ich wieder still und dachte darüber. Dann, ganz plötzlich, erhob ich mich schnell, griff, halb gebückt, nach dem Stock und warf mich sofort mit ihm wieder auf den Rücken. Doch zu spät. Gerade ins Gesicht hatte ich ihm gesehen. Diese Dinge vergesse ich nicht. Er lag auf dem Rücken, das Gesicht der Sonne zugewendet, die jetzt langsam über die Tannenwipfel emporstieg. Und die gläsernen offnen Augen sahen starr in sie hinein. Das Gesicht ganz gelb. Der obere Teil etwas erhoben, der Unterkiefer schlaff, so dass der Mund halb offen war. In dem Ganzen lag ein unauslöschlicher Durst und ein Hunger nach Sättigung. Aus dem Spiele war ein Ernst geworden, der stark war. Durch das starke Hinfallen begannen die Wunden zu bluten, und ich erbrach auch heftig Blut. Ich war zu schwach, den Kopf zur Seite zu schieben, so lief das Blut mir über das Gesicht und die Brust. Das ekelte mich an, und ich erhob mich plötzlich und begann zu laufen. Bald fiel ich hierhin, bald dorthin, aber allmählich konnte ich immer länger laufen. – Hier war auch schon der Weg, auf dem ich gestanden, hier die Patronenschachtel fürs Gewehr, das lag weit dahinten, fünfzehn

Schritt von hier, da ist ein Haufen Steine, dass ich nur nicht auf ihn fall, nein, ich komme vorbei, hier ist der Fußweg nach Blankenhain, da ist die frisch gestrichene Bank, nun den steilen Weg hinab. Dass ich nur nicht falle. Während ich liege, rufe ich immer wieder um Hilfe, doch es verhallt. Und ich höre doch jeden Lärm aus dem Dorf, das ich jetzt schon sehe. Meinen Stock habe ich verloren. Meine Mütze auch. Und immer das Blut, immer das Blut, rastlos läuft es aus den beiden kleinen Löchern, die ich so deutlich, viel zu deutlich, auf der Brust sehe, wo ich gelegen habe, ist Blut, und wo ich gegangen bin, ist Blut. Hemd und Hose sind ganz durchtränkt davon. – Jetzt die kleine Berghütte – noch einmal rasten – und nun der erste Mensch. Ich rufe ihn an.

Jena 1911 oder 1912
Rudolf Ditzen

Pogg, der Feigling

Diese Geschichte muss erzählt werden, indem man sich streng an die Tatsachen hält. Ich habe längst aufgegeben, sie zu verstehen. Ich präsentiere sie dem Leser so, wie ich sie erfuhr, und muss es ihm überlassen, das Beste – oder das Schlechteste – aus ihr zu machen, wie nun eben seine Geschmacksrichtung liegen mag. Dass mein Tatsachenmaterial lückenhaft ist, kann ich nicht bestreiten, es bleibt jeder Phantasie frei, diese Lücken zu ergänzen: Kolportage oder Wirklichkeit, auch hier sind keine Grenzen gezogen.

Jedenfalls war Julius Pogg aus guter Familie. Sein Vater war irgendein hohes Tier in der Verwaltung oder Justiz, das habe ich vergessen. Sicher, dass er viele Orden trug und dass der Verkehr mit seinem einzigen Sohn sich darauf beschränkte, vierteljährlich seine Zeugnisse durchzusehen.

Die waren jämmerlich genug. Pogg Vater blieb es unverständlich, dass sein Sohn solche Noten nach Haus bringen konnte. Da stand dieser Bursche nun, käsig, zum Umpusten, und auf zehn Schritte gegen den Wind roch man ihm Angst an. Pogg Vater wusste nicht was tun, er händigte Julius seiner Mutter aus, die ihn an den Arzt weitergab. Der Arzt verordnete Eisen, Lebertran, kalte Abwaschungen, Sanatogen, Biomalz, Brom, und Julius blieb geduckt und schiech, kroch an den Wänden entlang und tat das Maul nicht auf.

Umso größer war das Entsetzen, als sich herausstellte, Julius könne noch anders als schiech sein: die Gouvernante der Schwestern meldete erregt, dass Julius regelmäßig ihr im

Nachttisch aufbewahrtes Portemonnaie bestehle. Es war unglaubhaft, doch stellte man eine Falle, in die Julius mit rührendem Ungeschick ging.

Diesmal nahm der Vater selbst die Kur in die Hand. Er verordnete Pfeifenrohr, mehrere köstliche Weichselrohre mussten daran glauben, und Julius wurde in eine strenge Pension geschickt.

Überraschenderweise lauteten die Berichte von dort nicht ungünstig, die Zeugnisse wurden besser und gut, der Vater musste zu seinem Staunen erleben, dass Julius Zweiter wurde. Er wäre Erster geworden, hätte er nicht einen Tadel wegen Frechheit erhalten – der Schieche wegen Frechheit, Gott bewahre! Er durfte zum ersten Mal wieder in den Ferien heimkommen und zeigte sich als ein sorgfältig gekleideter Jüngling, dessen Sicherheit zu betont war, um nicht Schüchternheit zu verbergen. Die Frivolität, mit der er seinem Vater zur Begrüßung entgegenschrie: »Tag, alter Knabe!«, wobei seine Augen abirrten, war derartig bestürzend, dass der Vater nach einer Weile Atmens nichts entgegnen konnte als: »Du scheinst ja eine nette Pflanze geworden zu sein! Ein sauberes Früchtchen!«

Julius reiste wieder ab, sein Abitur zu bauen, nicht ohne vorher zweimal um vier Uhr früh betrunken nach Haus gekommen zu sein. Die Eltern mussten dies übersehen, obwohl der Sohn – zum Entzücken der Dienerschaft – vornehmlich auf Treppe und Vorplatz seinen ledernen Herrn Papa angesungen hatte –, mussten es übersehen, weil sie einfach nicht wussten, wie Julius eine Reprimande aufnehmen würde.

Aus dem Abitur wurde nichts. Vier Wochen vorher schlug der Blitz ein: Der Sohn hatte seinen Freund erschossen. »Einfach so«, erklärte er ruhig bei der Vernehmung. »Er wollte es gerne. Er dachte, er hätte einen Hundewurm im Hirn. Der Blödsinn war ihm ja nicht auszureden.« Übrigens hatte sich Julius auch mit seinem eigenen Körper an der Sache beteiligt, nur war seine Hand in persönlicher Angelegenheit nicht so sicher gewesen wie in fremder. Er lag acht Wochen krank und siedelte dann in eine Heil- und Pflegeanstalt über. Nach drei Jahren war er gesund und ging ins Bankfach, nun zwanzig Jahre alt.

In den nächsten fünfzehn Jahren entwickelte sich Julius im Allgemeinen gedeihlich. Die Nachrichten aus diesem Zeitabschnitt sind rar. Immerhin weiß man, dass er eine außergewöhnliche Begabung in vielen Materien zeigte, er wurde nicht nur ein tüchtiger Bankfachmann, er handelte auch mit Autos, fuhr in Rennen mit, schrieb ein nicht erfolgloses Libretto, kam wegen zweifelhafter Geschäfte in Untersuchungshaft und wieder frei, kaufte eine blühende Zeitschrift und arbeitete sie in sechs Wochen in den Grund – kurz, war ein normales Mitglied der besseren Menschheit im ersten Viertel des 20. Jahrhunderts.

Man weiß auch, dass er sich zu Anfang dieser Laufbahn mit einem ganz unmöglichen Mädchen verlobte und sogar vom Papa, der mittlerweile Exzellenz geworden war, auf nicht feststellbare Weise die Anerkennung dieser Verlobung erzwang. Vierzehn Tage nach der offiziellen Veröffentlichung löste er dieses zarte Band wieder, da er seine Braut, wie er ernst mitzuteilen pflegte, nicht ihrem eigentlichen Beruf als Jüngerin der Venus vulgivaga abtrünnig machen wollte. Von diesem Zeitpunkte ab darf man seine Beziehungen zum Elternhaus als erkaltet oder doch lau ansehen.

Man erzählt ferner noch aus dieser Zeit von seinem Verhältnis mit einer berühmten Schauspielerin, die, in keiner Weise kleinlich, es später nie über sich gebracht haben soll, ihn wiederzusehen. Schon bei der Nennung seines Namens soll sie ein Schauder, eine Art physischen Grauens gefasst haben. Doch mag das Geschwätz sein.

Der Schwanz, den dieser Stern nach sich zog, erlischt, wir verlieren ihn völlig aus dem Auge, für Jahre wissen wir nichts von ihm zu berichten. Als er wieder auftaucht, heißt er schlicht Julius Pogg – ohne Titel –, er ist fünfunddreißig Jahre alt und erster Buchhalter einer kleinen Bank. Ein Bild von ihm aus dieser Zeit liegt vor mir: das bartlose Gesicht ist eckig, flächig und fahl, die Lippen sehr stark und rot, die Stirn niedrig. Man würde ihn auf Mitte der Zwanziger taxieren, wenn die Augen nicht wären, die glanzlos und vollkommen kalt sind. Er ist sehr sicher, geschäftlich die Zuverlässigkeit selbst, von außerordentlichem Fleiß, das Entzücken seines Chefs und – in Männergesellschaft – ein fabelhafter Erzähler.

Und erst jetzt teile ich dem Leser mit, den ich erbarmungslos bis hierher geschleppt, wo er schlechterdings bis zu Ende wird lesen müssen, wenn er erfahren will, warum Pogg außergewöhnlich sein soll – erst jetzt teile ich ihm mit, dass nun meine eigentliche Erzählung beginnt. Alles bisher Berichtete bietet ja schließlich nichts Besonderes, nun aber fange ich an:

Bradley, Inhaber von Bradley & Fischer, Bankgeschäft, Königstraße, lädt seinen Buchhalter Julius Pogg zum Wochenende nach Wildhof ein. Pogg kommt und findet, dass Wildhof ein wundervolles Barockschlösschen in einem riesigen Park ist. Das Schlösschen hallt von Leben: Bradley hat eine Tochter, diese Tochter hat eine Unzahl Freundinnen, und ein halbes Dutzend dieser Freundinnen ist immer zu Besuch auf Wildhof.

Pogg meint, er träumt. Er, der Fünfunddreißigjährige, der alte Gauner, der sich nach Ruhe und einem gleichförmigen Leben sehnt, trifft zum ersten Mal die Tochter aus gutem Haus. Er trifft sie nicht einmal, er trifft sie gleich siebenmal. Alice, Lotte, Irmgard, Irene, Luise, Hertha und Bertha – wo noch hätte er je so viel Jugend gefunden? Gesund, gepflegt, körperlich und geistig gut genährt, siebzehn-, achtzehn-, zwanzigjährig, alles in der Theorie wissend und nichts in der

Praxis, schlagfertig, tollkühn, keusch – Julius Pogg kann abends nicht einschlafen.

Es zeigt sich, dass er vielleicht wirklich erst Mitte der Zwanziger ist. Und kaum das. In den dämmernden Park huschen zwei oder drei, in Laken gehüllt, und fahle Gespenster erschrecken die Liebenden unter der Dienerschaft. Bradley, der nach dem Abendessen einschlummerte, erwacht jäh von dem Rascheln eines Igels, fängt ihn ungeschickt in einem Perserteppich, setzt ihn in den Garten und findet, zurückgekehrt, sein Zimmer mit zehn, zwölf, zwanzig Igeln bevölkert. Sie kriechen unter Sofa und Schreibtisch hervor, im Papierkorb raschelt's, im Uhrgehäuse fiepen sie. Aus den Fenstern steigen nächtens Verschwörer, kapern Boote und liefern Seegefechte, bei denen alle ins Wasser stürzen. Am Tage gibt es Wettschwimmen, Springkonkurrenzen, die staunende Dorfschaft erlebt, dass ein dutzend Männlein und Weiblein schweigend, ernst und auf den Zehenspitzen stundenlang im Regen die Straße auf und ab wandeln: eine Wette!

Je öfter Pogg zum Wochenende hinauskommt, umso belebter werden seine Augen. Schon ist er anerkannter Führer. Manchmal abends überlegt er: »Merken sie nicht, wie viel älter ich bin? Was alles schon durch mich hindurchging?« Und ist der Erste morgens, an Türen zu schlagen, Wasser durch Schlüssellöcher zu pusten, Programme zu entwerfen. Singt er nicht sogar Volkslieder abends im Boot? Er hat sie nie richtig gekonnt, nun lernt er sie. Bei einem singt er nicht mit: Irmgard sitzt am Klavier, die kurzen schwarzen Haare fallen nach vorn, sie singt allein:

> Es ist nicht alle Tage Sonntag,
> Es gibt nicht alle Tage Wein,
> Doch du sollst immer lieb zu mir sein.

Pause. Gefasst, ein Versprechen:

Und bin ich einmal in der Ferne,
So sollst du immer an mich denken,
Aber weinen sollst du nicht.

Hat sie ihn angesehen? Sie hat ihn angesehen. Wundervoll! Eigentlich ein Nichts, nicht einmal Verse, es muss die Melodie sein. Nein, es muss die Stimme machen, dieser Alt: »Doch du sollst immer lieb zu mir sein.«

Weiter geschieht nichts. Scheue Blicke vielleicht, der Händedruck ein wenig fester als bei den andern, sie ist so gesund, nichts Schwüles, sie weiß nichts von dem schließlichen Ende, an das er immer denken muss. Sie gehen vielleicht langsamer durch den dunkelnden Park, aber die andern sind immer dabei. Einmal geraten sie in Streit, sie findet es furchtbar gleichgiltig, ob die Sonne eine Kugel oder eine Scheibe ist. Er ist empört. Am nächsten Morgen geben sie sich besonders betont die Hand.

Was ist schließlich? Er ist verliebt, es ist vielleicht das Schicksal fünfunddreißigjähriger verlebter Männer, sich in siebzehnjährige Gänse zu verlieben. Einmal bezeichnet er Irmgard zu Bradley als ›Flammenseele‹ und schämt sich hinterher bis aufs Mark. Mitten in der Woche trinkt er sich abends einen an und schreibt einen Brief an Irmgard, nein, keinen Brief, ein Liebesgedicht, ein schlichtes, kleines Gedicht, das er aus einem Buche stiehlt.

Bei der nächsten Begegnung ist sie wie starr, kaum gibt sie ihm die Hand, sie steht nicht auf. Die andern Mädels sehen ihn sonderbar an, tuscheln. »Ich habe sie erschreckt«, sagt er sich. »Solch ein Seelchen. Es war viel zu früh.« Und wütend: »Verfluchte Ziererei! Diese Weiber – alle sind sie Affen!«

Es ist keine rechte Stimmung. Irmgard singt nicht: ›Es ist nicht alle Tage Sonntag.‹ Als er das nächste Mal kommt, ist sie abgereist, fort, nach Weimar, studiert Musik. Ende. Schluss. Herbst. »Und all die Männer draußen, die sie treffen wird, die aus ihr machen können, was sie wollen, die keine Ahnung haben von dem Edelmaterial, das diese Irmgard ist –!«

»Ach was! Ganz egal! Ein kleines Flittchen. Vergessen wir schon.«

Er kommt noch ein, zwei Male nach Wildhof. Er fragt sogar: hatte sie geschrieben? Sie hatte geschrieben. Und? Ja, es ginge ihr gut. Nun also, das war ja erfreulich.

Ende. Schluss. Herbst. Pogg bleibt von Wildhof fort. Arbeit. Überarbeit. Er sitzt bis in die Nacht. Eines Morgens kommt er nicht zum Dienst. Krank geworden? Nein, abgereist. Abgereist? Ja, mit der Kasse. Bradley versteht nicht. Pogg mit der Kasse? Und nicht zu knapp. Nun geht alles seinen vorgeschriebenen Weg: Polizei, Vernehmungen, Buchprüfungen, Steckbriefe ...

Ehe die noch recht wirken, kommt ein Telegramm aus Süddeutschland, irgendeinem Nest: Pogg hat sich selbst gestellt. Und das Geld? Geld –? Keins.

Polizeigefängnis, Transport, Untersuchungshaft, Vernehmung. Diese Vernehmung muss etwas Stupendes gewesen sein. Der Richter stieß kaum an, und Julius Pogg legte los. Er gestand, und er gestand, er hörte überhaupt nicht auf zu gestehen. Er gestand, was man wissen wollte und was man nicht wissen wollte. Er gestand frische Unterschlagungen und alte Diebstähle, aus der ersten Zeit seiner Laufbahn wusste er Dinge zu berichten, die nie ein Mensch gemerkt hatte, er gestand einfach um des Gestehens willen. Nun stellte es sich heraus, dass er sogar schon vorbestraft war, jawohl, dieser Mensch hatte schon ein Jahr gesessen, nicht umsonst war dieser Komet eine Weile erloschen gewesen. Pogg machte clean breast, wie er es selber nannte. »Endlich mal den ganzen Salat erledigen, dass man Ruhe hat«, sagte er.

Da saß Julius Pogg, Exzellenzensohn, und schüttete sein Herz aus, halblaut, rasch erzählend, wie etwas Belangloses.

Der Richter war wie erschlagen. Von Zeit zu Zeit hob er die Hand und strich über den Tisch, als wolle er diesen tollen Wust fortwischen, aber vorläufig redete der da drüben noch und ließ sich nicht dämmen. Als dann der Richter sprach, war sein Satz sehr kurz. Er hieß: »Das Geld?«

Auch hier zeigte sich Pogg ungewöhnlich vorbereitet. Es erwies sich, dass er Buch geführt, sorgfältig vom Zeitpunkt seiner Unterschlagung an jeden Pfennig aufgeschrieben hatte. Auch gab es Belege, Quittungen, sauber nummeriert. Der Richter sah lange die Zahlenkolonnen durch, Pogg schien mit offenen Augen zu schlafen, als sei nun alles erledigt, die Welt endgiltig abgetan. Da fragte der Richter: »Und warum?«

Pogg schreckte auf: »Warum?«

»Nun ja, Herr Pogg, warum? Schließlich müssen Sie doch einen Grund haben. Wozu diese Geständnisse, warum vor allem diese letzte Unterschlagung? Sinnloser wurde nie Geld verschleudert. Sie müssen sich doch etwas dabei gedacht haben, als Sie die Mädchen öffentlicher Häuser mit Tausenden beglückten?«

Pogg wiegte zweiflerisch lächelnd das Haupt: »Ah, Herr Amtsgerichtsrat, unterschätzen Sie nicht das prahlerische Glück, als ein großer Mann dazustehen.«

»Möglich. Aber ich glaube nicht, dass das für Sie den Grund abgab.«

Pogg war plötzlich müde. Dieses Salbadern irritierte ihn. »Vielleicht, dass ich mich hier bei Ihnen, in Ihren Zellen, zur Ruhe setzen wollte?«

Der Richter dachte lange nach. »Kann sein, der Grund. Aber die Ursache –?«

»Müde, Herr Amtsgerichtsrat, müde. Nichts als das.«

Wieder eine lange Pause. Dann: »Wenn ich es Ihnen nun nicht gönne, dass Sie sich hier zur Ruhe setzen? Stoße Sie noch einmal für eine Weile wieder hinaus? Fluchtverdacht liegt nicht vor, Sie blieben nur zu gern hier. Und Verdunkelungsgefahr nach dem, was Sie mir erzählt haben, nein! Übermorgen sind Sie frei, Herr Pogg.«

Weiß Gott, was sich dieser Richter dachte. Vielleicht glaubte er Pogg doch nicht so ganz, Geld mochte beiseitegebracht sein, das nur durch Beobachtung des Freigelassenen aufzufinden war, vielleicht auch war dieser Psychologe auf die ›Ursache‹ gespannt, gleichviel, er tat das, was für Pogg das Schmerzlichste war: er ließ ihn frei.

So geschah es, dass Pogg an einem trüben Novembertage aus dem Gefängnis entlassen wurde. Er war frei, zu gehen, wohin er wollte, wobei man voraussetzte, dass er sich zu seinem Termin einfinden werde. Da man ihm sein sonstiges Hab und Gut gepfändet hatte, trug er jene Sachen, in denen er sich vor einigen Wochen der Polizei gestellt hatte: Smoking, Lackschuhe, Abendmantel, Zylinder, eine ungewöhnliche Kleidung für diesen fröstelnden Spätherbstmorgen. Es troff von den Bäumen, die Menschen strichen eilig und missvergnügt an ihm vorüber, Pogg fror, wusste nicht wohin. Freunde, die aufzusuchen wären, hatte er nicht, die Welt war groß, so viele Wege, Pogg wusste sich keinen, den zu gehen ihn noch gereizt hätte. Von vorne anfangen? Und wozu etwa?

In seiner Hilflosigkeit dachte er schon an einen Ladendiebstahl, dass sie ihn wieder würden verhaften müssen und in seine kleine, saubere, warme, stille Zelle stecken, vor deren Tür die Welt aufhörte, als ihm der Duft einer Zigarette in die Nase stieg. Dieser Zigarettenduft machte aller Unentschlossenheit ein Ende, Pogg wurde nach so langer Abstinenz von einem rasenden Rauchhunger erfasst und entschied, das Leben möge sich anlassen, wie es wolle, erst einmal müsse geraucht werden.

Das Weitere entwickelte sich logisch. Zwei Stunden später bummelte Pogg über den Güterbahnhof, nicht mehr elegant, doch warm in eine Joppe gekleidet. In ihrer Tasche steckten Brot, Wurst, Zigaretten, Streichhölzer und an die zehn Mark. Der Verkauf seiner Sachen war nicht unlohnend gewesen. In seinem Kopfe steckte ein fester Plan. Nicht umsonst hatte er im Gefängnis gesessen, er wusste, was ›Schwarzfahren‹ ist und wie man es angeht.

Als die Nacht da war, saß Pogg schon im Bremserhäuschen eines Güterwagens, frierend und rauchend, zwischen Berlin und Luckenwalde. Er hatte sich entschlossen, noch einmal eine Reise zu tun, und zwar nach Weimar.

Diese Reise ging nicht ohne Hindernisse vonstatten und war langwierig. Entweder fehlte es Pogg noch an der nötigen Routine, oder er war nicht geistesgegenwärtig genug. Einmal wurde sein Wagen auf ein Nebengleis verschoben, und er hatte einen halben Tag zu laufen, bis er einen anständigen Güterbahnhof fand, der Wagenauswahl bot. Einmal erwischte ihn ein Schaffner, und erst nach einer kleinen Schlägerei und Drängelei konnte Pogg den Hasen machen. Zwischendurch landete er in Leipzig, was außer dem Plan lag.

Doch seine Energie verließ ihn nicht: nach fünf oder sechs Tagen war er in Weimar. Ausgehungert, mager geworden, bis auf die Knochen durchgefroren, aber entschlossener als je. Wozu eigentlich entschlossen –? Nun, sie jedenfalls erst einmal zu sehen, zu stellen. Das Weitere würde sich finden.

Vorerst einmal fanden sich Essen, Schnaps, Rauchwaren und Schlafen in der Herberge. Für Letztes als Entgelt war Holz zu sägen, worin seine Leistungen unzureichend befunden wurden.

Unschwer stellte er das Konservatorium fest, eine Zigarre an den Portier verschaffte ihm Einsicht in die Schülerinnenliste: hier jedenfalls war Irmgard nicht. Also Privatunterricht. Es war erstaunlich, wie viel Musiklehrer es in Weimar gab, sie wohnten an allen Ecken und Enden, sogar in den Dörfern rundum. Und da Poggs Geld mit dem Entschwinden des November entschwand, verband er, getreu seiner Aufgabe, die Erkundungen nach Irmgard mit einer sanften Hausbettelei, wobei ihn einige Male nur seine Beine vor Wachtmeister und Arbeitshaus retteten.

Eines Sonntags vormittags, als er es bald satthatte, weil er sonst nichts satt hatte, traf er sie im Park, ein wenig oberhalb des Grottenhäuschens. Sie ging, das Profil aufmerksam geneigt, neben einem Jüngling, der eifrig auf sie einsprach. Pogg kam grade auf sie zu, sein Herz tat einige aufzuckende Schläge. Plötzlich war es ihm, als trete er einer ungeheuren Gefahr entgegen. Er zitterte.

Dann waren sie vorüber. Sie hatten ihn überhaupt nicht gesehen. Eine Weile stand Pogg wie betäubt und starrte ihnen nach. Dann raffte er sich zusammen, stürmte hinterdrein und rief atemlos: »Verzeihung, Fräulein Irmgard, ein Wort bitte –!«

Sie fuhr herum. Ein klein wenig Rot trat in ihr Gesicht, als sie ihn sah. Dieses Gesicht! Dieses Gesicht! (›Doch du sollst immer, doch du sollst immer lieb zu mir sein!‹, sang es in ihm.)

Das Gesicht wurde finster und kalt. Er flehte: »Ein Wort nur, Fräulein Irmgard.«

Ganz kurz und hart: »Was wollen Sie?«

Töricht, stammelnd: »Ich schrieb Ihnen …«

»Ich kenne Sie nicht.«

»Aber, Fräulein Irmgard! Pogg. Julius Pogg. Wir lernten uns bei Fräulein Bradley kennen …«

Unbewegt: »Nein. Ich kenne Sie nicht.«

Verzweifelt, wie ein Unsinniger: »Vielleicht meine veränderte Kleidung –?«

»Ich kenne Sie nicht.«

Sie dreht sich um. Sie geht von ihm. Ihr Mantel flattert ein wenig. Sie geht weiter, Menschen schieben sich dazwischen, sie ist f ort.

(›… So sollst du immer an mich denken …‹)

Worauf Pogg, der Feigling, kehrtmachte, die Stadt betrat,

eine Ladenkasse ausraubte und abends betrunken aufgegriffen wurde.

Wie ich schon sagte, *ich* verstehe diese Geschichte nicht. Für die Wahrheit der Details könnte ich nur Pogg als Zeugen anrufen, doch ist der leider zurzeit unabkömmlich, die nächsten fünf, sechs Jahre noch.

Der Strafentlassene

Sagen Sie mir nicht, dass Sie ihn noch nicht gesehen haben. Vielleicht haben Sie ihn nicht erkannt, das ist möglich, aber gesehen haben Sie ihn ein Dutzend Mal – was sage ich? – hundertmal, tausendmal! Denn er ist überall, Jahr für Jahr werfen ihn die Gefängnisse zu Zehntausenden auf die Straße.

Der junge Mann, der Ihren Autoschlag zuwarf und sich nur verlegen fortwandte, als der erwartete Groschen nicht kam – das war er. Der Reisende mit einer unmöglichen Zeitschrift (inklusive Versicherungspolice), der Ihre Frau eine halbe Stunde mit seinem aufgeregten Geschwätz langweilte und sich befangen fortdrückte, als sie gerade abonnieren wollte – das war er.

Vielleicht hatten Sie ein Zimmer zu vermieten, und ein junger Mann kam, erledigte forsch alle Fragen wegen Heizung, Stiefelputzen, Licht, Miete, und plötzlich, als er die sieben Mark für die erste Woche anzahlte, sagte er bedrückt: »Das Leben ist nicht leicht«, und gleich darauf ohne den rechten Glauben: »Es wird schon gehen.«

Vor den Aushängebogen der Zeitungen mit dem Stellenmarkt können Sie ihn jeden Tag sehen, und vielleicht sind Sie einmal nachts über den Rathausmarkt gekommen und haben ihn in der Wartehalle dort schlafen gesehen. Unter der verdrückten Heilsarmeemütze, der man die Wanderung über viele Köpfe ansieht, ist er ebenso zu finden wie an den Heizkörpern der Wartesäle, in den Museen und vor den Steckbriefanschlägen der Polizei.

Er ist überall, er treibt im gesunden Blut des Volkskörpers, ein kranker Tropfen, der bald wieder ausgeschieden sein wird.

Als er aus dem Gefängnis entlassen wurde, 25 Jahre alt, nach zweijähriger Haft wegen Unterschlagung, mit 82 M Arbeitsverdienst in der Tasche, war er entschlossen, »keine Dummheiten« zu machen. Nicht, dass er sich gebessert fühlte. Bei dem Gedanken grinste er bloß. Aber er hatte eingesehen, dass sein Einsatz in diesem Spiel viel zu hoch gewesen war, kein möglicher Gewinn konnte solchem Verlust die Waage halten.

Er hatte sich ausgerechnet, dass er mit seinen 82 M einen Monat leben könnte, in dieser Zeit musste er Arbeit finden. Seine erste Enttäuschung erlebte er, als er in die Wohnung kam, in der er vor seiner Haft gelebt hatte. Er war dort wie ein Kind im Hause gehalten worden, mit der Tochter hatte er ein kleines, harmloses Gspusi gehabt.

Jetzt machte man ihm kaum die Tür auf, Verhandlung durch die Spalte, mit der Kette davor. Natürlich seien seine Sachen noch da, eigentlich müsste man Lagergeld verlangen, aber man wolle nicht so sein.

Als er dann im eilig gemieteten Zimmer seinen Koffer auspackte, sah er, dass man wirklich nicht so gewesen war: die beiden besten Anzüge fehlten, Wäsche und Schuhe waren um die Hälfte vermindert. Noch einmal hingehen, kämpfen? Aber was konnte er beweisen? Und dann – war ihm nicht geschehen, was er andern getan? Nur Ruhe!

Aber er hatte keine Zeit zur Ruhe. Bei den Aushängen war der Stellenmarkt einzusehen, möglichst rasch waren Bewerbungsschreiben fortzuschicken, und trotzdem musste die Schrift erstklassig sein. Zu jeder Briefseite nahm er eine neue Feder. Und dann das Porto – alles lief ins Geld.

Zu Anfang hatte er noch geglaubt, eine warme Mahlzeit am Tage müsse sein, dann sah er, dass er sie sich nicht leisten konnte, Brot, Butter und Aufschnitt, Brot, Margarine und ein Bückling, Brot und Margarine, Brot ... Schritt für Schritt ging es zurück. Und doch flog das Geld. Kein Tag, an dem er nicht etwas ausgeben musste. Wäsche, Fahrgeld, Stiefelsohlen, Porto ...

Ein paar Male wurde er auf seine Bewerbungen hin zur Vorstellung aufgefordert, aber irgendetwas in seinem Wesen ... etwas Scheues, Sprunghaftes ... die Lücke in seinen Zeugnissen ... gewiss, er ist seit zwei Jahren selbständig gewesen, es wird ihm schon geglaubt, aber hat er nicht vielleicht doch einen Nachweis, einen kleinen Ausweis des Gemeindevorstehers aus dem Kaff, von dem er erzählt? So viele warten vor der Tür, und er startet später als alle andern, fühlt er.

Vierzehn Tage ist er solide gewesen, dann spricht ihn nachts eine Frau an. Zwei Jahre hat er von Frauen nur geträumt, in quälenden Träumen seine Erinnerungen immer wiederholt, er kann nicht widerstehen. Als er am nächsten Morgen sein Geld nachzählt, merkt er, dass er eine Woche früher Arbeit finden muss, in einer Woche muss er Arbeit haben.

Er überwindet seinen Stolz, er geht zum Wohlfahrtsamt, zur Gerichtshilfe. Ja, Arbeit. Für körperliche Arbeit ist er wohl zu schwächlich? Natürlich. Auch gibt es so viele Nichtvorbestrafte, die körperliche Arbeit tun möchten. Aber vielleicht Adressenschreiben? Es gibt irgendeine Organisation, die so etwas vergibt; er geht hin, ja, man wird ihn beschäftigen.

Nun sitzt er dort Tag für Tag und schreibt Adressen. Im Anfang bringt er es nur auf 2 M den Tag, aber dann steigert er es auf 3, 4, ja, sogar 5 Mark an ganz günstigen Tagen. Abends ist er wie tot, sein Hirn öde, die Hand verkrampft. Aber er kann weiterleben, von heute auf morgen, gerade das Leben hat er, das nackte Leben.

Dann hört er flüstern. Die Arbeit wird knapp. »Heute nur jeder Mann 500 Adressen«, sagt der Bureauvorsteher. »Morgen werden ein paar aufhören müssen.« Er zittert; aber dann darf er noch drei, vier Tage kommen.

Was hilft es? Der Verdienst reicht nicht mehr. Der Groschen, so fest er um ihn die Hand schließt, das Leben dreht ihn heraus. Er trägt die Wäsche, die Kleidung fort, einzeln, zum Pfandhaus. Auch sein Zimmer ist zu teuer, nun er nur noch die Sachen hat, die er auf dem Leibe trägt, genügt eine Schlafstelle. Schließlich kann man auch bei der Heilsarmee schlafen, im Asyl, in Wartehallen.

»Ich schreibe Ihnen eine Karte, wenn wieder was ist«, sagt der Bureauvorsteher. »Wo wohnen Sie?« »Ich komme mal vorbei, da sparen Sie noch das Porto«, und er versucht zu lachen.

Nun geht es reißend schnell bergab. Wozu sich noch mühen, er hat eben kein Glück. Einer auf der Schreibstube hat mal eine Mark gefunden, nun bringt er die Tage damit zu, verlorenes Geld zu suchen auf der Straße. Er sieht die Frauen nicht mehr, nicht mehr die Auslagen der Delikatessenläden, nicht mehr die Autos, das Flimmern, den Glanz der Lampen, die Wolken, frohe Gesichter.

Alles ist Geld. Sein Traum ist Geld. Sein Wachen ist Geld. Diese runden Markstücke, diese vollen Fünfmärker, deren Druck er durch den Stoff auf dem Körper fühlte wie eine Lust, sie sind überall, in jedermanns Hand. Abends, in den dunklen Straßen – könnte er es nicht wagen, ein Griff nach einer Handtasche, ein paar Sprünge um die nächste Ecke?

Und der rote Bau mit den vergitterten Fenstern baut sich wieder vor ihm auf; hat er je geglaubt, das Leben war dort schlimm? Leicht war es, er hatte zu essen, keine Geldsorgen, niemand verachtete ihn. Er war unter seinesgleichen. Und das ist ja nur die schlimmste Möglichkeit, die wahrscheinlichste heißt Geld, schönes, rundes Geld.

Vielleicht, vielleicht, vielleicht wird er es heute Abend wagen …

Die Verkäuferin auf der Kippe

Fräulein! Ja, Fräulein! Hansa 8576 bitte, 8576, ja doch! Könnte ich wohl Frau Eschwege sprechen? Selbst? Tag, Trudel. Bist du allein? Dein Chef ist zum Mittag –? Na also!

Nein, ich rufe vom Automaten. Ich musste dich durchaus gleich sprechen. Also, Trudel, vor allen Dingen, wenn der Hans heute zu euch kommt, erzähl ihm, ich war gestern Abend bei euch. Sag's auch deinem Mann, dass er sich nicht verquatscht.

Was? War schon da? Gestern Abend? Und du konntest gar nicht schwindeln? Ach, Trudel, Trudel, wie ich das finde! Ich zittere am ganzen Leibe. Erzähle doch bloß. Jedes Wort muss man dir …

Blass ist er gewesen? Aufgeregt? Kunststück! Ich bin auch aufgeregt. Ob er Verdacht hat? Dir hat er kein Wort gesagt?

Natürlich hat er Verdacht. Er hat mich doch neulich mit Max aus dem Café kommen sehen. Ich hab ihm vorgeschwindelt, es wär' ein Vetter auf der Durchreise gewesen. Aber geglaubt hat er's nicht, ich hab's ihm gleich angemerkt. Wenn ein Mann schon rücksichtsvoll wird und beim Sprechen 'nen Rührungskloß in der Kehle hat, steht's allemal flau.

Gott, Trudel, ich hab auch immer Pech. Du kannst sicher sein, die Verlobung mit Hans fliegt auch wieder auf. Die Eltern …

Ich soll solide sein? Du hast gut reden. Du hast deinen Oskar und 'nen Trauschein. Wenn du mal einen Seitensprung machst … Ich – für uns Mädel sorgt keiner. Was mache ich denn mit den 90 Mark, die Bremer im Monat gibt? 45 Mark kriegt Mutter und die Abzüge für Krankenkasse und so, es bleiben keine 20 Mark für Kleidung und Schuhe und Ausgehen. Und das ewige Haarschneiden und Nackenrasieren und Ondulieren. Ja, man will sich doch auch nicht ausstechen lassen!

Bei Karstadt ist ein fabelhaftes Crêpesatinkleid, gar nicht teuer, 50 Mark, aber wie soll unsereins dazu kommen? Es ist ein Jammer. Und so gerne ich den Max habe, auf die Dauer wird's ja mit dem Jungen auch nichts, wenn er mal in der Bar 10 Mark ausgegeben hat, ich bin sicher, er schiebt die ganze Woche Kohldampf.

Ich soll mich mit Hans aussöhnen? Ach was, daraus wird nichts. Der mit seinem ewigen Misstrauen! Eigentlich bin ich ganz froh, dass es so gekommen ist. Noch vier, fünf Jahre verlobt sein und dann Kammer und Küche oder bei den Schwiegereltern wohnen, man kommt nicht raus aus der Vormundschaft.

Neulich habe ich die Minna Lenz getroffen. Du weißt doch! Wir nannten sie auf der Schule immer den Ölgötzen, weil sie so doof war. Jetzt heißt sie Mia! Und einen Blaufuchs trägt das Geschöpf, ich bin fast geplatzt vor Neid. Die hat's raus. 90 Mark im Monat, ich hab es ihr gar nicht sagen mögen, ich hab mich so geschämt vor ihr in meinem Konfektionsfähnchen. Die verdient manchmal an einem Abend mehr.

Ich soll mich was schämen? Schmutzgeld? Dass ich nicht lache! Wenn Mia nachher Auto fährt, riecht keiner, woher das Geld stammt. Und einen Mann kriegt sie auch noch, wenn sie zur rechten Zeit aufpasst. Es gibt immer welche, die grade auf so eine fliegen, und es braucht gar nicht immer ein alter Daddi zu sein.

Was du redest! Sie geht gar nicht auf die Straße. Sie ist Tanzdame auf der Freiheit. Erstklassiges Lokal. Ich hab neulich mit dem Max davorgestanden, aber wir konnten's uns nicht leisten. Sie hat nur mit den Herren zu tanzen und an ihrem Tisch mitzutrinken. Davon hat sie keine 90 Mark am Abend? Sie kriegt doch Prozente vom Wein!

Und wenn schon! Sie kann sich's doch aussuchen! Die geht lange nicht mit jedem. Sie hat mir gesagt, ich soll mal hinkommen und es mir ansehen. Ich weiß noch nicht, aber vielleicht gehe ich mal hin. Ihr Chef stellt mich jeden Tag ein, sagt sie.

Gott, Fräulein, unterbrechen Sie doch nicht immer! Nein, wir sind noch nicht fertig. Der wird auch warten können mit seinen Trikotagen.

Bist du noch da, Trudel? Ein Kunde wollte euch. Na, der kommt auch noch früh genug zu seinen Netzhemden!

Sag mir nur, was mache ich heute Abend bloß mit dem Hans? Das gibt eine schreckliche Szene. Und ich hasse Szenen. Gewalttätig? Das wollte ich ihm nicht raten! Nee, Hans ist schlapp. Der heult höchstens. Natürlich tut er mir leid, aber was soll ich dabei machen?

Wenn er zu Vater läuft, der ist imstande und verhaut mich. Vater hat keine Ahnung von uns Mädels heute, das muss doch alles so sein wie auf seiner Landstelle in Mecklenburg. Hätt er doch besser aufgepasst in der Inflation, dann müsste ich heut nicht für 90 Mark …

Mutter hilft mir ja, aber wenn Vater mich schlägt, lauf ich fort. Ich darf doch zu dir kommen? Auf der Chaiselounge. Warum soll ich mich schämen? Dein Mann? Ach, dein Mann hat nichts zu melden, den kriegen wir schon rum.

Was ich nun eigentlich will? Max? Hans? Oder –? Ja, Trudel, ich weiß es doch selbst nicht, wie soll ich denn das wissen? Ich warte eben ab, was heute Abend passiert. Und kommt gar keiner, gehe ich zu dir. Oder auch mal zur Freiheit. Ansehen kostet ja nichts.

Nee, nur das nicht. Ewig warten und hinter dem Ladentisch stehen. Und die andern tanzen und fahren dicke im Auto? Das habe ich nicht nötig. Na, wir werden ja sehen.

Also schön, Fräulein, wir machen jetzt Schluss.

Und sieh dir das Crêpesatinkleid an. Goldig, sage ich dir. Diese Woche kriege ich's noch, wetten? Trudel! Trudel!!

Schon weg. Na, denn nicht. Verkaufen wir also wieder Trikotagen. –

Der blutende Biber

Warum ich Detektivgeschichten nicht lese? Nein, Sie haben recht, ich mag sie nicht. Sie erinnern mich an ein beschämendes Abenteuer, eine Riesenblamage, als ich selbst einmal eine Detektivgeschichte erleben wollte. Wieso –? Also gut. Hören Sie …

Damals studierte ich noch mit Gwendolen jene Wissenschaft, die in drei, vier Fakultäten reicht: soziale Fürsorge. Wir waren im fünften Semester, schanzten nicht allzu viel, und abends bummelten wir auf unsren eignen kleinen Privaterl: wir suchten Biber.

Biber waren für uns Männer mit Bärten, mit Schnurrbärten, Backenbärten, Kinnbärten, aber am vollwertigsten waren doch die Fußsäcke, die Vollbärte, die vom ersten bis fünften Westenknopf reichten: Das waren Doppelbiber und sie zählten auch doppelt.

Wer einen Biber zuerst entdeckte, durfte ihn sich zurechnen. Schließlich hatten wir es zu solcher Virtuosität gebracht, dass wir Biber blindlings von hinten erkannten, an ihrer Kopfhaltung, ihrem Gang, was weiß ich. Wir zögerten dann, blieben hinter ihnen, taten, als ob wir noch zweifelten, dann schossen wir plötzlich rechts und links von unserm Opfer vor und entlarvten es in seiner Steinzeitzierde. –

Gut. Eines Abends bummeln Nelli und ich die Reeperbahn hinunter. Wir sind auf der Jagd. Vor uns geht ein Herr, schnell, und schon pustet Nelli: »Das ist meiner, Erna! Ein Doppelbiber.«

Beinahe hätte ich ihr die Beute zugesprochen, aber da war irgendwas in der Haltung, was mich stutzig machte: »Unsinn, Nelli, das ist kein Biber. Und schon gar kein doppelter.«

»Aber Erna, wenn ich es dir sage!«

»Bestimmt nicht.«

»Doch!«

»Nein!«

Der Herr vor uns geht rasch in der Richtung Altona. Er trägt einen unmöglichen grau-schwarzen Gehrock zu eleganten gestreiften Hosen, und jetzt, da ich ihn genau beobachte, merke ich, dass er den rechten Arm unnatürlich fest gegen den Leib gepresst trägt. Plötzlich sehe ich etwas, was meinem Herzen einen Stoß versetzt.

Es ist ja fast noch ganz hell, erste Dämmerung, man kann gut alles erkennen: von der rechten Hand des Herrn fällt etwas nieder, etwas Dunkles. Ich sehe auf das Pflaster: es ist ein kleiner roter runder Fleck dort: Blut. Und beim nächsten Schritt wieder und noch einmal und noch und noch, aber der Herr geht gleichmäßig rasch weiter.

In diesem Augenblick sind meine Detektivgeschichten in mir explodiert. Schwarzer fettiger, viel zu weiter Gehrock, falsches Bibertum, verhehlte Verwundung – das hieß heimliches Verbrechen, womöglich Mord. Ich hätte einen Schupo rufen können, aber: »Nelli, du musst mitmachen, alles, was ich tue. Du brauchst nichts zu sagen. Nur dabei musst du sein.«

»Was ist denn los? Dieser olle Daddi …«

»Mach mit, Nelli, wenn ich dich doch bitte!«

»Meinetwegen gern. Was sollen wir tun?«

»Wir gehen ihm nach.«

»Schön, aber doch ist er ein Biber.« –

Der Mann war von der Reeperbahn nach rechts abgebogen, in eine jener dunklen engen Straßen, die in Hamburg ganz unvermittelt neben weiten glänzenden Geschäftsstraßen liegen. Er ging jetzt schneller und sah manchmal an einem der Häuser hoch, als suche er etwas. Einmal schüttelte er plötzlich den rechten Arm heftig – als wir die Stelle passierten, war das Pflaster von Blut marmoriert. Ich zeigte schweigend darauf, Nelli sah hin und sagte nur: »Ach so!« Natürlich begriff sie nichts.

An der Elbe sprach ein Mädchen den Mann an. Er ging vorbei, ohne zu antworten. Mir kam ein Gedanke. Wir kannten ja von der Gerichtshilfe her solche Mädchen, wussten mit ihrer Sprache und ihren Gebräuchen Bescheid. Und schließlich war es ja zwecklos, dem Mann nachzulaufen, der dann sicher in irgendeinem Haus verschwand, in das wir ihm doch nicht folgen konnten. »Wir sprechen ihn an, Nelli«, sagte ich und ging rascher.

Wir holten ihn ein. Nie werde ich dieses bleiche blutleere Gesicht vergessen, eingerahmt von der welligen Krause eines schwarzen Vollbarts. »Doch ein Biber!«, flüsterte Nelli.

Nein, er war keiner. Ich hatte wissentlich nie einen falschen Bart gesehen, aber ich war überzeugt, dass dieser Bart falsch sein musste, genauso wie dieser dreißigjährige hübsche Mann nicht in diesen fettigen, faltigen Gehrock gehörte.

Wir gingen auf gleicher Höhe mit ihm. Er warf einen Blick von der Seite auf uns, ging schneller. Auch wir gingen schneller. »Geht weg, Mädchen«, sagte er plötzlich mit einer heftigen, aussetzenden Stimme, »mit mir ist kein Geschäft.«

Ich sagte tapfer: »Ach, kommen Sie doch mit uns, nur eine halbe Stunde. Wir trinken irgendwo eine Flasche Wein.« Er sagte nichts. »Es soll Sie nichts kosten. Wir halten Sie frei.« Er sagte nichts und ging weiter. »Kommen Sie doch mit uns«, fing ich wieder an, »meine Freundin und ich sind so allein. Sie feiert heute Geburtstag.«

»Gänse oder Schweine«, antwortete er. »Geht.«

Ich gab nicht nach. »Es soll Sie wirklich keinen Pfennig kosten. Wir sind nur so allein.«

Er schwieg, dann räusperte er sich. »Ihr geht noch nicht lange auf den Strich, wie?«

»N-nein, nicht sehr lange«, zögerte ich.

»Aber ihr schafft an?«

»Ein wenig.«

»Ladendiebstahl?«

»N-nein.«

»Leichenfledderei?«

»Nein. Pfui.«

»Ihr seid ja grün.«

Er ging jetzt ganz langsam neben uns, mit gesenktem Kopf, schien etwas zu überlegen.

Plötzlich, unter einer Gaslaterne, trat er hart auf mich zu, hob die Hand – ich dachte bei Gott, er wollte mich ins Gesicht schlagen – und drehte meinen Kopf ins Licht. Er sah mich an, sekundenlang, mit brennenden Augen. Seine Finger drückten schmerzhaft mein Kinn. Er ließ die Hand fallen. »Also kommt!« und ging uns rasch voran.

Durch halbdunkle Straßen und Gassen lief sein Weg, Nachtbummler rempelten uns an, Schupo zu zweien oder dreien nebeneinander ging vorüber. Ich wollte mich orientieren, einsam sah ich das Wasser eines Hafenbeckens, dann einen Kirchturm, ein Saxophon quiekte, eine Gasse war unbeleuchtet, er schritt in einen Torweg, über einen Hof, schloss, wir standen in einem dunklen Raum.

»Wir müssen vier Treppen hinauf«, flüsterte er. Er flüsterte so leise, als fürchtete er, jemand zu wecken in diesem dunklen schweigenden Haus, das überall um uns war wie eine Drohung. »Wir müssen ganz herauf, und mir ist nicht ganz wohl. Fassen Sie mich an.«

Wir begannen den Aufstieg. Zuerst ging es, aber dann wurde der Körper des Mannes immer schwerer, er sank in sich zusammen, hing zwischen uns. Meine Hände wurden feucht und klebrig, ich wusste, es war Blut, sein Blut, das in sie floss.

Der Mann flüsterte vor sich hin, unverstehbar, einmal lachte er auf.

Wir kamen nach oben. Es war hier nicht heller, aber mir war, als laste nicht mehr so viel auf uns, als sei die Luft irgendwie klarer, freier. Unser Mann hing leblos zwischen uns.

Meine tastende Hand fasste eine Klinke. Sie ließ sich niederdrücken, die Tür gab nach, wir traten in einen Raum, der mir in seiner hallenden Schwärze unendlich groß erschien. Grade gegenüber ahnte ich ein Fenster. »Still«, flüsterte der Mann, »ihr erschreckt sie sonst.«

Plötzlich verdunkelte sich das hellere Rechteck des Fensters. Etwas Ungeheures, Tiefschwarzes hatte sich von außen dagegengeschoben, ein klägliches Geschnatter erklang. Ich fühlte, wie der Körper an meinem Arm sich straffte, der Mann pfiff, Glas zerklirrte hell in tausend Scherben, eine riesige Masse stürzte von außen in den Raum, der Mann warf sich vorwärts in die Schwärze.

»Licht«, rief Nelli, »um Gottes willen, Licht« – denn da schrie und wimmerte etwas wie ein sprachloses Tier in der Nacht, haltlos, ohne Aufhören. Ich suchte in meiner Tasche, riss ein Streichholz an, sah einen Gasarm an der kalkigen, fleckigen Wand, und nun wurde es hell.

Dieser Raum, den ich in der Dunkelheit so groß geahnt hatte, war klein, eine fleckige, getünchte Mansarde, deren Fenster zerbrochen war. In ihr war nichts wie ein Bett, ein zerwühltes, hässliches Bett mit karierten Überzügen.

Vor ihm stand der Mann. Er sprach tröstend, beschwichtigend zu dem haarigen, grässlichen Etwas, das dort nackt saß und ihm mit bittender Bewegung einen blutenden Arm hinstreckte, zu einer Äffin, einer riesigen Schimpansin.

Er riss Leinenstreifen vom Bezug, wickelte sie um die glaszerschnittenen Finger, wandte sich uns zu, nahm von Wange und Kinn die Steinzeitzier, und ein lächelndes Jungengesicht sprach zu uns: »Was haben Sie nun eigentlich erwartet, meine Damen?«

Und als ich schwieg: »Ehrlich, sie hielten mich für einen Mörder?«

»Vielleicht.«

»Aber ich bin nur ein Bändiger, ein Dresseur, der Affen im Zirkus vorführt. Irgendwas hat Schoscho heute erschreckt, sie biss mich in den Arm, Türen standen auf, in der Verwirrung entkam sie. Ich warf den nächsten Rock über und lief ihr nach, mit meinem angeklebten Bart, verwundet, wie ich war.

Ich hatte Schoscho einige Tage in dieser Bodenkammer eines Speichers gepflegt, als sie krank war. Sie liebt mich, sie hatte mich diese Tage für sich allein gehabt, sie würde hierherkommen.

Unterwegs sprachen Sie mich an, ich war wütend über die Störung, erst unter der Laterne begriff ich ungefähr, wer Sie waren. Ich habe Sie mit ein bisschen Angst für ein bisschen Neugierde bezahlen lassen. Aber Sie haben mir immerhin über die Treppe geholfen, Ihr Abenteuerdrang hat nicht ins Nutzlose geführt.«

Wir verbanden ihn noch, versprachen, Arzt und Zirkus zu benachrichtigen, dann gingen wir, sehr still.

Auf der Treppe lachte Nelli.

»Was du nur lachst«, sagte ich empört. »Er war ja gar kein Biber. Ich habe recht gehabt.«

»Natürlich hast du recht gehabt, Erna«, sagte sie, »du ganz allein.«

SCHWIERIG ODER LEICHT

Schwierig oder leicht –?

Wir haben bei uns daheim in deutschen Landen einen Schriftsteller – oder ich sage lieber gleich Dichter –, den man – trotz aller Übersetzerkünste – nie draußen in der Welt kennenlernen wird und der doch für die Entwicklung des deutschen Romans einer der wichtigsten Männer war. Er hieß Jean Paul Friedrich Richter, lebte zur Zeit Goethes und Napoleons des Ersten, und Goethe soll sehr auf ihn gescholten haben. Napoleon aber, dem auf der etwas überstürzten Heimkehr nach dem Brande von Moskau ein eifriger Verehrer einen Roman von Jean Paul in den Schlitten gegeben, gewissermaßen als Trost und Ablenkungsmedizin – auf was alles Büchernarren nicht geraten! –, Napoleon aber soll besagten Roman mit einer kräftigen Verwünschung in den Schnee geschleudert haben.

Da lag er nun, aber sicher ist er dort nicht liegen geblieben, denn damals las ganz Deutschland mit Begeisterung seinen Jean Paul, jemand wird ihn aufgehoben, heimgenommen und gelesen haben. Gelesen selbst und mit Kind und Kindeskind. Aber dann begann er unbekannter zu werden, nicht dass sich Staub auf die Blütenseiten seiner Bücher legte, aber – er ist so schwierig, sagten sie; er macht zu viel Umwege, erklärten sie; mehr Dornen als Blüten, entdeckten sie. Alles richtig, die Buchantiquare verkauften und verkaufen die Gesammelten Werke dieses Mannes Jean Paul mit ihren sechzig oder achtzig Bänden recht billig. Ab und an fand sich auch einmal jemand, der irgendeine Geschichte von ihm ausgrub, sie hübsch bibliophil mit Holzschnitten oder Steindrucken schmückte. Das ging dann ein bisschen, und die Leute konnten kennerisch sagen: Ja, unser Großer Jean Paul! Aber lesen? Lesen?! Nicht die Möglichkeit, viel zu schwierig!

Und damit hatten sie im Grunde recht. Denn dieser Dichter erzählt nie etwas gradezu. Was er auch zu erzählen hat, er erzählt es auf dem längsten nur möglichen Umwege, er überspringt die Pointen, er schachtelt Privatansichten, Aufgelesenes, Wissensballast ein, kurz, er ist ein Kauz, er ist bewusst schwierig, er will nicht leicht sein.

Um einem Engländer einen Begriff von dieser Sache zu geben, nenne ich den Mann Joseph Conrad, der seine Meeres- und Abenteuergeschichten auch auf eine ganz unmögliche Weise erzählt. Natürlich sind die beiden Dichter nur in diesem einen Punkt vergleichbar: in der bewussten, gewollten Schwierigkeit. Conrad macht es ja im Allgemeinen so, dass er möglichst rasch zu Anfang des Buches erzählt, was nun eigentlich geschehen wird, er nimmt die ›Spannung‹ vorweg. Und dann geht er mit einer verbissenen Schlauheit jeder starken Szene aus dem Wege, er verwendet fünfzig Seiten auf die Entwicklung einer Sache, die Sache aber tut er in einem Nebensatz ab – oder er überspringt sie einfach. Es ist, als legte er es darauf ab, seine Leser vor den Kopf zu stoßen, es ihnen möglichst schwierig zu machen.

Aber warum dieses, Jean Paul? Aus welchem Grunde, Conrad?

Ich kannte einmal ein junges Mädchen, eine Bildhauerin. Sie konnte etwas in ihrem Fach, aber gut war sie nicht anzusehen. Die Haare hingen ihr zottelig in ihre Stirn, die Kleider saßen schluderig und liederlich an ihr herum, und dass sie sich regelmäßig wusch, habe ich immer bezweifelt. Eines Tages aber entdeckte ich bei ihr ein Bild, ein Foto – erst erkannte ich es nicht, aber dann sah ich: das war ja sie! Gut angezogen, frisiert, eine kleine strahlende Schönheit! Um

Gottes willen, Hertha, rief ich, warum in aller Welt machen Sie sich so schrecklich zurecht, wo Sie so entzückend aussehen können?! Man muss es den Menschen doch auch nicht gar so schwer machen!!

Es soll aber nicht leicht sein, schwer soll man es ihnen machen, sprach das Mädchen.

Dieser Ausspruch ist mir nun schon seit über zwanzig Jahren nachgegangen, und es scheint mir für einen Bücherschreiber und Bücherleser an der Zeit, sich einmal darüber klar zu werden, was es damit eigentlich für eine Bewandtnis hat. Soll es leicht sein, oder soll es schwierig sein? Soll man es halten wie Conrad oder Jean Paul, oder soll man es machen wie die andern?

Ich weiß es nicht. Ich weiß es nicht.

Ich habe gewissermaßen aus Versehen und wider Erwarten einen Bucherfolg gehabt, ich bin das geworden, was man einen Volksschriftsteller, einen populären Mann nennt. Aber nun sitze ich da und grübele: leicht oder schwierig? Verführt Leichtigkeit nicht zum Hinterherlaufen hinter jedem Erfolg, wird man nicht flach, seicht? Was im Himmel ist überhaupt Erfolg? Hat er überhaupt irgendeinen Wert? Und wie kommt er zustande? Und warum?

Im Grunde bin ich in der Lage jenes Mädchens Hertha: Soll ich die Haare in die Stirne hängen lassen? Oder soll ich mich nicht doch lieber frisieren?

Ich weiß es nicht! Soll ich?

Warnung vor Büchern

Hätten die Dienstmädchen in meines Vaters Hause die Betten besser gemacht, wäre ich vielleicht nie ein so leidenschaftlicher Freund der Bücher geworden. Da aber Dienstmädchen sind, was sie sind, so drehten sie nie die Matratzen in den Betten um, und ich konnte mir unter der Matratze eine kleine geheime, aus meines Vaters Bücherschränken zusammengestohlene Bibliothek halten.

Ich war unter vier gesunden Geschwistern ein kränkliches Kind, ich war darum ein einsames, kopfhängerisches, scheues Kind – doch kaum dämmerte der Morgen, so war ich wach, zog einen Band unter der Matratze hervor und las und las. Dann war die Krankheit vergessen, vergessen war Angst vor Menschen und Lehrern, es gab keine unerledigten Schularbeiten mehr, ich war in einer andern Welt und was Wunder, dass mir diese Welt allmählich viel mehr bedeutete, dass sie mir viel wirklicher schien als die Welt, in der ich tagüber ziemlich verschlafen umging. Hätten meine Eltern und meine Lehrer geahnt, dass diese Schlafmützigkeit kein Krankheitssymptom, sondern einfacher Schlafmangel war, sie hätten meiner Lesewut wohl rasch ein Ende bereitet. Aber, wie gesagt, die Bibliothek unter meiner Matratze blieb unentdeckt – und so hatte ich denn meine Bücher und damit mein Privatleben.

Die Art der Aufbewahrung verbot von vorneherein dicke, auftragende Bände, aber in meines Vaters Schränken gab es viele der kleinen, handlichen Reclam'schen Bände, besonders vom ausländischen Schrifttum. So ist es gekommen, dass ich als Elfjähriger, Zwölfjähriger, Dreizehnjähriger das ganze Frankreich mit seinen Flaubert, Zola, Gautier, Daudet verschlang und dass ich ebenso gut auf der andern Seite des Kanals heimisch war mit Scott und Dickens, mit Defoe und Swift, mit Lawrence Sterne und Goldsmith.

Man wird sich fragen, was ein Zwölfjähriger mit dem Tristram Shandy anfangen konnte, und ich frage mich das heute selbst – aber jedenfalls habe ich etwas damit anzufangen gewusst, und die meisten der damals gelesenen Bücher sind seit jener Zeit meine treuen Freunde geblieben. Bücher sind ja überhaupt die treuesten Freunde, die man im Leben gewinnen kann: sie sind immer da, sie bleiben immer so, wie man sie kennt, sie enttäuschen nie.

Aber Bücher sind auch die gefährlichsten Freunde; sie machen unendlich anspruchsvoll. Menschen verändern sich, plötzlich zeigen sie Schwächen, sie haben keine Zeit, sie lassen uns im Stich – wer immer mit Büchern umgeht, verlangt von den Menschen zu viel.

Ich hatte mir da eine sehr nette eigene Welt aufgebaut – aus Büchern; aber diese eigene Welt hatte mich dabei so ungeeignet wie nur möglich für das tägliche Leben gemacht. Ich hatte keine Freunde, keine Spiele, keine Interessen, keine Gemeinschaft – ich war der menschenhassendste Einzelgänger von der Welt. Aber dafür setzte ich mich, ging mir im Leben etwas schief – auf meine Robinsoninsel, herrschte über alle Schätze Aladins, ritt als siegreicher Held durchs schottische Hochland – und jeder wirkliche Misserfolg zählte nichts.

Es ist eine der für mich nachdenksamsten Lebenswendungen, dass es nun doch wieder die Bücher waren, die mich aus meiner Einzelgängerei befreiten. Dieses Mal waren es aber nicht die gelesenen, sondern die geschriebenen. Und – es war keine Niederschrift vom erträumten Glück, von ersehnter Größe, nein, es war eine Geschichte aus dem Bereich des einfachen, schlichten, täglichen Lebens, nahrhaftes Brot aus den Äckern dieser Erde – kurz gesagt: es war die Geschichte vom Kleinen Mann. Plötzlich war ein Widerhall da, siehe da, ich war nicht mehr allein.

Bücher können alles in diesem Leben geben: Menschenhass und Menschenliebe. Glück, Ruhm und Reichtum. Einsamkeit und Gemeinschaft. Freundschaft. Und nur eines können sie nicht geben, Leben können sie nicht geben. Das müssen wir schon dazutun. Du wie ich. Und der da auch! (Und ich habe dies erst sehr spät begriffen, mit achtunddreißig etwa. Daher dies zur Warnung.)

Vom Kuhberg nach Carwitz
Vom Feuerherd zum Elektroherd

Als wir heirateten, ging es knapp bei uns zu. Ich erinnere mich noch hitziger Debatten, die ich mit meiner künftigen Frau über die Kochpottfrage führte. Wie mir schien, wollte sie Orgien in Kochtöpfen feiern; sie hatte Ideen von Mittagessen, die aus Suppe, Fleisch, Kartoffeln, Gemüse und womöglich noch Speise bestanden. Macht allein fünf Kochtöpfe und unser Kochherd …

Meine Zukunftsfrau hatte nämlich unsere Wohnung noch nicht gesehen, ich hatte sie gemietet, sie lag am »Kuhberg«, und so war sie auch!

»Ach nee!«, sagte meine Frau, als sie die Küchenräumlichkeiten schließlich betrat. »Hier also, denkst du, soll ich kochen? Denkst du?«

»Fehlt der Küche was?«, fragte ich unschuldig.

»Fehlen –?!«, sagte sie verächtlich. »Frag lieber, ob was da ist.«

Ich fand, es war alles da. Ein bisschen klein war die Küche bestimmt, ein bisschen *sehr* klein: sie war nämlich nur eine Abseite unter schrägem Dach, sagen wir fünf Quadratmeter; aber das sparte schließlich Lauferei. Direkt vor dem Herd war sogar ein Fleck, wo man richtig grade stehen konnte, besonders wenn man das Dachfenster aufmachte, aber das hatte wieder seinen Vorteil, vornehmlich im heißen Sommer, man war dann immer in frischer Luft. Und was den Herd anging – was fehlte eigentlich diesem Herd? Er hatte ein richtiges Feuerloch und in der Platte ein richtiges Kochloch.

»*Eine* Kochstelle …«, sagte meine Frau und sah mich durchbohrend an. Ich versuchte, harmlos auszusehen. Aber ich hatte die Wohnung auf ein Vierteljahr gemietet, und man kann nicht ein Vierteljahr hindurch harmlos aussehen, wenn man täglich nach Arbeitsschluss seine Frau in einer Schwitzhölle besucht. Es war Sommer, strahlender, heißer Sommer, es war nur ein Glück, dass wir kein Thermometer in dieser Küche hängen hatten. Ich muss schon sagen, meine Frau hat da Wunderdinge verrichtet. Kombinationen von ineinandergestellten Töpfen, aber erst einmal waren alle Topfböden ständig schwarz, und dann war das Endergebnis doch, dass die eine Sache glühheiß war und die andere lau. Ich hielt weise meine Zunge im Zaum, auch wenn meine Frau noch so ermunternd fragte: »Na, wie gefällt dir *deine* Küche?«

Aber zum 1. Oktober zogen wir jedenfalls, und der Umzug vom Kuhberg in die Herrengasse war nicht nur symbolisch in diesen beiden Namen ausgedrückt. Wir gerieten gewissermaßen aus der Steinzeit in die Moderne, in die Beinahemoderne. In der Herrengasse gab es Gasherde. Kein Wort gegen Gasherde. Aber immerhin, die schwarzen Topfböden blieben, und die Furcht vor offenen Gashähnen und sich lösenden Gasschläuchen kam dazu. Dazu kam später auch ein Sohn, und es ist nicht zu sagen, was für eine Anziehungskraft blanke Hähne auf Kinder haben.

Und wo gibt es schließlich Gas? In volkreichen Siedlungen, in der Stadt, auf dem Lande nicht. Und das nächste Mal zogen wir nun aufs Land. Wir bekamen einen sehr modernen Hauswirt, und der hatte uns eine elektrische Küche eingerichtet. Eine ausgezeichnete Sache, schmuck und sauber, so ein Ding in Weiß und Schwarz mit seinen Schaltern. Kein offenes Feuer im Haus, keine Gefahr für die Kinder, aber auch keine Wärme in der Küche. Was meine Frau in der sommerlichen Abseite am Kuhberg geschwitzt hatte, das fror sie nun im Winter. Wir hatten eine Entwicklungsstufe übersprungen, nein, wir hatten uns zu weit entwickelt, wir waren in die Hypermoderne geraten. Was macht man da?

Man macht, was wir machten: man zieht wieder um und kombiniert. Ein Elektroherd plus einen kleinen Kohleherd. Im Sommer kühl und im Winter warm – es ist schon eine gute Sache. Und im Allgemeinen: Zuverlässigkeit, Sauberkeit, Pünktlichkeit. Man dreht einen Schalter, man stellt ihn auf »Drei«, schön, man braucht nicht nachzusehen, die Wärme bleibt immer gleich, heute, morgen, in einem Monat wird der Topf in so und so viel Minuten kochen, der Braten braun sein. Holz brennt heute so und morgen anders, wir haben Nebel, und der Schornstein zieht nicht, schön, wir haben unseren Elektroherd, der brennt, der zieht. Das Leben ist schon kompliziert genug, wo man kann, soll man es sich vereinfachen –! und solch ein elektrischer Herd, das ist schon eine Vereinfachung.

Von der heißen Steinzeitabseite bis zur Elektroküche (mit dem Kühlschrank) – es ist schon eine ganze Entwicklung, die man da durchgemacht hat, in fünf Jahren Ehe, sagen wir tausend Jahre menschlicher Arbeit, Erfindung, Pioniertätigkeit. Es ist schon ein Vorwärts. Ein gewaltiges Vorwärts.

Märchen vom Unkraut

In jener fernen Zeit, da Gott noch manchmal seine Erde besuchte, lebte einmal ein Bauer, der es sich schwer machte. Seine Eltern hatten ihm einen kleinen, feinen Hof hinterlassen, auf dem er bei guter Arbeit sein gutes Auskommen finden konnte – aber das war ihm nicht genug. Wenn er um Michael sein Korn säte oder nach den hundert ersten Tagen des neuen Jahres die Frühkartoffeln steckte, so sah er sich zornig um und schimpfte wohl: »Möchte auch wissen, was für Teufelszeug mir der Bockbeinige wieder dazwischenstreut!« Und wenn das Korn lustig auflief und wenn dann die Kartoffeln fröhlich ihre dicken, fleischigen Keime dem Sonnenlicht entgegenstreckten – dann konnte er all dies glückliche Wachstum nicht sehen über einer kleinen, schüchternen Kornblume, die mit dem Roggen aufging, über einem Meldestängel, der zwischen dem Kartoffelgrün prunkte.

»Ist der Teufelskerl also doch wieder neben mir gegangen!«, schalt er und lief auf den Hof und holte sich seine Hacke und hackte bis in die Nacht hinein darauf los, dass ihm der Schweiß über alle Glieder lief. Dachte er aber dann, nun habe er es recht gut gemacht und kein unnützes Unkraut nehme seinem nahrhaften Gewächs Kraft und Licht fort, so kam der Wind und blies ihm vom fremden Nachbaracker den gefiederten Samen des Löwenzahns oder der Saudistel herüber. Die Vögel huschten durch sein Kraut und verschleppten die Körnchen des Hederichs, vom Feldrain kroch die Winde in sein Land, und die Tauben kamen von fremden Schlägen geflogen und pickten und ließen fallen, wie es kam.

Über all dieser Unkrautwirtschaft verlor der genaue Bauer fast den Verstand, und die liebe Erde kam ihm wie ein recht liederlicher Platz vor, in den mit keiner Arbeit und Sorgfalt Ordnung zu bekommen war. Wenn er dann abends todmüde vom Unkrauthacken und Unkrautjäten und Taubenscheuchen in seinem Bette lag, suchte ihn doch nicht der kräftigende Schlaf heim, sondern nun zergrübelte er sich den Kopf darüber, wie er es wohl auf Erden eingerichtet hätte, wäre ihm das Kommando zugefallen. Und zu seinem Zorn auf den Teufel kam mit der Zeit ein rechter Ärger auf den lieben Gott, der, wie er meinte, alles falsch gemacht hatte.

Nun begab es sich aber, dass an einem heißen Frühsommertag, als der Bauer schwitzend und scheltend in seinen Rüben hackte, ein sehr alter Mann recht stattlich auf dem Feldweg unter den Pflaumenbäumen einhergewandelt kam. Als er des so ingrimmig Arbeitenden ansichtig wurde, blieb er stehen, grüßte freundlich und sprach: »Nun sage mir doch, mein lieber Mann, warum du dich gar so sehr plagst. Jedes Jahr komme ich hier vorübergegangen, und immer plagst du dich blinder als ein Pferd in seinem Göpel. Weit gehe ich umher in den Landen, aber nie habe ich noch einen gesehen, der es sich so schwer machte wie du!«

Der Bauer stützte sich auf seinen Hackenstiel, wischte sich mit dem Handrücken den Schweiß von der Stirne und erwiderte recht ärgerlich: »Ja, ihr Städter habt gut reden, ihr! Ihr sitzt im Sommer kühl und im Winter warm in euern Stuben, und geht ihr wirklich einmal an einem heißen Tage wie dem heutigen über Land, so nur darum, weil euch der Bauch von zu vielem Essen grimmt! Was für ein mühseliges Leben führen aber wir Bauern! Bei Schnee und Regen, bei Kälte und Hitze müssen wir uns draußen abrackern, und doch bringt auch der Fleißigste von uns seine Arbeit nie zum Ziele!«

»Wie meinst du das, mein guter Freund?«, fragte der alte Mann. »Mich dünkt, wenn der Winter kommt, und du hast dein Korn in der Scheuer und dein Wurzelwerk in Miete und Keller, so hast du auch dein Werk vollbracht.«

»Ja, das glaube ich wohl«, lachte der Bauer so recht verächtlich, »dafür seid ihr Städter, dass ihr mit solcher Einbildung herumlauft! Doch unterdes hat der Teufel schon wieder sein Unkraut in mein Korn gesät; seine rechten Hausvögel, die Krähen, kommen auf meinen Acker geflogen, und so viel gutes Korn sie vorne picken, so viel schlechtes Unkraut lassen sie hinten unverdaut wieder hinausfallen! Immerfort kann man laufen und scheuchen, und denkt man, nun ist es wohlgetan, so hat das unnütze Viehzeug, die Maikäfer, den ganzen Acker mit seinen Engerlingen gespickt. Und ein einziger Windstoß weht dir von Nachbars Feld mehr Disteln her, als du in drei Jahren forthacken kannst.«

»Ich glaube, mein Freund«, sprach der alte Mann sehr ernst, »du bist nicht zufrieden mit dieser Erde, wie sie ist. Freut dich denn die schöne Ernte in Scheune und Keller gar nicht?«

»Wie soll sie mich freuen?«, fragte der Bauer hitzig dagegen. »Wenn ich mir doch an meinen zehn Fingern ausrechnen kann, um wie viel größer sie noch gewesen wäre, hätte sich nicht das Rackerzeug, das Unkraut, an meinem guten Mist und an meiner schönen Erde gemästet? Nein, hätte ich das Kommando, ich hätte es wahrhaftig anders eingerichtet. Und besser!«

»Und wie hättest du es wohl eingerichtet, Bauer?«, fragte der alte Mann recht eindringlich. »Besinne dich aber gut, ehe du sprichst.«

»Da brauche ich mich nicht lange zu besinnen«, sprach der Bauer mürrisch. »Das habe ich mir schon tausendmal überlegt. Alles, was da in der Luft fliegt, sollte mir nicht über die Grenzen meines Landes dürfen, und alles, was in der Erde kriecht und wühlt, sollte es auch nicht!«

»Ist das wirklich deine Meinung, Bauer?«, fragte der alte Mann ernst.

»Gewiss ist sie das!«, sprach der Bauer trotzig. »Aber unsereins hat für die Katz Verstand, die hohen Herren hören doch nicht auf ihn.«

»Dein Wunsch sei dir erfüllt!«, rief der alte Mann mit feierlicher Stimme, und seine Augen fingen so zu strahlen an, dass der Bauer merkte, für diesmal habe er nicht mit einem Städter, sondern mit dem lieben Gott selbst gesprochen. Da erschrak er nun doch heftig, und sein Herz klopfte hastig gegen die Rippen, zumal auch die Gestalt wuchs und wuchs, bis sie nur war wie ein ungeheurer Nebel zwischen den Pflaumenbäumen. Aus dem Nebel aber sahen ihn die strahlenden Augen an, und eine laute Stimme rief: »Heute übers Jahr komme ich wieder, Bauer! Dann wirst du mir erzählen, wie du mit deinem erfüllten Wunsche zufrieden bist.« – Damit zerging der Nebel, und die Pflaumenbäume an der Straße standen im heißen Sonnenschein klar da wie zuvor.

»Das war freilich gefehlt!«, sprach der Bauer verdutzt und kratzte sich den Kopf. »Ich bin zu offenmäulig mit meiner Meinung herausgefahren, das vertragen die Herren nun einmal nicht. – Nun, wenn er wirklich tut, was ich ihm gesagt habe, wird er schon zufriedener mit mir werden!«

Der Bauer hob die Hacke hoch und sah missmutig den Weiderich zwischen seinen Rüben an. »Da ich nun einmal beim Wünschen war«, überlegte er, »hätte ich mir auch gleich alles alte Unkraut aus dem Acker fortwünschen können. Dann hätte ich mir viel Arbeit gespart. Nun, an alles kann man nicht zu einer Zeit denken, und dafür will ich schon sorgen, dass die Teufelssaat nicht mehr, sondern weniger wird.« Und er hackte emsig darauf los, voll innerer Freude, dass, was nun tot sei, in Zeit und Ewigkeit keine Nachsaat finden könne.

Unterdessen musste er mit seinem Hacken doch einmal

innehalten. Es war ihm, als sei es noch viel heißer geworden und als fehle vor allem der Wind, der vorher noch leise Abkühlung gebracht. Als er aber hochsah, bewegten sich die Blätter der Pflaumenbäume am Wege doch leise rauschend – nur um ihn regten sich nicht Blatt noch Zweig.

Das wollte ihm seltsam erscheinen. Er ging durch die unbewegliche Hitze auf die Straße zu, und kaum hatte er den Grenzrain überschritten, wehte ihn auch schon der kühlende Windhauch an. Der Bauer trat hinüber und herüber, aber es blieb an dem: auf der einen Seite wehte der Wind, auf der andern Seite schwieg er. Da fiel ihm ein, dass er gewünscht hatte, alles, was in der Luft fliege, solle nicht über seine Grenze dürfen – und wehte denn der Wind nicht durch die Luft –?

»So war es freilich nicht gemeint!«, rief er betroffen aus. Dann aber überlegte er sich, dass es wohl manchen Tag recht heiß werden würde, dass aber nicht alle Tage die Sonne scheine. »Und so ganz schlecht ist es vielleicht doch nicht, denn wie manches böse Mal hat der Unband, der Wind, mir mein reifes Korn niedergemäht, dass es dalag wie gewalzt, und keine Sense fand einen Anfang dazwischen. Nun weht mir wenigstens kein Heimtücker mehr die grünen Äpfel vom Baum, kein eisiger Ost kühlt mir die Mieten durch, dass die Kartoffeln alle erfrieren – und Feuerung spare ich auch!«

Ganz zufrieden hackte er weiter, und wenn ihm bei seiner Arbeit der Schweiß in ganzen Bächen den Leib hinunterrann, so schmunzelte er nur bei dem Gedanken, was dieses Schwitzen ihm einbringen würde. So recht zufrieden wie eigentlich noch nie in seinem Leben wirtschaftete er in den nächsten Tagen auf seinem Höflein umher, und es war ihm beinahe so, als hätte er den lieben Gott recht reingelegt und sich Vorteile verschafft, von denen der nicht einmal etwas ahnte.

Ein wenig blasser wurde freilich dies Schmunzeln, als eines Morgens der Eimer leer aus dem Ziehbrunnen hochkam. Es war ein sehr alter Brunnen; Vater, Großvater, Urgroßvater hatten von eh und je ihr Wasser daraus geholt, und nie hatte er auch im trockensten Sommer versagt.

»Das ist ja wohl nicht möglich!«, sagte der Bauer, holte eine lange Leiter und stieg in den Brunnenschacht hinab. Aber da war weiter nichts zu sehen als eine kleine, schlammige Pfütze und ein paar betrübte Frösche. Ein leises Grauen wollte den Bauern doch ankommen. Eilig lief er in die Stadt und holte den Brunnenbauer. Der Meister stieg auch hinab und sah und grub und grub dann an anderen Stellen. Schließlich aber sagte er verlegen: »Bauer, ich weiß nicht, was es mit deinem Grundwasser ist – wie verhext ist es! Es ist welches da gewesen, aber es ist wie verschwunden, und es kommt auch kein neues über deine Grenzen nach, obwohl sonst überall im Dorfe reichlich davon da ist!«

Das Wort von den Grenzen, über die kein Grundwasser nachfloss, hatte den Bauern wie ein Schlag getroffen; sein Wort, dass nichts von dem, was in der Erde kröche, über seine Grenzen dürfe, war ihm wieder eingefallen. Eilig entließ er den städtischen Meister, als habe er eine Untersuchung zu fürchten. Dann kaufte er sich einen Wasserwagen, und ein Knecht musste nun täglich den Wasserbedarf für Menschen und Vieh aus einem unweit gelegenen See heranfahren – und das war nicht wenig!

»Aber«, tröstete sich der Bauer, »man muss den Nutzen gegen den Schaden rechnen, und wenn mich im nächsten Jahre der liebe Gott wieder aufsucht, will ich diesen einen Punkt bei ihm rückgängig machen. Denn recht war es nicht von ihm, mich so wörtlich beim Worte zu nehmen, und dafür ist er schließlich zehntausendmal klüger als ich dummer Bauer, dass er nach meiner Meinung hätte handeln müssen und nicht nach meinem unbeholfenen Wort!« So maulte der Bauer mit seinem Herrn und vergaß ganz, wie lange Zeit er gehabt hatte, sich seine Wünsche zu überlegen, und wie eindringlich ihn der liebe Gott ermahnt hatte, sich auch gut zu besinnen, ehe er sprach.

Indessen hatte der Bauer noch immer keine rechte Vorstellung von dem Umfang des Unheils, das er sich herbeigewünscht. Es war ein ausnehmend trockener Frühsommer, und das Land lechzte nach Regen. Gewitter zogen im Lande hin und her, es fielen auch plötzliche Regen da und dort, aber in der Gemarkung seines Dorfes war noch immer alles trocken geblieben. Den ganzen Tag hing das Laub schlaff an den Bäumen, das Getreide, das kaum erst in Ähren schoss, wurde doch schon gelb und welk, und das Grün der Kartoffeln schien sich immer mehr zusammenzuziehen. Immer wieder richteten sich die Leute bei ihrer Arbeit hoch und betrachteten den mitleidlos strahlenden Himmel. In den späteren Morgenstunden sammelten sich die Wolken an ihm, aber ehe noch die Sonne ihren Mittagspunkt erreicht hatte, waren sie wieder zergangen. »Ein Missjahr«, flüsterten die Leute hinter der Hand, um es nicht auch noch herbeizurufen. »Eine Fehlernte – Hunger!«, flüsterten sie. Auf den vertrockneten Weiden brüllte das Vieh.

Dann kam ein Tag, heißer denn je, der ganze Himmel schwelte in einer qualmigen Glut, matt schon am frühen Morgen schlichen die Menschen umher. Still, nur manchmal angstvoll piepend, saßen die Vögel im Geäst, tief, mit angelegten Ohren, ließen die Pferde den Kopf zur Erde hängen. Das ganze Land lag in einem atemanhaltenden, erwartungsvollen Schweigen; nur aus der Ferne, überall aus der Ferne, vom Horizont her, an dem blauschwarze Wolken langsam höher stiegen, klang ein unaufhörliches Summen, als flöge dort ein ungeheurer Bienenschwarm. »Gott lässt seine Gewitterimmen los!«, flüsterten die Leute. »Wehe, wen sie stechen!«

Langsam war die dunkle, drohende Wolkenwand höher und höher gestiegen, das Sonnenlicht war fahl geworden, aus dem Summen wurde ein fernes, unheilvolles, nicht aufhörendes Rollen. Der Bauer stand vor seiner Tür und sah den Himmel an. »Natürlich!«, schalt er. »Erst muss man verdursten, dann ertrinken. Als ob es nicht auch gelinde ginge –!« Ein greller Blitz fuhr aus dem Himmel, dann knatterte es taubmachend. »Das hat eingeschlagen!«, rief der Bauer und lief in den Stall, in dem das Vieh mit Kettenrasseln und Brüllen seine Furcht kundtat. Blitz folgte auf Blitz, der Donner hörte überhaupt nicht mehr auf zu rollen, der Bauer hatte mit seinem Vieh zu tun. Dann rauschte es kühl, und der Bauer trat unter seine Stalltür.

Es regnete, ja, es regnete. Wie eine Wand, eine lange, schräg gestrichelte Wand stand der kühle, heilende Regen über See und Dorf. Die Lebenskraft fiel vom Himmel, schon war das friedliche Rauschen stärker als das gelegentliche böse Donnerrollen. Halm um Halm richtete sich auf, Blatt um Blatt entfaltete sich – aber auf des Bauern Land fiel kein Tropfen Regen! Wie eine Glaswand stand die Nässe jenseits der Grenze. ›Alles, was in der Luft fliegt, soll mir nicht über die Grenze!‹, so klang es in des Bauern Ohr, so war es nun wahr geworden. –

Sehr, sehr lang wurde dem Bauern dies Jahr, das er auf den Besuch des Herrn warten musste. Was er in ihm erlebte, machte ihm die Zeit nicht kurzweiliger. Ja, mit dem Unkrauthacken hätte er sich nun wirklich nicht in der Hitze schweißtriefend zu placken brauchen: alles Unkraut vertrocknete in der Dürre, aber die Rüben vertrockneten mit! Das Getreide vertrocknete taub, das Kartoffelkraut wurde dürr, dass es raschelte, und wenn es Knollen unter sich hatte, so waren sie nicht größer als eine Haselnuss. Und er hätte auch nicht nötig gehabt, sich über den ausbleibenden Wind zu freuen, der ihm nun die Äpfel nicht von den Bäumen warf – die Dürre warf sie ihm herunter, und das Laub warf sie gleich hinterher!

Als der Herbst kam, hatte der Bauer keine Ernte einzubringen gehabt, und Felder hatte er fürs nächste Jahr auch nicht zu bestellen; es wuchs doch nichts mehr in dem Boden, der dürre war wie Staub. Jetzt hatte er reichlich Zeit, sich von seiner Plackerei auszuruhen, aber er tat es nicht. Rastlos strich er umher, und seine Nächte waren schlaflos. Es war, als trockne auch er von all der Dürre zusammen, mager und ausgedörrt irrte er ziellos umher und dachte nur immer an den Tag, da ihn Gott wieder besuchen würde. Nein, er hatte sich nicht unter das Joch gebeugt, er war nicht klein und verzagt geworden, er hatte den Fehler seiner vorlauten Besserwisserei noch nicht erkannt. »Hätte ich es nur ein klein wenig anders gesagt«, überlegte er immer wieder, »so wäre es auch ganz anders gekommen und tausendmal besser, als es vorher war. Er hätte es schon verstehen müssen, wie ich es meinte, statt mich so einzufangen. Unkraut ist und bleibt Dreck und man müsste …« So verbesserte er immer weiter die Welt und hatte an seinen üblen Erfahrungen noch nicht genug. –

Endlich dämmerte der langersehnte Tag. Der Bauer wurde wach in seinem Bett, sprang mit einem Satz auf und wollte in die Sonntagsbuxen fahren. Denn wenn er mit seinem Herrgott auch haderte, was sich schickte, wusste er doch, und noch einmal wollte er ihm nicht in der schmuddligen Arbeitstracht unter die Augen treten. Aber er hielt in seinem Ankleideschwung inne. Ein ganz ungewohntes Geräusch war an sein Ohr gedrungen. Er stieß den Laden zurück, riss das Fenster auf und sah hinaus.

Es regnete, jawohl, es regnete! Dick und grau hingen die Wolken vom Himmel und schütteten kühles Nass aus, was nur hinunterwollte. Auf dem Hofe standen Pfützen, von den Dächern pladderte es – und aufgeregt watschelten die Gänse umher und schnatterten. Und – siehe da! – zwischen den Pflastersteinen schoben sich da und dort und dort und da schon die ersten grünen Halme hervor. Noch fehlten ein paar Stunden vom alten, bösen Jahr, und schon regnete es gut!

Eigentlich hätte sich der Bauer wohl freuen müssen über solche Fürsorge von seinem Herrn, aber nein, das tat er nicht! Im Gegenteil, er maulte recht unverschämt in den schönen Regen hinein. »Hat er es also wirklich die ganze Zeit gewusst, wie es mir hier erging, wie ich halb vertrocknete und halb verdürstete – und hat bis zur letzten Stunde mit seiner Hilfe gewartet! Jetzt hilft es auch nichts mehr!«

Aber in seine Sonntagshosen fuhr er nun doch nicht, dafür war heute zu viel zu beschaffen. Wenn das Jahr auch weit vorgeschritten war, mancherlei konnte doch noch bestellt werden. Grünfutter war zu säen, auf die Wiesen musste Dünger, Rüben konnte man noch stecken, Kartoffeln legen – und vielleicht würde sogar noch ein Schläglein Hafer reif! Der Bauer sah noch einmal die grünen Halme zwischen den Pflastersteinen an: »Eigentlich ist das auch Unkraut und müsste ausgerissen werden!« Aber dann lief er hinaus in den Regen, und wenn der ihn auch bis auf die Haut durchnässte, über den schalt er nun doch nicht!

Es ging auf die Mittagsstunde, der Bauer trieb die Pferde vor der Säemaschine an, hinter ihr ging der Knecht. Fürs Erste hatte es zu regnen aufgehört, die Sonne lachte vom Himmel, der Wind wehte munter über die Grenze und wusste nichts mehr von einer Scheidewand, und es war zufällig derselbe Acker, auf dem im vergangenen Jahre Rüben gestanden hatten – und vertrocknet waren.

Plötzlich merkte der Bauer, dass jemand neben ihm herging, und als er hochsah, war's der Besucher vom alten Jahr, der liebe Gott. Ein Jahr hatte sich der Bauer auf die Ansprache an seinen Herrn vorbereitet, aber nun ging es ihm, wie es vielen geht: er fand das Wort nicht. Außerdem genierte er sich vor seinem Knecht; was würden die Leute wohl sagen, wenn es herumkäme, dass er hier mit dem lieben Gotte über seinen Acker ging!

»Um deinen Knecht brauchst du dich nicht zu kümmern«,

beantwortete Gott seine Gedanken. »Der sieht und hört mich nicht. Nur für dich bin ich da. Freilich musst du etwas leise sprechen, denn dich kann er hören.«

Das war wiederum schlecht für den Bauern, denn alles, was er sich in seinen Gedanken zurechtgelegt hatte, musste laut, hitzig und empört gesagt werden. So schwieg er weiter und sah auch seinen Besucher nicht an, sondern grade vor sich auf die Pferdeohren.

Der liebe Gott wartete geduldig. Als aber gar nichts kam, sondern der Bauer nur einmal die Pferde zornig anschrie, weil sie aus der Radspur gewichen waren, fragte er behutsam: »Sie hat dir nicht gefallen, die Einrichtung, die du dir ausgedacht hattest –?«

Nun kam der Bauer doch in Fahrt, aber nur ein wenig, denn hinten ging ja der Knecht. »Sie wäre schon recht gewesen, die Einrichtung«, sagte er verhalten, »wenn man's nur gemacht hätte, wie ich gedacht! Vom Regen und vom Grundwasser habe ich kein Wort gesagt, wohl aber vom Unkraut.«

»Fliegt denn die Wolke nicht in der Luft? Kriecht denn das Wasser nicht in der Erde?«

»Unsereins kann nicht alles bedenken«, sprach der Bauer mürrisch. »Man hätte nach der Meinung gehen sollen.«

»Oh Mensch!«, sprach der liebe Gott. »Wer den Mut hat, eine Erde zu schaffen, der muss an alles denken. Wer etwas besser machen will, muss es zuerst einmal besser wissen.«

»Ich hab keine Erde schaffen wollen!«, schrie der Bauer hitzig. »Ich hab nur einen Fehler richtig machen wollen. Ich –«

»Jau, jau, Bauer!«, rief der Knecht, der hinter seinem Säekasten gedöst hatte. »Der Hafer läuft richtig.« Und machte den Bauern stumm.

»Ist es denn wirklich ein Fehler?«, fragte der liebe Gott friedlich. »Ich habe eigentlich gedacht, du würdest dir heute deinen alten Zustand zurückwünschen.«

»Natürlich ist es ein Fehler«, sprach der Bauer hartnäckig.

»Und wenn ich mir noch einmal etwas wünschen dürfte, so wäre es, dass auf meinem Acker kein Sämlein Unkraut keimen darf.«

»Ist das wirklich dein Wunsch?«, fragte der liebe Gott sehr ernst. »Besinne dich gut, dass du nachher nicht wieder den Schaden trägst wie dieses Mal.«

Der Bauer überlegte sich den Fall noch einmal gründlich. Doch hatte er ihn sich in all den vergangenen Wochen und Monaten so genau durchdacht, dass er nicht den kleinsten Schaden, sondern nur Nutzen in seinem Wunsche entdecken konnte. »Ja, doch. Dies ist wirklich mein Wunsch«, sagte er schließlich, wenn auch etwas kleinlaut.

»So will ich dir denn deinen Wunsch abermals erfüllen«, sagte Gott ganz freundlich. »Und über ein Jahr wirst du mir erzählen, wie es dir gefallen hat. Mach es gut, Bauer.«

»Ja, danke schön, Herr«, antwortete der Bauer, und da war er auch schon wieder allein. Er trieb die Pferde weiter an, und neugierig sah er dabei auf die schwärzliche Erde zu seinen Füßen, aber da war kein Hälmlein und kein Keimlein Unkraut zu sehen.

»Dieses Mal habe ich es nun richtig gemacht«, sagte er zu sich. »Den Schaden vom vergangenen Jahr wollen wir nun schon wieder wettmachen.« Er konnte kaum das Mittaggeläut abwarten, so eilig hatte er es, auf dem Hof die grünen Halme zwischen den Pflastersteinen anzusehen, das einzige Unkraut, von dem er bestimmt auf seinem Land wusste. Und richtig – fort waren sie! Dass er dabei im Vorbeilaufen gesehen hatte, wie die verdorrten Obstbäume im Garten neue, junge Blättchen ausgetrieben hatten, das freute ihn nur einen Augenblick. Gleich danach sagte er zu sich: »Als wenn sich das nicht so schickte! Ich habe schon so genug Schaden gehabt im vergangenen Jahr! Ich bin doch neugierig, ob sie auch noch blühen werden, reichlich spät ist es dafür schon im Jahr!« – Nun war er schon so weit, dass er allen erlittenen

Schaden dem lieben Gott ankreidete, allen Nutzen aber, den er noch haben würde, dem eigenen Verstande hoch anrechnete.

Jawohl, die Obstbäume blühten noch über und über, es ging alles vorzüglich in diesem Jahre. Der Hafer lief auf, so dicht wie eine Bürste, die Kartoffeln prangten mit dicken, dunkelgrünen Blattbuschen, und die Rüben hatten Blätter, fast so groß wie Elefantenohren. Und nirgend war ein Hälmchen Unkraut zu sehen. Der Bauer lief von einem Feld zum andern, aber es hatte alles seine Richtigkeit: kein Mohn, kein Hederich, keine Melde, keine Quecke, keine Rade, kein Weiderich, kein Windhalm – und wie die tausend Unkräuter sonst noch alle heißen. »Dieses Mal habe ich es wirklich richtig gemacht!«, sagte er wieder einmal und lief zum nächsten Schlag.

Im vergangenen Jahr, da er vor lauter Dürre nichts hatte tun können, war er das Herumlaufen gewohnt geworden; in diesem Jahre, da ihm eine Prachternte in Scheune und Keller wuchs, hatte er wiederum nichts zu tun, und wiederum lief er umher. Aber im vergangenen Jahre hatte er nichts vorzuzeigen gehabt, mit dem Staat zu machen gewesen wäre, in seinem Unglück hatte er sich vor den Leuten verkrochen. Wenn er dieses Jahr aber dessen müde geworden war, immer aufs Neue festzustellen, wie getreulich Gott seinen Wunsch erfüllte (und wie er dazu noch stets zur rechten Stunde Regen und Sonnenschein sandte) – ja, dann stellte er sich auf den Feldweg, und wenn dann dort ein Nachbar vorbeikam mit Weib und Kind, mit Knecht und Magd und männiglich hatte die Kartoffelhacke geschultert, so fragte er verstellt einfältig: »Nun, Nachbar, gut zu Wege? – Geht ihr Kartoffeln hacken?«

»Danke der Nachfrage, Nachbar«, antwortete der Nachbar höflich. »Ja, man muss ja. Es wächst dieses Jahr ein grausames Unkraut.«

»Tut es das?«, fragte der Bauer. »Bei mir aber nicht so sehr. Sieh einmal meine Kartoffeln an, Nachbar.«

Das taten sie denn auch und wunderwerkten gewaltig und rühmten ihn, was er für ein tüchtiger Kerl und Bauer über alle Bauern sei, und wenn ihn das vorige Jahr ausgedörrt hatte wie eine uralte Backpflaume, so ging er in diesem Jahre vor heimlichem Prahlen und offenem Lob auf wie ein fetter Hefekloß. »Findest du ein Hälmchen Unkraut, Nachbar?«, konnte er wohl fragen. »Einen Taler zahle ich dir für jeden Unkrautstängel.«

Das brachte sie noch einmal gewaltig in Hitze, sie suchten sehr, aber sie fanden nichts. »Ja, du bist ein großer Meister!«, rühmten sie und zogen ab; er aber stand da und blähte sich, und sein Verstand wurde scharf wie ein Messer und klar wie pures Wasser und erhob ihn weit über Gott.

Aber die Menschen sind ja so, dass sie uns lieber unser Unglück gönnen als unser Glück, und wenn sie uns auch unserer Fehler wegen schelten, sie lieben uns doch eher um ihretwillen als wegen unserer Vorzüge. Die Nachbarn wurden es sehr bald müde, seine Kartoffeln zu bewundern und bei seinem Hafer zu stehen und die reine Saat zu preisen. »Jaja, Nachbar«, sagten sie eilig und schuffelten vorbei. »Wir wissen es schon, du bist ein Teufelskerl und keiner von uns kann dir das Wasser reichen.« Und ein alter Greiser hob wohl auch mahnend den Finger: »Nicht der Menschen Macht – aber Gottes Pracht!«

Dem Bauern ging es nur schwer ein, dass er nun ohne das Schleckerbrot des Lobes leben sollte – ein missratenes Jahr, ein Dasein ohne Arbeit hatte ihn recht hungrig darauf gemacht. »Alles purer Neid und Missgunst«, sagte er bei sich, und ging tiefer in das Dorf hinein, nämlich in den Krug, nämlich zum Gastwirt.

Der Krüger saß breit und behäbig hinter seiner Theke und hatte alle Neigung, jedes Geschwätz seiner Gäste anzuhören, wenn sie nur ordentlich tranken. Ihm machte es nichts aus, was sie daherredeten, er war es gewöhnt, er hörte es kaum mehr als das Fliegengesumm. Der Bauer war ein seltener Gast in dieser Stube gewesen, kaum je, dass er sich zu den Jahresfesten ein Glas Bier und einen Korn gegönnt hatte. Nun aber, als er vernahm, dass der Krugwirt schon das ausnehmend gute Getreide und seine prächtigen Kartoffeln hatte rühmen hören, fand er, dass es sich hier recht behaglich sitze, und willig sagte er Ja, wenn der Wirt fragte: »Nun, Nachbar, wir nehmen doch noch einen –?«

Als er aber gar über dem Trinken und Schwatzen erfuhr, dass der dicke, schwerfällige Mann vielleicht willens war, sich einmal selbst auf die Beine zu machen und sich diese Wunder des Ackerbaus zu betrachten, da hätte er ihn am liebsten sofort bei dem Arm genommen und hingeführt – so wenig Durst hatte er auf das Bier, aber so viel auf das Lob. Doch jetzt grade hatte der Krüger keine rechte Zeit, er wartete auf den Viehhändler, der ihm ein besonders lieber Gast war. Einen Augenblick schwankte der Bauer; draußen schien die Sonne so schön, und ein frischer Wind von weit her wehte über die Felder, und plötzlich war es hier drinnen dumpf und schmutzig und roch schal nach dem Tröpfelbier und beißend nach vergossenem Korn.

Aber das war nur ein Augenblick. Draußen hatte er nur umherzustehen und dem Wachsen zuzuschauen – und dafür wuchs es doch zu langsam. Hier drinnen aber würde ein neuer Mann erscheinen, ein angesehener Händler, der weit im Lande umherkam und mit allen Leuten sprach, der war das rechte Publikum für ihn, viel besser noch als der ewig lächelnde Krüger, der wie eine rechte Spottdrossel die Melodie all seiner Gäste nachpfeifen konnte. Der Bauer blieb sitzen.

Dann kam der Viehhändler, und er brachte nicht nur seinen Knecht mit in die Stube, sondern auch den Bauern eines andern Dorfes, der sich eine hiesige Kuh besehen hatte.

Da ging nun freilich ein heftiges Erzählen und Trinken an; der fremde Bauer fand die Kuh recht garstig, einen rechten Schmutzknollen, mager wie die Sünde, und auf drei Strichen melke sie auch nur. Der Händler aber verschwor sich, es sei die beste Kuh dorfauf, dorfab; der Bauer könne sich die Zunge aus dem Halse laufen, er finde keine bessere. Die Magerkeit sei grade ein Vorzug, sie sei kein verwöhntes Herrschaftsvieh, alles fresse sie und werde umso leichter fett. Sein Knecht und der Krüger sprangen ihm willig bei, und als der Händler zwischenhinein unseres Bauern Landwirtschaft erwähnte, von der er schon so viel Preisen gehört habe, dass es ihn wahrhaftig neugierig mache, da half ihm auch der Bauer und erzählte, er habe einmal eine dreistrichige Kuh besessen, die mehr gemolken habe als jede andere auf vieren.

Der dicke Krüger geriet ordentlich in Schweiß, so oft musste er einschenken, und nicht einmal mehr brauchte er zu ermuntern: »Nun, Nachbar, wie ist es – heben wir noch einen?« Der Handel um die dreistrichige Kuh wurde abgeschlossen und mit neuen Lagen begossen. Und als der Bauer an diesem Tage in der späten Dämmerung nach Hause ging, nahm er zum ersten Mal in seinem Leben nicht die Mitte der Dorfstraße, wie es sich für einen Großbauern gebührt, für sich in Anspruch, sondern er fingerte sich mühsam an Gartenzäunen und Häuserwänden auf den Hof und in sein Bett.

Am nächsten Morgen freilich schämte er sich gewaltig, der lustige Schelmenstreich mit der verkauften wertlosen Kuh kam ihm jetzt wie ein rechtes Schurkenstück vor – und das Bäuerlein hatte nicht so ausgesehen, als werde ihm das Ernähren einer unnützen Fresserin grade leicht. – Zum ersten Mal war er abends nicht durch den Viehstall gegangen, und gleich war auch ein Unglück geschehen: die Tür zu einer Schweinebucht war nicht ordentlich zugesteckt gewesen, ein Schwein war unter Nacht einem Pferd unter die Hufe gelaufen und so bös getreten worden, dass es krepiert war. Ein

Schaden, ein böser Schaden, eine gute Ferkelsau krepiert und dahin! Aber nicht allein um des Schadens willen schämte der Bauer sich so und schwor: Nicht wieder! Nie wieder!

Unterdes aber blieb es auf dem Hofe, wie es gewesen war: jed Ding wuchs und gedieh ohne Hilfe der Menschen. Wenn der Bauer bei sich dachte: »Jetzt täte ein gelinder Nachtregen not«, so hatte es am nächsten Morgen gelinde geregnet, und meinte der Bauer, auch die gute Sommerhitze dürfe nicht vergessen sein, so strahlte die Sonne vom Himmel, als sei die liebe Erde ein Bratapfel, der noch vor Abend gar werden müsse. Es war ganz, als wolle der liebe Gott alles vom vergangenen Jahre wiedergutmachen, der Bauer mochte grübeln, soviel er wollte, diesmal fand er an dem Abkommen keinen Tadel.

Indessen war er doch nicht ganz so zufrieden, wie er hätte sein sollen. Das bisschen Arbeit mit Füttern, Melken und Putzen machten Knecht und Magd ohne ihn, er hatte nur umherzustehen und sich an seiner Pracht und seinem vorzüglichen Verstand, der sie zuwege gebracht, zu weiden. Manchmal sah er ganz nachdenklich auf die Nachbarn hin, die sich, mühselig gebückt und doch vergnügt schwatzend, über ihre Felder hinhackten, und er kam sich recht allein und ohne gebührenden Zuspruch und Lob vor.

In seiner Verlassenheit fiel ihm wieder der dicke Krüger ein. Er hatte sich zwar zugeschworen, ihn nicht wieder zu besuchen, aber dieses Mal wollte er ja auch nicht bei ihm trinken, sondern ihn nur an das fest gegebene Versprechen erinnern, sich die Felder zu beschauen. Beim Krüger aber saß die Gaststube ganz voll von einem städtischen Verein, die sich einen guten Tag auf dem Lande machen wollten. Es war klar, dass an diesem Tage wenigstens der Wirt nicht fortkonnte, aber der Bauer wurde aufgefordert mitzuhalten, und sehr geschmeichelt setzte er sich schüchtern zu den feinen Stadtherren an den Tisch.

Zuerst wagte er nicht gicks und nicht gacks zu sagen, aber die freundlichen Manieren der Herren und die guten Getränke lösten ihm bald die Zunge. Auch er fing an zu erzählen, vom Hof und vom Feld, vom Unkraut beim Nachbarn und der Sauberkeit im Eigenen – und da dies den Städtern ein neues Lied war, das sie noch nicht kannten und dessen sie noch nicht müde waren, so hörten sie ihn aufmerksam an und tranken ihm fleißig zu.

Als schließlich die Köpfe vor lauter Weindunst zu rauchen anfingen und eine Abkühlung vor dem Abendessen recht geboten erschien, zogen sie alle gemeinsam durch das Dorf zu des Bauern Acker. Hier wies ihnen nun der Bauer, wie es rechts der Grenze und wie es links der Grenze aussah, und da gab es freilich ein so unerhörtes trunkenes Rühmen und Schmeicheln, dass des Bauern eiteles Herz wirklich einmal übersatt wurde. Einer nach dem andern nahmen ihn die feinen Stadtherren beiseite, und der bestellte sich einen Sack von den vorzüglichen Kartoffeln, der wünschte sich, seiner Frau und seinen Kindern ein paar Körbe von den prächtigen Äpfeln, und der Dritte hatte gar ein paar Hühner in der Stadt und wollte für ein Maß von diesem herrlichen Futterhafer mehr geben als jeder andere. Der Bauer hatte nur immer Jawohl und Dankeschön und Eifreilichgerne zu sagen, und als sie wieder gemeinsam in den Krug zogen, war er ihr guter Freund geworden und dringlich eingeladen, doch an ihrem Stammtisch im Bären in der Stadt sich sehen zu lassen.

Als der Bauer am nächsten Morgen in seinem Bette aufwachte und gar nicht recht wusste, wie er denn hineingekommen war, da schämte er sich fast gar nicht mehr, sondern fand es eigentlich recht herrisch und zu seinem klaren Verstande gut passend. Er ging auch gar nicht erst in den Viehstall, um sich nur nicht gleich am frühen Morgen ärgern zu müssen, sondern lieber suchte er seinen Freund, den dicken Krüger, auf, und die beiden hatten ein langes, wichtiges Gespräch miteinander, wie freundlich der Herr Sekretär gewesen sei und wie lustig der Herr Erste Kaufmannsgehilfe.

Nun ging es, wie es gehen musste. Bald musste man den Bauern, wollte man ihn sprechen, eher beim Krüger suchen oder im Bären in der Stadt als auf seinem Hofe. »Meine Wirtschaft läuft von alleine«, sagte er wohl prahlerisch. Oder aber, wenn er seine klägliche Stunde hatte: »Es gibt ja nichts zu tun für mich auf meinem Hof, es wächst alles von selbst!«

Zuerst riss er sich noch ein wenig zusammen, wenn der Knecht morgens an seine Kammertür klopfte: »Bauer, musst raus, müssen Gras mähen zu Heu!« Oder: »Bauer, dein Hafer ist schnittreif!« – Er fuhr eilig in seine Kleider, nahm die Sense vom Nagel und ging zum Mähen. Aber bald tat ihm das Kreuz weh, oder die Sonne stach zu arg, bald stand ihm der Hafer zu dicht, oder der Mund war ihm zu trocken – er sprach zum Knecht: »Du vollbringst es auch alleine – bist ja ein tüchtiger Kerl!«, schulterte die Sense und ging in den Krug erzählen, wie sehr er sich heute schon wieder geschunden.

Darüber verkam die Wirtschaft fast ganz, so viel gewachsen war, so wenig wurde eingebracht. Dem braven Knecht wurde die doppelte Mannsarbeit bald zu viel, zudem mochte er nicht immer allein über dem Essen oder am Feierabend in der Stube hocken. Er ging fort, und der an seiner Stelle kam, war ein rechter Taugenichts, vom Bauern am Biertisch angenommen, mit kräftigem Maulwerk, aber ohne Schmalz in den Knochen. Als der Herbst kam und der Bauer mit den Lieferungen an seine Freunde in der Stadt beginnen sollte, war nicht viel da, was er auf den Ackerwagen hätte laden können. Aber es fuhr sich ja auch viel schneller auf dem Kaleschwägelchen in die Stadt, und was die Freunde anging, so hatte der Bauer längst neue und viel bessere in der Linde gefunden: Viehhändler, Getreidemakler, Güterschlächter.

Manchmal wohl, wenn ihm der Kopf gar zu sehr schmerzte

oder die wüste Hofstatt ihm gar zu eindringlich vor die Augen trat, wollte sich eine mahnende Stimme in ihm erheben, eine Stimme, die von Unheil, Verlotterung, Faulheit sprach, aber er brachte sie immer rasch wieder zur Ruhe, indem er sie auf das andere Jahr vertröstete: »Da werden wir schon mit ihm sprechen und ihm sagen, dass er es wiederum nicht recht gemacht hat. Er darf einem doch auch nicht alle Arbeit fortnehmen!«

Ja, der Bauer dachte noch manchmal in all seiner Trunkenheit an den Tag unter den Pflaumenbäumen, und hatte er im vorigen Jahre viele hitzige und laute Anklagen vorbereitet, so steckte er in diesem Jahre ganz voll von beißendem Gift und böser Niedertracht. Dass er wiederum nicht bekommen hatte, was er wollte, das konnte er in seiner trunkenen Laune leicht beweisen, und er wartete nur darauf, es zu beweisen!

Über all dem verbissenen Grübeln übersah der Bauer ganz, dass dieser wichtige Tag immer näher und näher rückte. Aus dem Herbst war Winter geworden, und dann hatte der Frühling das Land neu bekränzt. Jetzt sangen die Lerchen überall in der blauen Luft, die Sonne schien fröhlich auf fröhlichen Acker – der Tag war wieder da!

Der Bauer aber lag in einem Graben unter den Pflaumenbäumen, und seine Pferde weideten auf des Nachbarn Klee, das umgestürzte Wägelchen hinter sich schleifend. Es war nicht das erste Mal, dass der Bauer so erwachte, und es war auch nicht das erste Mal, dass ihn die scheltenden Stimmen der Nachbarn erweckten. »Da liegt er, der Saufsack!«, schalt der eine. »Wieder toll und voll, es ist eine Schande!«

»Um ihn ist es mir nicht leid«, antwortete ein anderer, »aber das arme Vieh kann einen dauern!«

»Seht nur seinen Acker!«, sprach wieder einer. »Alles Quecke und Distel und Hederich. Ja, wenn einer die Hand nicht aufheben mag!«

»Wirst ihn doch nicht aufheben, Vater«, mahnte ein Vierter. »Dass er nur umso schneller ins Wirtshaus zurückläuft.«

Aber der Bauer fühlte sich doch sachte aufgehoben, und der alte Greise sprach zu ihm: »Geh nach Haus und schlaf dich im Bette aus, ja? Das Liegen im feuchten Graben macht die Knochen morsch – weißt nicht, wozu du sie noch im Alter gebrauchen wirst.«

Doch der Bauer hatte auf nichts mehr Achtung. Wie hatte einer gesagt? Hederich und Quecke? Er sah auf sein Feld – und da stand es nun freilich, dicht an dicht: alle Unkräuter!

Der Bauer sah sie an, und so strahlend hatte sein Gesicht nie gelächelt beim Anblick des saubersten Ackers! »Ich danke Dir, Gott«, betete er, »dass du den Fluch von mir genommen und wieder Unkraut in meinen Acker gesät hast. Gutes, nützliches Unkraut. Alles ist recht, wie es ist!«

In der Ferne klangen die Hacken der Nachbarn; auch ihm hing eine Hacke in der Geschirrkammer. Jetzt war sie rostig, bald würde sie wieder blank sein!

Gesine Lüders oder Eine kommt – eine geht

1.
Alpenveilchen oder Saubrot

Es wurde immer toller – im Pfarrhaus und drum herum. Die Weiber liefen und schrien, die kupfernen Wärmepfannen klapperten auf den Küchenfliesen, nun stürzte ein Stuhl … Der Novemberwind jagte den Schnee prasselnd gegen die Scheiben, er heulte in den Essen und pfiff in den Ofenlöchern; auf dem Boden klapperte ächzend eine Tür … »Kommt die Wehmutter immer noch nicht?« – »Sie kommt …« – »Nein, sie kommt nicht! Sie hat ja Krampfadern, und der Schnee treibt wie toll!« – Die Wöchnerin schrie … »Es ist nicht anzuhören!«, stöhnte der Pastor und steckte den Kopf tiefer in die Kissen. Jetzt schrie es so jammervoll auf, dass er gleich wieder hochfuhr. »Oh, mein Gott, was ist dies –?!« Es war aber nur der Kater, dem jemand im Dunkel auf den Schwanz getreten. Schritte näherten sich der Tür, mit der Astrallampe in der Hand kam Tante Georgine herein, zwei oder drei Kameradinnen folgten. »Hier ist es warm und ruhig zum Sitzen – wir stören dich doch nicht, Zyriak?« »Nein, nein«, stammelte der Pastor und erhob sich bleich, »wie geht es, oh, wie geht es meiner Lieben?« – »Man kann noch nichts sage«, antwortete die Tante streng, und auch die andern Frauen sahen streng auf den Pastor. »Keine Windeln genäht, keine Unterlage gesteppt, keine Wickelbänderzeichen – alles muss man jetzt tun, im letzten Augenblick!«, tadelte Tante Georgine. – »Es kam so überraschend, liebe Tante«, flüsterte der Pastor. »Überraschend –!«, flötete die Tante – und ihr süßer Flötenton war Gift. – Der Pastor floh.

Aus der Sofaecke hob er etwas Weißumhülltes –. »Was bedeutet dies, Zyriak?«, rief die Tante schrill – er war schon fort. Auf dem Gang schrubbte die Magd, im Ehezimmer schrie die Wöchnerin, in der Küche klabafterte es, im Speisezimmer schälte sich die Wehmutter aus Tüchern, über die Treppe kam der Herr Kreisphysikus Kutzleb – schmalbrüstig und bebrillt, verschwand der Pastor im Pesel. Die Braunen klirrten mit ihren Ketten, draußen heulte der Wind, das Stroh raschelte, zu der Rotschecke, die niederkniete, setzte sich aufatmend der Pastor. Aus den weißen Papierhüllen schälte er die Topfpflanze, ein Cyclamen, Alpenveilchen, auch Erdscheibe oder Saubrot genannt, heimlich für diesen Ehrentag seiner Eheliebsten aus Aurich besorgt. Die Blüte war reinweiß, der Pfarrer zählte noch einmal: es gab ihrer siebzehn. Heute war der siebzehnte, siebzehnte November. Er bog achtsam ein Blatt, dass sich sein Einschnitt um den Blütenstängel schmiegte. Er setzte die Pflanze neben sich. Wenn er den heutigen Tag herzlich herbeigesehnt hatte, so nicht nur darum, dass sein junges Weib von der immer drückenderen Last befreit wurde. Sondern vornehmlich auch darum, dass er dies schöne Blütengewächs der Geliebten im höchsten Flor überreichen konnte. Vor dem Adlerblick der Tante, dem treuinnigen der Gattin, so viel neugierigen Blicken hatte er die Pflanze gehegt und gehütet, um an diesem Tage nicht mit leeren Händen an ihr Bette zu treten. An Windeln hatte er nicht gedacht, hieran hatte er gedacht. Er sah sich an die Seite der Weißen, Erschöpften treten, aus ihrem müden Auge, dem der Ausdruck erlittener Schmerzen nur langsam entwich, grüßte ihn ein liebevoller Blick. »Oh, mein Gott!«, rief er freudig erschüttert, hob die Hände und lief gegen den Gang – erschrocken hielt die Rotschecke mit Wiederkäuen inne –, »sollen wir denn wirklich ein Kind haben –?!« – Er öffnete die Tür vom Pesel ins Haus und lauschte: Alles war still, die Wöchnerin schrie nicht mehr, die Anverwandten klabafterten nicht mehr, die

Magd schrubbte nicht mehr. – »Alles geht gut«, versicherte er sich, ging zu seinem Ruhesitz zurück und sah eben, wie die Rotschecke den Rest des Alpenveilchens zerkäute. »Oh traurig!«, rief er – und vergaß es doch in wenigen Minuten, da er erfuhr, dass die Wöchnerin hinübergegangen sei. Das Kind aber, Gesine Tessenius, später verehelichte Lüders, lebte. –

2.
Oh, pudelnärrisch –!

»Oh, pudelnärrisch –!«, rief der Herr Gemeindekirchenrat, der Gemischtwarenhändler Potthof, aus und riss die eisgrau überbuschten Augen weit auf. Vor dem Stuhl knieten Ehren der Herr Pastor Zyriak Tessenius und war sehr wohl. Bei der Hand hielt er die Jungfrau Rosine Veland, seine Köchin, Kinds- wie Hausbesorgerin; sie trug ein Handtuch wie einen Brautschleier über das Haar geworfen und lächelte rosig, doch auch ernst. Auf dem Stuhl vor den Knienden stand das Kind. Die dunkle Schürze, als Talar getragen, hatte es von der Rosine, aber die weißen Beffchen hatte der Herr Vater hergeben müssen. – »Wollt ihr euch auch immer recht liebhaben? Und mich auch? Und willst du mir auch immer und immer etwas Süßes zu essen kochen? Und soll ich nie rechnen lernen müssen?« – »Ja«, sprachen die beiden, und »Amen« sang der kindische Pfarrer, wie er's vom Vater gehört, glaubte alles und war glücklich wohl. – »Oh, pudelnärrisch –!«, rief der Herr Gemeindekirchenrat, der Gemischtwarenhändler Potthof, aus und störte alles. Mit dem Purpurmal der Scham fuhr die Köchin Rosine Veland hoch. »Das Kind wollte es so. Es ist alles nur ein Scherz«, sagte ernst der Pastor Zyriak Tessenius und grüßte den Gast. Langsam, mit großen Augen, in denen noch der Weiheglanz des Verlöbnisses nachglomm, ging das Kind Gesine aus der Studierstube des

Vaters. – Der Gast besann sich auf seinen Auftrag. »Wie aber, verehrter Herr Pastor und liebes Fräulein Rosina«, rief er, »wenn wir aus dem Scherz Ernst machten –?!« Und sich gewichtig niedersetzend, führte er beweglich Klage über die arge Vernachlässigung des Pfarramtes. Nicht aus Übelwollen oder Faulheit geschehe es, jeder in der Gemeinde wisse das wohl, aber es fehlte eben der sorgende, einteilende Kopf der Hausfrau; der Herr Pastor sei eben zu gut und ein wenig vergesslich. – Im Pfarrhaus standen alle Türen auf – das Kind Gesine war aus der Studierstube die breitstufige Treppe hinuntergegangen und in die Küche gekommen. Die Kupferkessel und Pfannen funkelten rot in der Sonne, zwischen den Geraniumstöcken auf dem Fensterbrett lag die bunte Hauskatze und schlief. Auf dem Tisch stand der Honigtopf, noch vom Frühstück her, gewaltig umschwirrt von den Bienen, die sich gerne der Menschen Raub zurückgeraubt hätten. Sie leckten aber nichts als einen über den Rand gegangenen Tropfen. Das Kind Gesine stieg auf einen Stuhl, band das Pergamentblatt los und gab den Topfinhalt den Bienen frei. Doch gerieten sie im Honig-Weltmeer zu Schaden, verklebten sich Beine oder Flügel und versoffen kläglich. So tauchte Gesine beide Hände tief in die bernsteinfarbene Flut, rieb sich auch die Ärmchen ein weniges ein und ging hinaus aus der Tür hinein in den Sommergarten, umburrt und umsurrt von den Bienen. »Immen, ihr Schlimmen, sollt mich nicht stechen, ihr Frechen, sollt mich nur kosen, ihr Losen!«, summte sie den Reim, wie sie ihn vom alten Jochen gehört. – In den Buchs, vor den gelben, runden Strohhäusern der Bienen, setzte sich Gesine, hielt die honigduftenden, die honigleuchtenden Arme weit von sich und sah beglückt das Gewimmel, das Schmecken, Kosten und Naschen, das leichte Anbrausen und den schweren Abflug der Honigbringerinnen. – »Wir müssen das Kind fragen«, sprach Ehren Pastor Tiburtius, und die drei gingen, das Kind zu suchen und sein

Einverständnis zum Verlöbnis des Vaters zu erbitten. Sie fanden es vor den Immenkörben, und sie standen von ferne, nicht Bienen noch Kind zu schrecken. Oben war der blaue Himmel mit der lieben Sonne, in den grünen Zweigen der Bäume schaukelten sich die Vögel, und auf dem Buchs, unter vielen Blumen, saß das Kind Gesine, von Bienen umschwirrt. – »Hat es denn nicht einen Engel, nämlich seine Mutter im Himmel?«, sagte der Pastor, drehte sich um und ging wieder ins Haus. – »Nicht jeden Pott kann man kitten, Herr Potthof«, sprach Rosina gerötet, aber diesmal vor Scham und Zorn, drehte sich um und ging auch, aber in ihre Küche. – »Oh pudelnärrisches Haus!«, rief der Gemeindekirchenrat, drehte sich um und ging, aber in den Gemeindekirchenrat, Bericht zu machen. Und das Kind aber blieb sitzen im Buchs und summte: »Immen – ihr Schlimmen …«

3.
Der kranke Pastor

Rosine Veland war aus dem Haus gegangen, allein hauste der Pastor mit seinem Kind. Kam der alte Jochen aus seinem Stall, kochte in stillem Erbarmen nur ein klägliches Mus, setzte es auf den Tisch zwischen Schriften und Bücher und sprach: »Hier müsste ein Weibsbild rein, Herr Pastor, schon von wegen dem Kinde …«, so lächelte Ehren Tessenius unbeschreiblich und sagte: »Was fehlt denn dem Kinde?« In den Herbstschweiß der Fensterscheiben schrieb er einen Namen, und in den Staub auf den Dielen schrieb er auch einen Namen, und das Kind wusste, es war der Mutter Name, der nicht ausgesprochen werden durfte, weil dann der Vater so bitterlich und so lange weinte, und es sagte den Namen nie. Aber die an den Scheiben rinnende Feuchtigkeit löschte den Namen, und der neu auf die Dielen fallende Staub löschte ihn aus – und so musste es sein und nicht anders. Denn ihrer beider Geheimnis war der Name. Und sie fanden im Garten einen Knopf und am Wege einen Stein. Der Knopf hatte vier Löcher, das bedeutet, dass die Mutter vier Jahre tot war, und der Stein hatte ein glänzendes Einsprengsel, rund wie die Sonne. Das war die Sonne, die über dem Auferstehungstag aufgehen würde. Das Kind sah ernst auf den spielenden Vater, der Knopf und Stein umeinanderschob, die Totenkunde und die Lebensbotschaft, und es hörte ihn sagen: »Die Toten leben immerzu und sehr lange, aber die Lebendigen sind schon lange tot – darum predige ich ihnen auch nicht mehr.« Und das Kind nickte. – In der Nacht weckte Ehren Tessenius sein Kind Gesine, und er fragte: »Hörst du nicht die Glocken läuten? Komm!« Das Kind hörte nur den Herbstwind sausen, aber es stand still auf und ging hinaus mit dem Vater in die Herbstnacht. Sie gingen über den alten Friedhof, der um die Dorfkirche liegt, und der Vater ging von Grabstein zu Grabstein, klopfte mit dem Finger an und bat: »Kommt und hört!« – In die Kirche warf der Mond durch die gräulichen Scheiben breite, wehende Lichtbänder, aber die Kirchenstühle unten waren dunkel. Der Nachtwächter stieß draußen in sein Horn und beruhigte den kurzen Totenschlaf der Lebendigen, der Pastor Tessenius aber stand auf der Kanzel und ihm war, als spiele die Orgel: »Wenn ich einmal soll scheiden, so scheide nicht von mir …« Im Kirchenstuhl der Mutter sah er das weiße Köpfchen seines Kindes, aber in dem andern Gestühl sah er nur Schatten, die Schatten von Schatten, gerufen aus dem Schattenreich. Und er stand und wartete, und es war ihm, als müsse eine Wolke in seinem Hirn zerreißen und ein Stein von seinem Herzen abfallen, dass er zu den Schatten reden könnte, um sie hell zu machen – wie er auch nächtens gewünscht hatte, zu den Lebendigen zu reden und ihr dunkles, niederes Leben zu erhellen. Aber die Wolke blieb, und der Stein fiel nicht. Da kam Ehren Tessenius wieder der schreckliche Zweifel an, dass Christus nicht lebe und so Gott nicht, sondern dass sie schliefen bei den Schatten. Dass nie ein Schatten hervorgehen könne in das Licht der Auferstehungssonne, die er doch gesehen hatte – und so auch sein geliebter Schatten nicht. Und der Gedanke, dass sie für ewig liegen – Erde bei Erde, Staub in Staub –, dass sie nie wieder die Sonne und die fröhliche Welt sehen würden, dass sie nie vereint vor Gottes ewigem Antlitz stehen würden, dass sie einmal gewesen war und nie wieder, dass er nie wieder in das geliebte Antlitz schauen würde und nie wieder ihre Stimme zu hören sei – dieser Gedanke überfiel ihn so, dass er weinend das Gesicht auf die Kanzelbrüstung legte und leise rief: »Oh, komm! Oh, komm! Erlöse mich!« Und zwischen seinen Tränen war es in ihm, als zögen die Schatten aus der tiefen Kirche zu ihm herauf. Zwischen den Schatten war der Tod, aber sie war im Tod. Schweigend standen die Schatten um ihn und sahen ihn an, und sie konnten in ihn hineinsehen und merkten, dass er nichts war und nichts mehr hatte. Da riefen die Schatten: »Was willst du noch sterben, da du schon tot bist? Stirb, Toter!« Er aber floh vor ihnen. Er lief durch die Kirche, aber sie folgten ihm, und die Schattenhände griffen nach ihm, und er fürchtete sich sehr, dass er so arm und nackt in das Totenreich sollte, sogar ohne das Schattenbild der Geliebten. Sie aber riefen: »Das ist ja der Tod: nackt und bloß! Gib her! Gib her!« – Und er schrie. Da nahm ihn seines Kindes Hand bei der Hand, und Gesine sprach: »Fürchte dich doch nicht, lieber Vater, ich bin ja hier. Jetzt gehen wir nach Haus und schlafen. Und morgen scheint vielleicht wieder die Sonne, und wir können Steine suchen oder lieber eine Blume.« Und sie nahm den Vater bei der Hand und führte ihn nach Haus. –

VOM ENTBEHRLICHEN UND VOM UNENTBEHRLICHEN

Vom Entbehrlichen und vom Unentbehrlichen

In einer stillen Sommernacht des Kriegsjahres 1941 saßen um einen weißen runden Tisch am Ufer eines weiten Sees einige Männer und Frauen im Gespräch beisammen. Der Tag war sehr heiß gewesen, umso mehr genossen alle die sanfte Kühle, die vom Wasser zu ihren Füßen aufstieg – keiner konnte sich entschließen, Gute Nacht zu sagen und ins Bett zu gehen. Sie hatten sich, die einen geladen, die andern zufällig, hier in diesem stillen Landhaus bei ihren beiden Gastgebern zusammengefunden und freuten sich nach dem Lärm und Getriebe der Großstadt doppelt an dem tiefen Frieden, den das kleine ländliche Anwesen atmete.

»Wie gut haben Sie es doch«, sagte der Syndikus einer großen Berliner Gesellschaft und legte seine Hand sachte über die Hand der Gastgeberin, »dass Sie hier, mitten im Kriege, in tiefster Stille und ruhigem Glück sitzen können, in so viel Frieden, dass Sie uns gehetzten Großstädtern noch etwas davon abgeben können, ohne den Verlust zu merken. Was entbehren Sie? Wonach unsere Frauen stundenlang anstehen müssen, das tragen Ihnen Garten, Acker und Stall willig zu jeder Stunde zu, und wenn für uns eben nach einem an Arbeit überreichen Tag Eingeschlafene die Sirene gellt und uns in den Keller treibt, schlafen Sie ruhig fort. Ich glaube, Sie haben hier noch nie einen Fliegeralarm gehabt?«

»Nein«, sagte die Gastgeberin, »das haben wir noch nicht. Aber ich glaube doch, lieber Freund, Sie urteilen ein wenig zu sehr nach dem äußeren Schein über unser Leben hier.

Eine Stunde wie diese, wo wir still beieinandersitzen, ist eine seltene Feierstunde für uns. Garten und Vieh, die nach Ihnen uns so willig beschenken, wollen gepflegt und jeden Tag besorgt werden. Die Stunden, die Ihre Frauen vor den Läden anstehen, müssen wir im Garten säen und hacken, jäten und pflücken, bei jedem Wetter, bei Sonnenglut wie bei Regen. Genau wie Sie hetzen wir von morgens bis abends, um jeder Arbeit gerecht zu werden, nur mit dem Unterschied, dass bei Ihnen liegen gebliebene Arbeit am nächsten Tage erledigt werden kann. Die Beeren aber, die wir nicht zur Zeit pflücken, das Gras, das zu spät gemäht wird, verdirbt!«

»Sie haben recht«, sagte der Syndikus, ein wenig beschämt, »ich habe oberflächlich dahergeredet – wie nur ein Städter! Dass hinter der Ordnung, die wir heute bei Ihnen in Garten und Feld bewunderten, ein unendliches Maß an Arbeit stand, hätte ich mir selbst sagen müssen. Aber das, was Sie uns eben von Ihrer eiligen Mühe erzählten, gilt doch nur für den Sommer, nicht wahr? Im Winter sitzen Sie alle recht friedlich und behaglich zusammen, lassen es vor den Fenstern stürmen und schneien und haben alle Zeit, die wir Großstädter nie haben, für sich und Ihre Neigungen?«

»Ach!«, rief die Gastgeberin fast leidenschaftlich. »Ach, dass wir diese stille tote Zeit doch nicht hätten, denn es ist eine wahre Totenzeit! Da ist mir unser eiliger Sommer noch zehnmal lieber! Denn in ihm vergisst man, wie einsam wir doch jetzt leben und wie selten uns eine Stunde wie diese beschert ist, da wir mit vertrauten Freunden ein Wort sprechen können! Sie haben gesagt, lieber Freund, dass dieser Krieg uns nichts entbehren lässt. Nun, wenn ich Ihnen sagen soll, was ich am meisten entbehre, so ist es unser Auto! Vor diesem Kriege konnten wir immer einmal, wenn die Winterstille gar zu beängstigend wurde, in die Stadt zu Freunden fahren, wir konnten uns aussprechen, Anregungen empfangen. Jetzt sind wir immer allein, mindestens sieben Monate lang sehen und hören wir keinen Menschen. Wir sind allein, allein, allein! Denken Sie daran, wir kommen nie in ein Kino, wir können nie in ein Theater gehen, um uns von trüben Gedanken abzulenken. Es sind von unserem Dorf zehn Kilometer bis zur Bahn, und im Winter sind die Wege oft fast unpassierbar. Nein, von allem, was wir entbehren, entbehre ich am meisten unser Auto.«

Sie schwieg einen Augenblick, dann sagte sie noch leiser: »Es klingt feige, aber manchmal muss man doch von sich fortfahren können, von sich und seinen Sorgen. Das hat nichts mit uns beiden zu tun«, und sie reichte ihrem Mann über den Tisch die Hand – »alle wissen, wie es mit dem Reden unter Eheleuten bestellt ist: man versteht sich ohne Wort, aber gerade sprechen muss man manchmal, sich aussprechen – wie gerade jetzt«.

Einen Augenblick saßen alle schweigend und horchten auf das sachte Flüstern im Schilf, das ein sachter Windhauch bewegte und das schon wieder dahinschwand. Sternenschimmer erhellte die mondlose Nacht so weit, dass ein jeder die Umrisse des andern gerade noch erkennen konnte, nicht mehr. So sprachen sie freier als am hellen Tage, da jede Bewegung in des andern Gesicht zu unterscheiden war.

»Also das Auto«, sagte dann der Hausherr und löste seine Hand aus der seiner Frau. »Ich habe mich oft gefragt, was meine mutige Suse in diesem Krieg wohl am meisten entbehrte, ob sie überhaupt etwas entbehrte. Sie nimmt alles, was ihr das Leben bringt, Gutes wie Schlechtes, mit solcher Selbstverständlichkeit, dass ich oft glaube, nichts kann sie wirklich erschüttern. Und nun ist es also das Auto … Ich für meine Person muss gestehen, dass der Krieg mich gelehrt hat, ich bin doch ein recht materieller Mensch. Ich entbehre so viel, dass ich gar kein Ende weiß. Vom Rauchen angefangen über den geliebten Bohnenkaffee bis zum Fleisch. Zu Anfang habe ich noch geschwankt, was mir am grimmigsten fehlt, aber jetzt weiß ich doch, es ist das Fleisch.«

»Also, das ist doch wohl nicht möglich, wo ihr so viel Gemüse und Obst habt!«

»Und doch ist es möglich! Zu meiner Schande muss ich gestehen, dass ich schon manchmal nachts von einem Roastbeef oder einer gewaltigen Kalbskeule träume! Wenn ich dann aufwache, denke ich mit Sehnsucht an jene Zeiten zurück, da ich mir aus dem Kühlschrank einen Kanten Fleisch holte und am frühen Morgen, wenn alle noch schliefen, aus der Hand aß – ich aß Fleisch wie andere Brot. Dabei habe ich es noch nicht einmal schlecht: meine Frauensleute behaupten immer, es liege ihnen nichts am Fleisch und schieben mir ihre Portiönchen zu, aber auch viele Portiönchen machen noch keine Portion für einen tüchtigen Fleischfresser, man kann Löwen nicht mir Spatzen satt machen!«

»Sie sind aber wirklich ein materieller Mensch, das hätte ich nie von Ihnen gedacht!«

»Sicher wäre es sehr viel feiner«, gab der Hausherr zu, »ich träumte von Tomaten oder Äpfeln statt von Rinderfilet. Aber niemand kann für den Geschmack, der in ihn gelegt ist, und wenn ich Fleisch entbehre, so ist es nicht nur reine Verfressenheit bei mir. Sondern Fleisch bekommt mir, Fleisch macht mich tatkräftig und einfallreich. Habe ich Fleisch gegessen, flutscht die Arbeit nur so, während das Leben an einem fleischfreien Tag sehr viel schwieriger und zäher dahinfließt. So kann ich wohl sagen, dass ich Fleisch wirklich entbehre, während Tabak und Bohnenkaffee mehr hübsche Verzierungen sind, die sich leicht abstoßen lassen.«

»Ja«, sagte der dicke Nervenarzt aus dem Dunkeln, »es ist seltsam, was die Menschen sich alles für unbedingt lebensnotwendige Bedürfnisse einreden. Seit zwei Wochen setzt mir nun schon eine Patientin zu, ich soll ihr ein Attest geben, sie brauche zu ihrer Gesundheit unbedingt Seidenstrümpfe, und zwar sehr viele. Die Gute ist schon so fest davon überzeugt, dass sie sich ohne seidene Strümpfe vor keinem Menschenauge mehr blicken lassen kann, dass sie schon einen recht artigen Komplex bei sich entwickelt hat …«

»Und werden Sie ihr Strümpfe verschreiben, Doktor?«

»I wo! Nach den Strümpfen käme nur etwas anderes, Schuhe oder Pelzmäntel oder auch Schlagsahne. Nein, ich habe mich hinter ihren Mann gesteckt, und wir beide schanzen ihr jetzt gemeinsam so viel soziale Arbeit zu, dass sie in Kürze alle Komplexe vergessen haben wird.«

»Und du, Dicker, was entbehrst du am meisten?«, rief die Stimme des Malers aus dem Dunkeln. »Deinen Rotwein oder deine Brasilzigarren?«

»Keines von beiden«, lachte der Arzt behaglich. »Sondern etwas ganz anderes, an das ich vorher nie gedacht hätte und das ich nicht einmal hamstern kann! Ja, liebe Kinder, am meisten entbehre ich das tägliche Bad. Wenn es abends wieder einmal mit Sprechstunde und Patientenbesuchen elf oder zwölf geworden war, und in das bisschen Nachtschlaf war womöglich noch ein nächtlicher Krankenanruf oder ein Fliegeralarm gekommen, aber morgens muss ich erbarmungslos um neun Uhr im Sanatorium sein, was bedeutet, dass ich spätestens um sieben aus dem Bett muss – ja, was war da in alle Unausgeschlafenheit und Verdrossenheit hinein ein schönes, ruhiges Bad. Ich habe mir doch noch etwas von meinem Schlaf abgeknapst, um nur recht lange in der Wanne liegen zu können! Wie da im warmen Wasser Undurchsichtiges klar wurde, Schwieriges sich vereinfachte, wie das ganze Leben gewissermaßen warm und behaglich wurde, das war doch herrlich! Wenn man so im warmen Wasser liegt, muss das Leben ja warm und friedlich sein! Was war das doch für ein schöner Tagesbeginn! Und jetzt –?! Nein, mein tägliches Bad fehlt mir wirklich sehr!«

»Das kann ich wohl verstehen!«, rief das alte, alte Fräulein sehr eifrig. »Das heißt«, setzte sie erklärend hinzu, »zu einem eigenen Badezimmer habe ich es natürlich nie gebracht! Aber ich habe immer so sehr die guten Seifen geliebt, und wenn ich mal eine oder zwei Mark übrig hatte, so habe ich mir dafür ein paar Stück Seife gekauft und habe sie mir in den Schrank gelegt. So habe ich das große Glück, dass ich noch immer ein ganz kleines Stückchen gute Seife habe. Und wenn Sonntag ist, wasche ich mich morgens ganz vorsichtig damit, und ihr könnt euch gar nicht denken, wie sonntäglich frisch ich mir danach vorkomme! Ganz, als wäre ich noch einmal jung geworden! Das wird sein wie bei Ihrem Sonntagsbad, Herr Doktor – einmal die Woche können Sie doch auch baden, nicht wahr?«

»Ja, das kann ich«, gab der dicke Arzt reuig zu, »eigentlich sogar zweimal, denn am Sonntag ist das Wasser meist auch noch warm. Ich will mich nun auch bestimmt bessern, und wie Sie sich am Sonntag an Ihrem Stückchen Friedensseife freuen, so will ich bei meinem Bad nicht mehr an die fünf Tage denken, an denen ich nicht baden kann, sondern die zwei genießen, an denen es noch immer geht.«

»Ich«, sagte der Maler leise, »ich entbehre nichts so sehr in diesem Kriege wie das Licht. Ihr könnt es gar nicht ahnen, wie traurig mich diese verdunkelten trüben Städte machen, in deren Straßen eine graue Menge wortlos aneinander vorüberdrängt! Noch wenn ich, dieser trostlosen Dunkelheit entronnen, in einem hell erleuchteten Zimmer sitze, komme ich nicht zum freien Genuss des Lichts, ich sehe immer nur den Verdunkelungsvorhang am Fenster, der ja leider auch meistens noch in düsteren Farben gehalten ist. Ich starre auf ihn und denke an die Dunkelheit draußen, die keine natürliche lebendige Dunkelheit ist wie die hier auf dem Lande, mit Sternen geschmückt, sondern eine gestorbene Helligkeit ist sie, etwas Ausgelöschtes, Totes. Denn Städte müssen hell sein!«

Er schwieg einen Augenblick, dann fragte er: »Kommt es euch nicht allen beinahe märchenhaft vor, dass es noch keine zwei Jahre her ist, da strahlten alle Städte im Glanz? Da brannten auf allen Straßen Lampen über Lampen, auf manchen so viele, dass es keinen Schatten gab. Aus den Schaufenstern brach strahlender Lichtschein; grün, rot, bläulich waren die gewundenen Leuchtröhren der Firmennamen, alle Fenster waren hell. Von meinem Fenster konnte ich in andere erleuchtete Fenster sehen, die offen standen, ich sah Menschen in ihren Zimmern umhergehen, miteinander reden, und über allem drehten sich auf den Dächern die Leuchträder, eine goldene Sektflasche vergoss Lichtperlen über Lichtperlen und würde nie leer. Wie nah fühlte sich der Mensch dem Menschen, welche Gemeinsamkeit gaben doch die goldenen Brücken, die das Licht schlug. Jetzt haust jeder für sich allein, wie böse Verschworene schleichen wir durchs Dunkel. Licht, nur Licht ist es, was ich entbehre!«

Der Maler schwieg, aber das junge Mädchen sagte eilig: »Ich möchte wieder einmal richtig mit jungen Männern ausgehen können und tanzen von abends bis morgens. Ich möchte mit ihnen schwatzen, lachen, herumdalbern, flirten … Ich möchte – ach, tausend Dinge! Ich möchte einfach übermütig und jung sein – und dazu sind eben junge Männer nötig! Ja, sie sind manchmal auf Urlaub da, aber dann sind sie doch nicht richtig bei uns hier. Immer denken sie nach draußen, und man kann im schönsten Flirt sein, wenn die Nachrichten kommen oder gar eine Sondermeldung, da sind sie auf der Stelle fort, als säßen sie nicht auf dem kleinen Plüschsofa im Café neben uns, sondern fünfhundert Kilometer weiter auf ihrem Tank! Nein, all das, wovon ihr Alten erzählt, das ist mir völlig piepe, aber ich will endlich einmal wieder richtig lachen können mit jungen Männern! Das entbehre ich und sonst nichts!«

Alle waren bei diesen ebenso eifrig, wie großartig gesprochenen Worten ein wenig lebendiger geworden, sie lächelten und hörten in der jungen frischen Stimme die eigene Jugend von fern her rufen.

Dann sagte das alte, alte Fräulein fast ein bisschen neidisch: »Gott, wie gut ihr jungen Mädchen es doch heute habt, Tilde! So etwas, wie du eben gesagt hast, das durften wir nicht einmal denken, geschweige denn sagen! Junge Männer – lieber Himmel, so ganz frei weg in der Mehrzahl! Wir durften höchstens an einen denken, und dann war die Verlobung auch schon akut, und einen Schnurr- und Backenbart hatte er auch schon!«

»Natürlich«, sagte die kleine Tilde schnippisch. »Und weil die Auswahl so gering war, hast du auch keinen abbekommen, Tante Agathe! Da ziehe ich unsere Methode vor!«

»Ich auch, Tilde, ich auch«, sagte die alte Tante. »Nur mit meinen zweiundachtzig Jahren ist es ein bisschen spät für mich, nicht wahr?«

Alle lachten. Als es aber wieder still geworden war, sagte der Syndikus: »Nun haben wir alle erzählt, was wir am meisten in diesem Kriege entbehren, nur Sie haben standhaft geschwiegen, Frau Veronika! Gestehen auch Sie! Was ist es, ist es was zu essen oder was zu trinken? Ist es ein Bad? Kleider, Strümpfe? Tanzen, Theater, das Auto? Oder was ist es sonst?«

Alle warteten. Dann sagte die sachte ruhige Stimme der Frau Veronika in der sternerhellten, schilfflüsternden Nacht: »Nein, es ist nichts von alledem. Ich entbehre nur eines – und das ist mein Junge, der jetzt irgendwo draußen im Osten kämpft.«

Es war ganz still geworden. Und noch leiser sagte die Stimme: »Wenn ich morgens aufwache, ist mir immer noch, als müsste ich in sein Zimmer gehen und nachsehen, dass er auch rechtzeitig in die Schule kommt. Er ist doch direkt von der Schule nach draußen gegangen. Und dann fällt mir alles wieder ein, und ich rechne mir aus, dass er nun so und so viele Tage nicht geschrieben hat und dass heute Post kommen müsste. So beginnt das Warten auf die Post! Und während meiner Tagesarbeit und wenn ich vor den Läden stehe und wenn ich etwas bekomme oder nicht bekomme, denke ich nie an diese kleinen Dinge, sondern ich denke nur daran, dass er draußen ist und für mich und alle kämpft. Dann gäbe ich, was ich habe und wünsche, alles gäbe ich dafür, wenn er einmal eine einzige Minute vor mir stünde und in seiner Art sagte: ›Geht alles in Ordnung, Mutter; klappt der Laden!‹ Ja, und dann kommt wirklich vielleicht Post von ihm, und ich bin glücklich! Aber gleich fängt wieder das Warten an, trotzdem ich weiß, ich darf frühestens in einer Woche anfangen, ›wirklich‹ zu warten. Aber er fehlt mir doch so! Ich weiß, es kann nicht anders sein, es muss so sein, aber darum entbehre ich ihn nicht weniger, nicht wahr?«

Sie schwieg, und lange, lange waren sie alle still.

Dann sagte die Gastgeberin: »Du hast natürlich allein recht, Vroni, und wir alle hier haben uns recht schäbig aufgeführt mit unsern Autos, Rinderbraten, Bädern und sonstigen völlig unentbehrlichen Bedürfnissen. Ich weiß nicht, wie ihr darüber denkt, ich habe meine Lehre weg, und nicht nur für heute Abend! Gute Nacht, allesamt, ich wollte, ich lernte es noch einmal, Kleines und Großes zu unterscheiden. Aber wahrscheinlich bin ich unverbesserlich – wie wir alle!«

Das EK Eins

Einige Jahre nach dem Weltkrieg bewohnte ich mit meiner Familie ein Siedlungshaus in der Nähe Berlins. Es war ein Doppelhaus, und auf seiner andern Seite wohnte mit seiner Familie ein Herr Tolwe, ein großer, rotgesichtiger, meist fröhlicher Mann. Unsre Gärtchen waren nur durch einen Pro-forma-Zaun von etwa Kniehöhe getrennt, und was die Trennwand zwischen unsern Wohnungen oder, vornehmer gesagt, zwischen unsern Häusern anging, so war auch sie eine reine Pro-forma-Angelegenheit: wir hatten bei Tolwes vollen Familienanschluss und hörten alles mit, vom ersten herzhaften Gähner des Erwachens am Morgen bis zum Krachen der Bettfedern am Abend, wenn der nicht nur große, sondern auch umfangreiche Tolwe sein Bett bestieg.

Eine so intensive Nachbarschaft führt leicht zu Streit, bei uns führte sie gottlob zur Freundschaft. Sie hatten Kinder, wir hatten Kinder, sie verstanden nichts vom Gartenbau, wir auch nicht. Die Frauen halfen sich mit Kochrezepten und beaufsichtigten die Kinder, wenn die andere zum Einkaufen ging. Wir Männer aber gingen morgens gemeinsam zur Vorortsbahn, die uns nach Berlin zu unserer Arbeit brachte, und sprachen dabei oft sorgenvoll über die ständig wachsende Arbeitslosigkeit, die auch unser friedliches Familienleben gefährdete.

Bei diesen Gesprächen entdeckten wir auch, dass Tolwe während des Weltkrieges in dem gleichen sächsischen Feldartillerie-Regiment gedient hatte wie ein sehr geliebter Bruder von mir, der dann kurz vor dem November 1918 noch gefallen war. Dieser Bruder brachte uns einander noch näher. Tolwe und Uli hatten einander gut gekannt, er konnte mir vieles von ihm erzählen, was ich noch nicht gewusst hatte.

Keine noch so gute Freundschaft besteht, die nicht mit der Zeit einigen Spannungen ausgesetzt wäre. Tolwe war, so groß und stark und fröhlich er war, ein sehr leicht beleidigter Mann, im Grunde hielt er sich, in einer fast kindlichen Naivität, für das Muster aller Männer, obwohl er ein geborener Tyrann war, ich dagegen bin leicht ein wenig hitzig. Tolwes hielten sich einen Hund, der Tommy hieß – in einer kalten nassen Herbstnacht lief uns ein Kätzchen zu, das den Namen Mule-Mule bekam und bald sehr von uns allen geliebt wurde. Nicht so sehr freilich von Tommy, der Mule-Mules Anwesenheit nicht einmal in unserem Gärtchen dulden wollte. Der Hund, an Gewicht fünfmal mehr als die Katze, missachtete ständig den Pro-forma-Zaun und bedrohte oft bösartig Gesundheit und Leben unserer lieben Hausgenossin.

Es war ein schwieriger Fall. Hitzig verlangte ich, dass Tolwe seinen Köter so hielt, dass er nicht ... Tolwe hingegen sprach verächtlich von herumstromernden Straßenkatzen ... Wir steigerten uns in einen immer erregteren Streit, endlich brachte ich sogar vor, dass Herr Tolwe die Angewohnheit hatte, mindestens sechsmal des Nachts den Wasserkasten eines gewissen Ortes rauschen zu lassen ... Worauf Herr Tolwe ein verkniffenes Gesicht bekam und zornig sagte: »Mit Ihrer ganzen Familie ist nichts los! Schon Ihr Bruder hat mich um das EK Eins gebracht.«

Er funkelte mich an, drehte sich auf den Hacken um und ging. Ich war so verblüfft von dieser mir gänzlich neuen Beschuldigung, dass ich erst dann daran dachte, nähere Aufklärung zu fordern, als die Tür im Siedlungszwilling Tolwe längst donnernd zugeschlagen war.

Ehret die Frauen. Nachdem Tolwe und ich es etwa eine

Woche lang kunstvoll vermieden hatten, denselben Vorortszug zu benutzen, brachten sie erst eine Annäherung, dann eine Aussöhnung zwischen uns zustande. Für Tommy wie für Mule-Mule wurden bestimmte Besuchstunden im Garten festgelegt – die dann zwar doch nie eingehalten wurden, aber ohne dass es zu ernsteren Zwischenfällen gekommen wäre. Wieder gingen wir Männer gemeinsam zum Bahnhof, und unvermeidlich kam die Stunde, wo mir das Fahrwasser zwischen uns beiden wieder so klar schien, dass ich die Frage wagen konnte: »Wie war das mit meinem Bruder und Ihrem EK Eins, Tolwe? Er hat sie darum gebracht?«

Sofort bekam Tolwe wieder ein verkniffenes Gesicht. »Hat er auch!«, sagte er kurz. »Aber reden wir nicht davon.«

»Wenn er es wirklich getan hat, müssen wir ganz bestimmt davon reden«, lehrerte nun wieder ich. »Aber ich kann es mir einfach nicht denken, Tolwe! Uli und Sie bewusst um eine Auszeichnung bringen, das ist doch nicht möglich! So war er doch gar nicht!«

»Na, so wie Sie sich das denken, war es ja nun auch wieder nicht!«, gab Tolwe etwas milder zu. »Aber dass er mich darum gebracht hat, wenn auch in bester Absicht, das bleibt doch wahr. Und das ärgert mich noch heute!«

»Also erzählen Sie, wie die Geschichte zusammenhing!«, verlangte ich, und schließlich, nach einigem weiteren Zureden, kam dann Tolwe mit seinem Bericht heraus. Mein Bruder war damals, gegen das Ende des Krieges, irgendwas beim Stabe gewesen, ich glaube Adjutant, und Tolwe hatte sich in seiner Batterie ausgezeichnet und sollte zum EK Eins vorgeschlagen werden. Da hatte ihm mein Bruder gesagt: »Hören Sie, Tolwe, das EK Eins kriegen Sie immer noch in diesem Kriege, das kann Ihnen gar nicht entgehen, so wie Sie sind! Aber die Sächsische Tapferkeitsmedaille, die wird nur selten verliehen und ist darum eine ganz besondere Auszeichnung – wenn Sie einverstanden sind, gebe ich Sie für die Tapferkeitsmedaille ein – da haben Sie was ganz Besonderes!«

»Na«, sagte Tolwe bitter, »da habe ich mich breitschlagen lassen und habe wirklich die Tapferkeitsmedaille bekommen, die kein Aas kennt! Mit meinem EK Eins ist es nichts geworden, denn der Krieg war ja gleich alle. Und nun laufen die andern mit ihrem schönen EK Eins rum – es ist doch eine Hundsgemeinheit!«

»Aber, Tolwe«, rief ich ganz erstaunt, »Sie werden doch meinem Bruder nicht ernstlich einen Vorwurf aus der Sache machen! Schließlich sind Sie doch damit einverstanden gewesen!«

»Na ja, na ja!«, sagte Tolwe ein bisschen verlegen. »Aber gemein ist es doch! Wenn er mir damals nicht so zugeredet hätte! Wenn ich daran denke, krieg ich immer wieder 'nen Rochus!« (Ein ›Rochus‹ war in unserm Sprachschatz so etwas wie ärgerliche Rachegefühle, schwer erklärbar.)

Es war nichts dabei zu machen, ganz ernstlich, im geheimsten Innern nahm der große Tolwe meinem lange toten Bruder noch immer die Sächsische Tapferkeitsmedaille übel. Jetzt, da er sich den Vorwurf einmal von der Seele geredet hatte, spielte er gelegentlich wieder darauf an. Scherzhaft sagte er dann manchmal: »Sie wissen ja, ich habe noch was zu gut bei Ihnen: Ihr Bruder hat mich damals – na, Sie wissen schon! Also geben Sie schon nach!«

Er sagte es scherzhaft, aber ich wusste, im tiefsten Innern meinte er es ganz ernst, er hatte die eingebildete Schuld meines Bruders auf meine gesamte Familie übertragen. –

Jahre vergingen, und die sich wie eine Pest ausbreitende Arbeitslosigkeit vertrieb Tolwes wie uns aus dem kleinen Siedlungshaus im Osten Berlins. Wir waren befreundet gewesen, und nun waren wir auseinandergekommen. Briefschreiber waren wir beide nicht, wir hörten nichts mehr voneinander.

Dann traf ich ihn auf der Straße in Berlin. »Hallo, Tolwe!«, rief ich. »Sind Sie das wirklich?«

»Beinah bin ich's schon nicht mehr«, lachte er. »Ich bin im Begriff, nach Brasilien auszuwandern. Hier kommt man ja doch auf keinen grünen Zweig!«

»Und Ihre Familie?«

»Kommt mit! Alles kommt mit! Ich wandere aus – mit Kind und Kegel! Wissen Sie was, helfen Sie mir Freitag Abschied feiern, ja? Nur ein paar Leute! Also kommen Sie, bestimmt!« Und er nannte mir seine Adresse.

Ich war am Freitag pünktlich da, begrüßte Frau Tolwe und sah die so groß gewordenen Kinder in ihren Betten schlafen.

»Und wo ist Tommy?«, fragte ich. »Geht Tommy auch mit nach Brasilien?«

»Ach, Tommy!«, sagte Frau Tolwe ein wenig bedrückt.

»Wissen Sie, er fraß für unsern Etat ein bisschen zu viel«, berichtete Tolwe, der fleißig mit dem Aufkorken von Weinflaschen beschäftigt war. »Und dann so ein großer Köter in einer Stadtwohnung! Nun also – er ist weg! Wie jetzt eben so vieles weg ist. – Und Ihre Mule-Mule?«

Ich berichtete von Mule-Mule. Auch sie war nicht mehr vorhanden. Ihre Ernährung wäre noch zu bewältigen gewesen, aber sie hatte sich ein wenig zu rasch vermehrt, kein Aufpassen hatte geholfen. Alle halbe Jahr hatten wir statt einer Katze sechs oder sieben gehabt.

»Jaja«, sagte Tolwe ein wenig laut. »Wir haben uns eine Masse Verzierungen abgestoßen in den letzten Jahren! Aber nun, in Brasilien, wird alles besser! Kommt, wir wollen hier schnell einmal darauf anstoßen!«

Wir taten ihm – in der Küche stehend – den Willen, Tolwe schickte gleich drei, vier Glas hinterdrein. »Trink doch nicht so hastig«, sagte Frau Tolwe warnend. »Du bekommst heute Abend noch genug!«

»Ach, heute Abend lass mich mal«, meinte er fast verlegen.

»Es schadet mir schon nichts. Von dem Moment an, wo wir auf dem Dampfer sind, wird kein Tropfen mehr getrunken. – Sie staunen diese Batterie Weinflaschen an, scheint Ihnen ein bisschen reichlich für einen armen Auswanderer, wie? Nun, ich will Ihnen verraten, ich habe diese freundlichen Flaschen geschenkt bekommen – Sie werden den Spender, einen Weingutsbesitzer, nachher kennenlernen.«

Ich lernte ihn kennen und mit ihm ein halb Dutzend anderer Freunde Tolwes. Am meisten gefiel mir ein Nervenarzt, ein ziemlich fetter Mann mit dem Gesicht eines vergnügten Bacchus – dieser Arzt und Tolwe steigerten sich, wacker dabei trinkend, in einen fast jungenhaften Blödsinn hinein. Tolwe, vom Wein befeuert, erging sich in ausschweifenden Hoffnungen. Er fuhr auch wirklich nicht mit seiner Familie ganz ins Blaue, er sollte einen Hamburger Häute-Importeur vertreten. Dann, die Stunde war schon sehr vorgerückt und viele Flaschen standen geleert im Zimmer, wollte er mit seinen portugiesischen Sprachkenntnissen prunken. Aber es erwies sich, dass er fast alles vergessen hatte. »Gottsdonner!«, sagte er verblüfft. »Ich hab doch schon perfekt Portugiesisch gekonnt, heute früh noch. Ehrenwort! Und nun ist alles weg, das ist doch wirklich komisch!«

»Das macht der Suff, mein Lieber«, sagte der Nervenarzt milde lächelnd. »Du bist eben doch ein Potator! Ich habe schon ein paarmal bei dir einen pathologischen Rauschzustand bemerkt. Nimm dich in Acht, in den Tropen ist mit so was nicht zu spaßen!«

Es gehörte zu den Eigenheiten des Riesen Tolwe, dass er stets ängstlich um seine Gesundheit besorgt war. Auch jetzt fragte er sofort, in was sich denn solch krankhafter Rauschzustand von einem normalen Männerrausch unterscheide. Am Fenster stehend, mit einem fast unmerklichen Lächeln, zählte ihm der fette Arzt einige Merkmale auf, vor allem wies er auf die Störungen im Gedächtnis hin. »Wie wir das eben in deinem Portugiesisch erlebt haben«, schloss er freundlich. »Aber du brauchst dich noch nicht zu ängstigen, Tolwe, vom Delirium bist du noch ein Endchen ab. Du hast doch noch keine Halluzinationen gehabt?«

Ich war überzeugt, der Arzt kannte sehr wohl die ängstliche Besorgtheit des guten Tolwe um seine eigene Gesundheit und machte sich einen kleinen Spaß mit ihm. Aber Tolwe ging ihm nur zu willig auf den Leim, ganz genau wollte er es nun wissen, was es mit solchen Halluzinationen auf sich habe.

»Komm einmal hierher, Tolwe!«, sagte der Arzt, und ich trat mit dem Freund zusammen ans Fenster, die andern waren in eine jener endlosen politischen Debatten versunken, die damals üblich waren. Tolwes wohnten hoch, von ihren Fenstern hatte man einen weiten Blick über die Dächer Berlins. Gradeaus gegenüber, nicht weitab, befand sich auf einem solchen Dach der riesige Lichtreklameaufbau eines Kinopalastes, der blau, grün, rot durch die Nacht zu uns herüberflammte.

»Siehst du da die Reklame von einem Kino, Tolwe«?, fragte der Arzt.

»Natürlich!«, sagte Tolwe.

»Und das Dach kannst du auch ganz deutlich unterscheiden?«

»Natürlich! Aber …«

»Warte doch! Sieh mal, Tolwe, wenn du nun behaupten würdest, auf dem Dach sähest du einen Mann oder zwei oder drei, dann hättest du eine Halluzination und könntest nicht nach Brasilien, sondern müsstest in eine Trinkerheilanstalt!«

»Aber …«, sagte Tolwe ganz verwirrt. Und verstummte.

»Aber was –?«, fragte der Arzt freundlich.

Tolwe besann sich. »Du sagst, da sind keine Männer auf dem Dach?« fragte er den Freund.

»Natürlich nicht«, sagte der Arzt. »Komm, gieß uns noch ein Glas Mosel ein!«

»Aber –«, fing Tolwe wieder an. Er dachte gar nicht daran, uns Mosel einzuschenken, er war viel zu aufgeregt dafür. »Aber – da sind doch Männer auf dem Dach«, brach es plötzlich unaufhaltsam aus ihm hervor. »Ich sehe sie doch ganz deutlich! Drei Männer sind dort auf dem Dach!«

»Du machst ja Witze, Tolwe!«, sagte der Arzt lachend. »Komm, jetzt trinken wir noch eine letzte Flasche und legen uns dann schlafen.«

Aber Tolwe war nicht vom Fenster fortzukriegen. »Drei Männer!«, rief er wieder. »Ich sehe sie doch ganz deutlich – sehen Sie die Männer etwa nicht?«, wandte er sich an mich.

Ich sehe diese drei Männer, die dort an der Beleuchtung herumbastelten, ebenso deutlich wie Tolwe. Aber mir war ebenso klar, dass der Arzt sich ein Späßchen mit dem Überbesorgten machte. »Männer?«, fragte ich. »Wo sehen Sie Männer –? Ich sehe nichts.«

»Aber …«, fing Tolwe wieder an und verstummte. Von der Seite warf er einen halb verwirrten, halb argwöhnischen Blick auf uns beide, die mit ernsten Gesichtern in die Nacht hinaussahen. Dann drehte er sich kurz um und ging ins Zimmer zurück. Verstohlen beobachtete ich ihn. Er blieb bei den politischen Kannegießern stehen, aber er hatte keine Ruhe, ihrem Gespräch zuzuhören. Er griff nach seinem Weinglas, schenkte es voll, führte es zum Mund und setzte es ungetrunken wieder ab.

Mit raschen Schritten kam er zu uns zurück. »Also«, sagte er entschlossen nach einem kurzen irritierenden Blick, »ich sehe wieder dort auf dem Dach des Kinos drei Männer, der eine setzt eben eine Leiter gegen das Eisengerüst, an dem die Leuchtbuchstaben befestigt sind. Und wenn du jetzt diese Männer wirklich nicht siehst, Doktor, so fahre ich eben nicht nach Brasilien, sondern gehe zu dir in deine Anstalt!«

»Trotzdem ich nichts von deinen Männlein sehe«, sagte der Arzt kühl, »wirst du nicht in mein Sanatorium kommen, denn du erlaubst dir bloß Witze mit uns! Komm, Tolwe«, meinte er zuredend und klopfte ihm lachend auf die Schulter, »du kannst dich doch nicht verstellen! Lass uns jetzt noch ein Glas trinken und nicht mehr von all diesem Unsinn reden!«

Mit Tolwes mühsam errungener Selbstbeherrschung war es schon wieder vorbei. »Aber da sind Männer!«, schrie er fast. »Der eine klettert jetzt die Leiter hoch! – Sehen Sie das denn nicht«, wandte er sich wieder an mich. »Da, ganz rechts auf dem Dach?!«

»Das wird jetzt langweilig«, sagte ich. »Ich geh wirklich lieber nach Haus!«

»Aber ich sehe sie!«, schrie Tolwe jetzt. »Ihr seid doch verrückt! Ich habe gar nicht so viel getrunken ... Oder vielleicht habe ich doch ein bisschen viel getrunken die letzten Tage, meine Frau hat's auch schon gesagt.« Er warf wieder, äußerst bestürzt, einen Blick aufs Dach. »Sie sind noch immer da«, flüsterte er jetzt. »Wenn sie doch endlich weggingen! Ich glaube, ich werde verrückt! Ich sehe sie, und ich darf sie doch nicht sehen! Siehst du sie wirklich nicht?«, wandte er sich flehend an den Arzt.

»Nichts«, sagte der und bewegte bedauernd seinen rot glühenden Bacchuskopf. »Gar nichts, mein Alter!«

»Dann«, sagte Tolwe tonlos, »bin ich erschossen! Ich seh sie! Ich hab Halluzinationen! Ich krieg das Delirium.«

Der Arzt und ich mit ihm – wir brachen in ein schallendes Gelächter aus. Es war vielleicht ein etwas angetrunkener Scherz – wenn auch nicht ohne erzieherische Absicht auf Seite des Arztes –, aber wir beide hatten nie erwartet, dass er solche Wirkung tun würde. Dass man einen völlig gesunden, blühenden Mann in fünf Minuten von Sinn und Verstand reden konnte, hätte ich nie erwartet.

Der so um seine Gesundheit besorgte Tolwe sah uns einen Augenblick verwirrt an. Dann, als wir immer weiterlachten, dämmerte ihm, dass wir uns einen Scherz mit ihm erlaubt hatten. Sein Gesicht rötete sich vor Zorn. Seltsamerweise richtete sich dieser Zorn nicht gegen den Urheber des Scherzes, den Arzt, sondern gegen mich, der doch nur ein bisschen sekundiert hatte.

»Sie!«, sagte er wütend. »Sie haben mich reingelegt! Aber warten Sie, das vergesse ich Ihnen nicht! Ihr Bruder hat mich schon mal reingelegt, 1918, mit dem EK Eins, Sie wissen schon … Ich kann Ihre ganze Familie nicht ausstehen …«

Es dauerte eine ganze Weile, bis wir ihn wieder beruhigt und friedlich hatten. Schließlich lachte er über sich selbst. »Na ja«, sagte er, »ich bin ein bisschen besorgt um mein eigenes Ich. Ich geb's zu. Aber das hat mich nie an was gehindert, den ganzen vorigen Krieg nicht, und würde mich auch nie hindern! Und wegen des EK Eins habe ich nun mal 'nen Rochus. Ich bin nun mal so. Ich weiß, Sie haben keine Schuld daran. Aber immer, wenn ich Sie sehe, muss ich an Ihren Bruder denken und diese Sächsische Tapferkeitsmedaille …«

Mit diesem etwas besäufzten Abend entschwand Tolwe meinem Gesichtskreis. Noch einmal kam eine Ansichtspostkarte aus Pernambuco, die seine glückliche Ankunft meldete, und dann nichts mehr. Der Häute-Import hatte ihn wohl mit Haut und Haar verschlungen.

Aber vorigen Monat treffe ich Tolwe auf der Straße. Der große rote Mann sah in einem etwas schmierigen Sweater noch größer und röter aus denn je. »Das ist ja großartig, Mensch, dass ich Sie treffe!«, rief er strahlend. »Ich bin eben aus Brasilien angekommen! Ich konnte doch nicht da drüben ruhig sitzen bleiben, während ihr hier die dollsten Sachen macht. Bin ich rübergerutscht, als Matrose. Großartig! Jetzt renne ich hier rum und will mir erst mal die nötigen Bezugscheine angeln, damit ich mal wieder was anderes anziehen kann! Das hier auf meinem Leibe«, er fasste den Sweater vorsichtig mit zwei Fingern an, »ist vorläufig alles, was ich besitze! Na, wichtig ist das alles nicht. Nächste oder übernächste Woche spätestens bin ich schon bei meiner Truppe! Ich muss doch mitmachen, das ließ mir doch keine Ruhe!«

Ich nötigte ihn in eine Weinstube, und er erzählte mir von seiner Fahrt durch die englische Blockade. Von seinem jahrelangen Leben drüben berichtete er fast nichts. »Ach, das ging alles ganz gut«, sagte er beiwegelang. »Meine Familie ist natürlich noch drüben, ich muss mich nun als Junggeselle durchschlagen. Sagen Sie mal, haben Sie nicht zufällig ein Sofa oder irgendwas frei, wo ich ein paar Nächte kampieren kann? Das könnten Sie gerne für mich tun! Sie wissen doch, ich habe noch was gut bei Ihrer Familie – von Ihrem Bruder damals her!«

Auch ohne diesen Appell wäre mein Sofa frei gewesen. »Na«, sagte er lächelnd, als er sich dort am ersten Abend in einem meiner Pyjamas behaglich ausstreckte, »ich bin doch Blockadebrecher! Das Blockadebrecher-Abzeichen werde ich bestimmt bekommen. Und dann geht es mit allen Kräften los auf das EK Eins! Sie wissen doch, das steht mir eigentlich noch aus dem vorigen Krieg zu! Aber diesmal soll es mir nicht entgehen! Diesmal bringt mich keiner drum …!« Er gähnte behaglich. Dann bekam sein Gesicht einen besorgten Ausdruck. »Wenn sie mich bloß an der Front Dienst tun lassen, immerhin bin ich schon fünfundfünfzig! Und dann – mit unsrer alten Feldartillerie ist es ja nichts mehr. Die haben eine Masse neue Sachen, von denen ich noch keinen Dunst habe … Na, ich werde es schon schaffen!«

In den nächsten Wochen und Monaten erlebten wir es intensiv mit, wie er es schaffte, ob er es schaffte, dass er es noch nicht geschafft hatte, aber er hatte da jemanden getroffen, einen alten Kameraden aus dem Weltkrieg, der ihn anfordern würde … Jeden Abend bekamen wir die neuesten Meldungen, mal war Tolwe richtig deprimiert, mal ganz oben auf … Wir erlebten ihn in Zivil, dann in Uniform … Er tat wieder Dienst, leider nur auf einem ›verdammten Büro‹. »Aber ich schaffe es noch … Bestimmt schaffe ich es …«

»Warten Sie doch das Frühjahr ab, Tolwe! Jetzt, bei dem schlechten Wetter, Sie wissen, Sie waren immer ein bisschen ängstlich mit Ihrer Gesundheit …«

»Ach, Sie denken an damals, mit den drei Männekens auf dem Kino –? Da haben Sie mich schön reingelegt! Übrigens, der dicke Nervenarzt ist auch draußen, auf dem Balkan, heißt es. Was der kann, kann ich noch lange! Na, es wird schon noch klappen …«

Neulich habe ich ihn zur Bahn gebracht, den großen Tolwe. Er fuhr ab – mit unbekanntem Ziel. »Na«, sagte er strahlend. »Das hätten wir nun auch wieder geschafft. Raus kommen wir nun! Großartig, was? Und für das andere werde ich schon sorgen. Diesmal klappt es! Aber das sage ich Ihnen«, wandte er sich fast drohend an mich, »wenn jetzt Sie und Ihre ganze Familie mir nicht Tag und Nacht den Daumen halten, dass das funkt mit meinem EK Eins, dann sind wir Freunde gewesen –! Sie sind mir das einfach schuldig! Hätte Ihr Bruder mich damals nicht dumm gequatscht! Sie müssen es wiedergutmachen, unbedingt, das ist Ehrensache für Sie –!«

Ich versprach ihm alle jeweils verfügbaren Daumen der Familie. Und ich sehe ihn noch, wie er aus dem Abteilfenster des fahrenden Zuges lehnte, nach mir mit seinem großen vergnügten Gesicht zurückschaute, wie er die Daumen mir eingekniffen zeigte, wie er hinausfuhr in den Krieg, ohne jedes Gefühl für die Entbehrungen und Gefahren, denen er entgegenging – unverwüstlich! Und wie warten alle jeden Tag auf den Feldpostbrief, der da meldet, dass meines Bruders Schuld gelöscht ist! Möge er bald kommen!

Genesenden-Urlaub

Das Dorf kam Kurt Brasch mächtig öde und leer vor, als er auf Urlaub kam. Ein Haufen alter Leute kroch da herum und dann natürlich Weiber über Weiber und junge Mädchen. Aber mit denen hatte er nichts im Sinn. Kein vernünftiger Mann, mit dem er ein Wort hätte reden können, war mehr hier. Mit den Mädchen redete er lieber gar nicht. Sie sahen ihn schon so verdammt gefühlvoll an, weil da diese Sache mit seinem Arm war, und dann würden sie sicher von Liebe und Treue quasseln wollen, und er konnte diesen ganzen Gefühlsschwatz nicht mehr hören! Ihn sollten sie damit gefälligst in Frieden lassen – er machte da nicht mehr mit.

Er sah Lilly Seltzer wieder, mit der er als halber Junge mal was gehabt hatte, und Eva Thormann und Lotte Bartels und eine Menge Mädchen noch; viele von ihnen sahen hübsch genug aus, und trotz Kleiderkarte und Bezugscheinen waren sie fabelhaft schick gekleidet. Wenn er abends durchs Dorf zum Krug bummelte und sie kamen ihm in Dreier- und Viererreihen entgegen und sangen die neuesten Schlager, so sah er sie gerne, das gab er zu. Er sah gerne ihre langen festen Beine, die braun gebrannt ausschauten wie der schönste Seidenstrumpf, mit einem lebendigen matten Glanz. Er mochte es, wenn sie bei seinem Anblick entweder herausfordernd laut zu singen anfingen oder aus der Melodie kamen, die Köpfe zusammensteckten und loskicherten – aber darum mit einer anbändeln? Nein! Gleich wäre er wieder in all dem Klatsch und Neid, die würde eifersüchtig sein und jene ihm dies und das hinterbringen. Nein, so für sich lebte er viel ruhiger. Es war eine Einbildung, dass ein junger Mann ein Mädchen haben musste. Das Leben war viel einfacher ohne Mädchen.

Mit Mutter war es schon schwierig genug. »Was ist das mit deinem Arm, Kurti?«, fragte sie besorgt.

»Lass man, Mutter«, antwortete er. »Das kommt schon zurecht.«

Aber sie ließ es nicht, konnte es wahrscheinlich nicht lassen. Sie war so verdammt überzeugt davon, dass sie seine Mutter war.

»Kurti, darf ich dir nicht das Fleisch schneiden? Bitte, Kurti! Ich tu es doch so gern.«

»Na, schön, Mutter!«

Aber es war nicht schön, sondern es war zum Kotzen! Da war nun diese kleine Schwäche in seinem Arm zurückgeblieben; die Wunde war glatt verheilt, aber irgendetwas war noch nicht ganz in Ordnung. Etwas Dickeres konnte er jetzt schon ganz gut anfassen, zum Beispiel ein Beil, mit dem Holzhacken ging es schon. Aber wenn er ein Messer halten oder gar ein Streichholz anbrennen wollte, so war es einfach, als habe er kein Gefühl in den Fingerspitzen, er kriegte die Finger nicht zu!

Die Kameraden im Lazarett waren darin einfach erstklassig gewesen; wenn er sich mit so einem verdammten Streichholz abplagte, so hatten sie nicht hingesehen. Sie hatten kapiert, dass er's alleine schaffen wollte. Sie hatten ihn sofort verstanden. Aber Mutter bekam bei so was gleich einen ganz besorgten Ausdruck im Auge, als wollte sie auf der Stelle losheulen. »Ach, Kurti!«, rief sie dann. »Warum sagst du denn nichts? Ich gebe dir ja so gerne Feuer.«

»Na, schön, Mutter, denn gib man!«

Aber es war zum Davonlaufen.

Vater war darin ganz anders, aber Vater war eben auch ein

richtiger Mann, so elend und versorgt er jetzt auch auf seinem Höfchen herumlief.

»Die Ärzte sagen, es ist was mit den Nerven, Vater. Vielleicht kommt's von selber in Ordnung, vielleicht müssen sie noch mal operieren.«

»Schön, Kurt.«

»Vielleicht sagst du es der Mutter noch mal? Ich habe es ihr schon dreimal erzählt, aber sie fängt immer wieder damit an.«

»Schön, Kurt.«

Aber nun fing Mutter vom Krieg an. Mutter hatte irgendwelche ganz veraltete Vorstellungen vom Kriege, von kecken Husarenstreichen und schrecklich kühnen Heldentaten. Mutter wollte durchaus »Anekdoten« hören, wie sie im Geschichtenbuch ihrer Kinderzeit gestanden hatten.

»Kurti, du erzählst mir gar nichts vom Krieg!«

»Da ist auch nicht viel zu erzählen, Mutter.«

»Doch? Ich will alles wissen, wie du es draußen hast. Alle Jungen erzählen ihren Müttern davon!«

»Na, dann pass auf, Mutter! Stell dir vor, unser ganzes Dorf brennt, von einem Ende bis zum andern …«

»Nein, Kurti, das das stell ich mir nicht vor. So was will ich mir nicht vorstellen!«

»Und in den Flammen sind die Schweine und die Kühe und die Pferde. Und der Hofhund liegt an der Kette und soll auch verbrennen …«

»Oh, Kurti, bitte, höre auf!«

Aber er hörte nicht auf. Er war so gereizt und böse. »Und du möchtest hin und willst retten. Vielleicht sind auch Menschen in den Flammen und schreien nach dir. Aber nun kommen andere und wollen dich auch noch in die Flammen schmeißen, und du musst die anderen totschlagen, sonst wirst du umgebracht – das ist Krieg, Mutter!«

Einen Augenblick war es ganz still. Dann sah die Mutter ihn mit einem weißen, gramvollen Gesicht an. »Ich glaube, du hast deine Mutter gar nicht mehr lieb, Kurt«, sagte sie mit zitternder Stimme.

Er starrte sie an und sagte kein Wort. Er hasste sich selbst, dass er so hart und ungerecht war. Aber er konnte nicht anders sein. Er konnte über diese Dinge nicht reden, und er konnte Geschwätz über diese Dinge nicht ertragen. Es machte ihn einfach rasend vor Zorn.

Seine Mutter aber rief: »Mein Junge liebt seine Mutter nicht mehr!« Sie warf den Kopf vornüber auf den Tisch und fing an, herzzerbrechend zu schluchzen.

Natürlich konnte er jetzt nicht weg. Natürlich musste er sie trösten, und er tröstete sie auch. Er hatte es nur im Ärger gesagt, Krieg war natürlich ganz anders. Er war jetzt oft so überreizt, es ging ihm noch gar nicht gut, vielleicht war es wegen seines Armes. Er wusste es nicht genau. Natürlich liebte er seine Mutter! Jeder Junge liebte seine Mutter, das wusste sie doch! Er brauchte jetzt nur Ruhe, er konnte viel Fragen nicht vertragen …

Es war ihm ganz schlecht, als er endlich von ihr fortkam, er hasste sich geradezu wegen dieses Geredes. Wenn er noch länger hierblieb, würde er doch wieder in all dies geraten, Gefühle und Gerede.

An diesem Tage machte er seine Fingerübungen noch eifriger als sonst, und am nächsten Tage fuhr er in die Kreisstadt und meldete sich freiwillig zurück an die Front, ohne einem Menschen ein Wort davon zu sagen. Der Arzt lachte ihn aus, aber schließlich setzte Kurt Brasch durch, dass er in zwei Wochen noch einmal kommen dürfte; vielleicht konnte er dann besser zufassen.

Es war dunkel, als er aus der Kleinbahn stieg. Von hier hatte er noch anderthalb Stunden bis ins Dorf zu gehen. Als er eine Weile gegangen war, lichtete sich seinem Auge das Dunkel ein wenig. Er unterschied den Fußweg vor sich wie eine helle graue Bahn, und er sah auf ihm eine Gestalt vorangehen, ein Mädchen oder eine Frau. Sie ging sehr langsam, es konnte Lilly Seltzer sein, das Mädchen, mit dem er einmal, vor fünf Jahren, etwas gehabt hatte. Er ging noch langsamer, er wollte nicht mir ihr zusammentreffen. Sie würde ihm Vorwürfe machen, dass er sie damals hatte sitzen lassen – ganz ohne Grund, nur auf Geschwätz hin. Dann würde sie ihm mit Fragen zusetzen, ob er sie diesmal wirklich liebte oder ob er sie auch diesmal sitzen lassen würde und so weiter – elendes Geschwätz! Nein, er wollte nicht. Dies nicht mehr!

Aber das Frauenzimmer vor ihm ging so langsam, dass ihn die Ungeduld packte. Er nahm einen Anlauf und stürmte vorbei.

»Ach, bitte, Herr Brasch!«, sagte eine sanfte Stimme.

»Wer ist denn das?«, fragte er und blieb mit einem Ruck stehen.

»Ich bin doch die Ursel, Herr Brasch, die Ursel vom Maurer Schulz!«

»Gott, die Ursel, und ich dachte schon –. Was machst du kleines Mädchen hier allein in der Nacht?«

»Ich habe doch eine Lehrstelle in der Stadt. Heute habe ich Urlaub bis Montag. Bitte, Herr Brasch, nehmen Sie mich mit, wenigstens bis durch die Schlucht.«

»Hast du auch Angst vor dem Mann ohne Kopf?«

»Nein, nicht, wenigstens nicht vor dem. Es gibt keine Gespenster. Aber ich geh nicht gern in der Nacht allein.«

»So gehen wir zusammen. Weißt du noch, wie der Ziegenbock dich über den Haufen rannte und ich hob dich auf? Du brülltest schrecklich, und dein Vater schimpfte mich, als ich dich anbrachte. Er dachte, ich hätte dich verhauen.«

»Ja, das weiß ich noch.«

»Wie alt bist du jetzt eigentlich, Ursel?«

»Siebzehn gewesen!«

»Gott, siebzehn! Und ich dachte, du wärst noch ein Kind!«

Sie lachte leise und sanft. Ihr Lachen tat ihm gut. Sie war immer ein stilles, sanftes Kind gewesen, das für sich lebte, ihre Eltern hielten sie auch sehr streng. Sie durfte selten auf die Dorfstraße. Er hatte sie lang und zart in Erinnerung, mit schmalen Gelenken, einem länglichen, sehr weißen Gesicht und kupferrotem Haar. Sie lispelte ein wenig, wenn sie sprach, grade so viel, dass es hübsch klang.

»Hier ist die Schlucht. Nun gib mir deinen Arm, Ursel, sonst fällst du über die Steine.«

Ihr Arm kam willig in den seinen geschlüpft. Sie gingen sehr langsam, tasteten mit den Füßen nach dem Weg. Es war sehr dunkel, sie sahen nichts.

Sie stießen an einen Stein, kamen ins Stolpern, hielten sich aneinander, als sie wieder feststanden, lag sie in seinen Armen. Er beugte sich über ihr Gesicht und küsste es.

»Bitte nicht, Herr Brasch«, flüsterte sie. »Bitte, bitte nicht!«

Er küsste sie wieder, sie seufzte und schlang die Arme um seinen Hals. Er fühlte, wie sie schwer wurde in seinem Arm.

»Ursel, lass uns zum See hinuntergehen«, flüsterte er. »Da ist es etwas heller.«

»Jetzt nicht mehr, bitte, Herr Brasch, bitte nicht mehr. Ich muss schnell nach Haus, sonst schimpfen die Eltern.«

Unten am See schloss er sie wieder in seine Arme und gab ihr Kuss auf Kuss. Sie erwiderte jeden Kuss, sie drängte sich an ihn, sie war feurig und sanft. Siebzehn Jahre!

Er hatte den Arm um ihren Kopf gelegt, in seinem Arm lag ihr Kopf wie in einer Wiege. Seine Finger hatten in ihrem Haar gelegen, nun griffen sie spielend nach dem kleinen Ohrring.

»Oh!«, sagte er plötzlich.

Er ließ sie so rasch los, dass sie fast gefallen wäre. Er hatte ein paar lose Groschen in der Seitentasche. Er fasste nach ihnen, er griff jeden einzelnen. Es waren sieben, er konnte sie mit den Fingern zählen. Er suchte nach den Streichhölzern …

»Was ist, Herr Brasch?«, fragte sie verstört. »Habe ich etwas falsch gemacht?«

»Still doch!«, rief er ungeduldig. »Ich muss sehen …«

Er fasste nach einem Streichholz und brannte es an. Er brannte zehn nacheinander an, hielt sie zwischen den Fingern und fühlte sie! Beim Licht der Hölzer sah er ihr weißes, verschrecktes Gesicht, sie sah ihn an, als sei er wahnsinnig geworden. Natürlich verstand sie nichts.

»Ich bin nicht der Mann ohne Kopf«, sagte er aufgeräumt. »Im Gegenteil, ich habe meinen Kopf wiederbekommen, ich habe meine Hand wiederbekommen. Los, Ursel, ich muss schnell nach Haus. Ich muss es mit Augen sehen, dass ich wieder greifen kann.«

Er ging ihr eilig den Uferpfad voran. Er ging so schnell, dass er sie manchmal hinter sich traben hörte. Sie weinte auch. Einmal sagte sie auch: »Ich hab mich noch nie von jemand küssen lassen, Herr Brasch. Ich hab Sie immer schon gern gemocht. Sie sind so anders wie alle anderen im Dorf.«

»Du bist ein gutes Mädchen, Ursel«, antwortete er eilig. »Aber ich habe jetzt keine Zeit mehr für dich. Morgen gehe ich wieder an die Front.«

Ja, er würde morgen früh gehen. Er würde wieder ein Leben als Mann führen, tun, was ein Mann zu tun hatte – nichts mehr von diesen weibischen Gefühlen. Einfach – keine Verwicklung. Beinahe wäre er doch noch hineingerutscht. Er würde es heute Abend noch dem Vater sagen, wenn er ihn allein zu fassen kriegte, der Mutter nicht.

Er gab ihr einen eiligen Abschiedskuss vor dem kleinen Haus. »Mach es gut, kleine Ursel. Nach dem Krieg sehen wir uns vielleicht wieder.«

Sie zitterte in seinem Arm. Ihre Lippen waren kalt und schmeckten nach dem Salz ihrer Tränen.

Am nächsten Morgen war er fort, er hatte von niemandem Abschied genommen.

Der Maler

Kurt erwachte davon, dass der Lastwagen nicht mehr fuhr. Er lag direkt unter der Plane, halb eingeklemmt zwischen Säcken, und zitterte vor Kälte.

Dann leuchtete ihn eine Taschenlampe an, und eine tiefe Stimme sagte: »Steig mal runter. Du kannst uns ein bisschen helfen. Wir haben 'ne Panne.«

Sie hielten mitten auf der freien Landstraße, nirgend war ein Licht zu sehen. Der kalte, nasse Novemberwind jagte in Stößen über das weite Land, er wirbelte unablässig die dürren Blätter auf. Im grellen Licht der Scheinwerfer sah Kurt sie dahintanzen, zu Boden fallen und schon weiterfliegen, dünne Blättchen wie von mattem Gold. Da, wo er stand, im Dunkel, am Anhänger, raschelten sie nur.

Die tiefe Stimme rief: »Na, komm schon! Du kannst ein bisschen Luft pumpen. Das wird dich warm machen!«

Die beiden Männer standen vorn beim Motor. Kurt ging unschlüssig auf sie zu. Er misstraute ihnen. Aber er war zu verfroren, um jetzt mitten in der Nacht einen Fluchtversuch zu machen. Sie hatten bestimmt keine Panne, sie standen bloß da und warteten auf ihn.

Der große Schwarze in der Lederjacke, mit der tiefen Stimme fragte: »Wo biste denn auf meinen Lastzug geklettert?«

»Bei der Tankstelle in Oranienburg.«

»Und wo willste denn hin?«

»In die Gegend von Schwerin. Ich sah, dass Ihr Lastzug aus Schwerin ist.«

»Warum fährste da nicht mit der Bahn? Mit der Bahn ist wärmer!«

»Ich hab kein Geld. Sie haben mir in Berlin all meine Sachen und mein Geld geklaut.«

»So!«, sagte der schwarze Chauffeur bloß. Seine knochige Faust schnellte vor und traf Kurt direkt am Auge. Er wankte und sah feurige Funken sprühen. »Und da denkst du verdammter Berliner Lumich«, schrie der Schwarze, »du kannst gratis auf meinem Lastzug fahren?! Warte, du Schwein!« Zum zweiten Mal schnellte die Faust vor und traf Kurt Brasch direkt unterm Kinn. Mit einem kleinen Aufschrei stürzte er hintenüber und blieb liegen.

»Oh!«, rief der kleine Beifahrer schnell.

»Der hat für 'ne Weile genug!«, sagte der Schwarze zufrieden. »Der fährt nicht so leicht wieder auf meinem Lastzug mit! Seit mir so ein Schwein mal zum Dank die ganzen Säcke aufgeschnitten hat, riech ich die Brüder auf fünfhundert Meter gegen den Wind!«

»Dass du das gefühlt hast, Oskar, dass da einer auf dem Anhänger lag!«, sagte der kleine Beifahrer schmeichlerisch.

»Immer! Einen Berliner Lumich immer! Können nur Unfug machen und 'nen anständigen Chauffeur abknallen. – Zieh ihn in den Graben, Ernst, dass er nicht überfahren wird. Ich will keine Scherereien haben wegen 'nem Berliner Lumich. Und beim nächsten Tanken passte besser auf!« –

Kurt Brasch richtete sich mühsam auf. Sein Auge schmerzte sehr, er fühlte eine große Beule an der Braue, und sein Kinnbacken war wie ausgerenkt. Er konnte den Mund kaum bewegen. Langsam schlich er an der Seite der Landstraße weiter. Er zitterte in seinem nassen Anzug vor Kälte, und ihm war sehr übel. Manchmal überholten ihn Autos oder kamen ihm entgegen. Er versteckte sich vor ihnen hinter Bäumen; so wie er aussah, würde ihn doch keiner mitnehmen. Die

Beule an seiner Braue schwoll noch immer, das Auge war nun ganz geschlossen.

Als er lange Zeit so gegangen war, kam er in ein Dorf. Nirgendwo brannte mehr Licht. Aber es gelang ihm nicht, sich in eine Scheune zu schleichen. Sobald er auf einen Hof wollte, fingen die Hunde an zu lärmen. Schließlich war das ganze Dorf ein einziges wütendes Hundegebell. Er machte, dass er herauskam. Dann war er wieder allein auf der endlosen Landstraße mit dem kalten nassen Novemberwind.

Er war noch nicht weit gegangen, als er zu seiner Linken ein Licht sah. Er kletterte durch den Chausseegraben und ging auf das Licht zu. Ihm war jetzt alles egal. Er kam durch einen kleinen Garten und sah durch das Fenster in die erleuchtete Stube. Ein Mann wie aus einem alten Bilde, ein Mann mit langen weißen Haaren, einem weißen Schnurr- und Spitzbart saß an einem dunklen Tisch. Eine lange weiße Hand lag um den Stiel eines schön geschliffenen Glases mit Rotwein.

Es sah aus, als sei es warm in dem Zimmer. Kurt Brasch klopfte gegen die Scheibe. Der Mann sah auf. Kurt begegnete dem leeren Blick von zwei großen dunklen Augen. Dann stand der Mann auf und ging aus der Stube.

Eine Tür nach dem Garten öffnete sich, eine höfliche Stimme sagte: »Wollen Sie bitte hier hereinkommen?« Der Mann ging Brasch voran. Er trug ein dunkles Samtjackett. »Hier herein, bitte.« Kurt stand in der Stube, in die er eben gesehen hatte. Es war schön warm in ihr. »Setzen Sie sich, bitte«, sagte der Mann, und als er seinen Gast mit dem leeren dunklen Blick betrachtet hatte: »Oh, Sie haben sich geprügelt?«

»Ich bin verprügelt worden«, sagte Kurt Brasch grimmig. »Von einem Chauffeur, auf dessen Lastzug ich mich versteckt hatte.«

»Er hat Ihnen ordentlich was versetzt!«, kicherte der spitzbärtige Alte. »Warum halten Sie sich denn versteckt? Wollten Sie klauen?«

»Ich dachte, ich könnte umsonst nach Haus fahren. Ich habe kein Geld.«

»So ein Schwein von einem Chauffeur!«, sagte der Mann mit heiterer Gelassenheit. »Wenn Sie ihn das nächste Mal sehen, drehen Sie ein Messer in seinem Leibe herum, verstanden?«

»Wenn ich ihn das nächste Mal sehe, bin ich hoffentlich etwas besser in Form, und dann wird er was erleben!«, antwortete Kurt Brasch, etwas überrascht von dem Blutdurst des Patriarchen.

»Ein Messer! Nur ein Messer!«, sagte der lächelnd. »Möchten Sie vielleicht ein Glas Wein trinken?«

»Gerne.«

Der Alte ging an einen Glasschrank, nahm ein großes Weinglas heraus und stellte es gefüllt vor ihn hin.

»Danke«, sagte Kurt.

»Möchten Sie vielleicht auch etwas essen?«

»Sehr gerne. Ich habe einen mächtigen Hunger, offen gestanden.«

»Warten Sie einen Augenblick.«

Der Mann ging aus der Stube. Kurt Brasch trank seinen Wein in kleinen Schlucken. Ihm wurde schön warm. Es saß sich gut bei diesem ulkigen Greis.

»Meine Frau macht Ihnen sofort Essen. Sie kennen sie –?« Der Mann schenkte ihm langsam das Rotweinglas voll und sah ihn dabei an.

»Aber nein!«

»Überlegen Sie! Helene Fourment –? Denken Sie nach!«

»Es ist mir so, als hätte ich den Namen schon gehört.«

»Natürlich kennen Sie sie! Ich habe sie mehr als ein Dutzend Mal gemalt. Sie werde ich vielleicht auch malen!«

»Aber nicht so, wie ich jetzt aussehe!«

»Gerade, wie Sie jetzt aussehen! Rembrandt hat seinen Bruder mit einem Goldhelm gemalt, Sie werde ich mit einer Narrenkappe malen!«

»Eine Narrenkappe würde im Augenblick wirklich das Richtige für mich sein«, sagte Kurt Brasch trübe.

Einen Augenblick betrachtete ihn der Maler schweigend mit seinem leeren, dunklen Blick. Dann beugte er sich über den Tisch und flüsterte geheimnisvoll: »Sie haben sicher schon gemerkt, dass ich verrückt bin?«

»Oh nein!«, sagte Kurt Brasch erschrocken. »Sagen Sie doch das nicht! Sie sind bestimmt nicht verrückt!«

»Ich bin Peter Paul Rubens«, sprach der alte Mann mit Nachdruck. »Haben Sie schon von mir gehört?«

»Rubens –? Das war ein Maler, nicht wahr?«

»Ich bin ein Maler, und ich bin Rubens! – In welchem Jahrhundert leben wir?«

»Im zwanzigsten.«

»Ja, und Rubens hat im siebzehnten gelebt. Und ich bin Rubens. Also muss ich doch verrückt sein, nicht wahr? Alle sagen es.«

»Sind Sie ganz sicher, dass Sie Rubens sind?«

»Ganz sicher! Übrigens werden Sie gleich meine zweite Frau Helene Fourment sehen. Ich habe sie so oft gemalt, Sie erkennen sie sofort. Manchmal«, sagte er grübelnd, »ist hier auch meine erste Frau, Isabella Brant. Aber das stört mich, denn ich erinnere mich genau, dass ich sie 1626 in Antwerpen begraben habe.«

»Macht es Ihnen Kummer, dass Sie verrückt sind?«

»Nein, gar nicht. Es geht mir sehr gut dabei. Nur wenn ich an meiner Verrücktheit zweifle, geht es mir schlecht. – Helene, ich habe eben unserm Gast von dir erzählt.«

Eine große blonde, noch junge Frau in einem weißen Kleid war eingetreten. Sie nickte dem Gast kurz zu und stellte ein Tablett mit Broten vor ihn hin.

»Erkennen Sie sie wieder?«, fragte der Maler gespannt.

Die Frau warf Kurt einen schnellen Blick zu, die Spitze ihrer Zunge zeigte sich einen Augenblick im Mundwinkel.

»Natürlich!«, sagte Kurt Brasch.

»Sehen Sie!«, rief der Maler triumphierend. »Und da soll ich nicht verrückt sein! Ich habe Helene 1630 geheiratet, und heute stehen Sie vor ihr. Natürlich bin ich verrückt!«

»Selbstverständlich bist du es, Peter Paul«, sagte die Frau sanft. »Der Herr glaubt es auch.«

»Natürlich«, sagte Kurt Brasch.

»Wahrscheinlich träume ich auch nur«, sagte der alte Mann. »Ich bin eingeschlafen und träume euch. Ich träume diese Stube und die Gläser auf dem Tisch. (Gieß ihm Wein ein, Helene. Er isst tüchtig, nicht wahr? Er hat wirklich Hunger.) Manchmal bin ich nahe daran, aufzuwachen, der Traum wird so dünn. Dann merke ich, wie ein anderer Mensch in mir wach wird, der ich nicht sein will. Der andere zu sein macht Schmerzen …«

»Nein, nein«, sagte die Frau eilig. »Du bist Peter Paul Rubens, der große niederländische Maler, jeder weiß das!«

»Natürlich bin ich Rubens«, sagte der alte Mann fest. »Ich werde ihn malen. Unser Gast ist überfallen worden, du siehst, wie er zugerichtet ist. Ich will ihn mit einer bunten Narrenkappe auf dem Kopf malen. Wartet, ich hole gleich mein Malgerät …«

Die Frau sah den jungen Menschen mit einem halben Lächeln an. »Er ist ganz harmlos«, sagte sie. »Sie dürfen ihn nur nicht auslachen.«

»Natürlich nicht. Ist er schon lange so?«

»Ein paar Jahre, ich weiß nicht genau. Ich pflege ihn nur, verstehen Sie, ich bin nicht seine Frau.«

»Wissen Sie, wie er so geworden ist?«

»Er hatte ein großes Malergeschäft, ein Stubenmalergeschäft, verstehen Sie? Er war ein sehr wohlhabender Mann, er hat noch Geld. Er heiratete seine Jugendliebe, aber nach einer Zeit merkte er, dass sie ihn betrog. Er ließ sich von ihr scheiden, und später heiratete er wieder. In einer kleinen Stadt kommt alles gleich heraus, auch die zweite Frau betrog ihn. Damals fing er an, so komische kleine Bilder zu malen, ganz wie die Kinder sie machen. Später heiratete er ein drittes Mal, aber auch mit der dritten Frau hatte er kein Glück. Er war das Gespött der ganzen Stadt. Ich verstehe es eigentlich nicht, warum gerade er jedes Mal betrogen wurde. Er ist ein freundlicher, gebildeter Mann, ich pflege ihn gern.«

»Das verstehe ich. Er hat eben kein Glück gehabt. Manche haben nie Glück.«

»Oh, sagen Sie das nicht! Jetzt ist er ganz glücklich – solange er Peter Paul Rubens ist.«

»Und wenn er das nicht ist? Er ist doch nicht immer Rubens?«

»Nein. Dann bekommt er Schlafmittel, bis er ruhig aufwacht und seinen Traum weiterträumt.«

»Dies ist ein närrisches Leben, finden Sie nicht?«

»Ja, es ist ein Leben, in dem nur die Narren glücklich sein können. Die Narren und die Verliebten, die anderen Narren.«

Und wieder sah sie ihn rasch an, wieder erschien ihre Zungenspitze im Mundwinkel.

Er stand schnell auf, warf seine Arme um sie und küsste sie gierig. »Du! Du!«, sagte er atemlos.

Der alte Maler trat ein. Er setzte ihm eine bunte Kappe mit klingelnden Schellen auf den Kopf. Er stellte einen kleinen Tuschkasten, wie ihn Schulkinder haben, auf den Tisch. Er legte einen Zeichenblock vor sich. »Gieß ihm noch einmal Wein ein! Sein Gesicht soll Farbe haben! Es soll bunter sein als die Narrenkappe!«

Die Frau bog sich über ihn beim Einschenken. Mit einer Hand umfasste sie seinen Arm, zwischen den Zähnen flüsterte sie: »Du! Du!«, und ihre Zungenspitze bewegte sich schnell zwischen den Lippen.

Der Maler warf den Pinsel hin, er hob den Kopf. »Was habt ihr geredet vorhin?«, fragte er scharf. »Was habt ihr geredet, als ich fort war?«

»Aber nichts«, sagte die Frau rasch. »Er hat gesagt, er könnte immer noch mehr essen, und ich habe ihm gesagt, es sei kein Brot mehr da, ich müsse erst morgen früh frisches holen.«

»Du lügst!«, schrie der Maler. »Ich sehe es dir an! Ihr habt mich betrogen! Ich rieche es. Ihr habt euch geküsst!«

»Nein, nein«, rief Kurt Brasch und stand auf. »Wie möchte sie mich küssen? Sehen Sie doch, wie ich aussehe!«

»Es ist ihnen egal, wie einer aussieht!«, rief der Alte. »Wenn sie nur betrügen können. Ich bin immer betrogen, jetzt weiß ich es wieder! Sie kommen in mein Haus, sie trinken meinen Wein, sie essen mein Brot, und in der ersten Stunde verführen sie meine Frau! Das Messer – ich habe Ihnen gesagt, ich werde das Messer in Ihrem Leib umdrehen, dort, das Messer auf dem Tisch will ich haben!«

Die junge Frau hielt ihn in ihren starken Armen. »Gehen Sie!«, rief sie. »Gehen Sie fort aus diesem Haus! Ich bekomme ihn nicht eher ruhig.« Und zu dem Alten, der aus ihren Armen frei zu kommen suchte: »Er geht schon, er ist nur ein böser Traum, Peter Paul. Gleich wirst du aufwachen. Du bist der große Maler Rubens …«

Kurt Brasch trat aus dem Haus. Es war noch immer Nacht, der Novemberwind wehte kalt und feucht über die weite Ebene. Er schauderte.

Er schlich an das Fenster. Sie saßen sich gegenüber am Tisch, der Maler hatte seinen Pinsel wieder zur Hand genommen und rührte eine Farbe im Tuschkasten an. Die Frau warf einen raschen Blick zum Fenster und schüttelte abweisend den Kopf. Die Lippen waren fest zusammengekniffen.

Brasch kletterte durch den Chausseegraben wieder auf die

Straße. Einen Augenblick stand er und sah auf das Licht zurück. Dann machte er sich wieder auf seinen Weg. In der Kälte fing das geschlossene Auge stärker zu schmerzen an.

Er ging eine Weile, dann erinnerte ihn das Klingeln auf seinem Kopf, dass er immer noch die Narrenkappe trug. Er riss sie unwillig herunter und warf sie in den Graben. Aber nach ein paar Schritten machte er wieder kehrt und suchte die Kappe im dunklen Graben mit den Händen. Als er sie gefunden hatte, stopfte er sie in seine Tasche.

Er richtete sich auf und sah zurück. Von dem Licht war nichts mehr zu sehen. Er setzte sich in Marsch. Ihn fror sehr.

JUNGE LIEBE ZWISCHEN TRÜMMERN

Oma überdauert den Krieg

Einmal, zu fast undenklichen, märchenhaften Zeiten, als Oma noch eine junge Frau war, hatte sie eine Sechszimmerwohnung besessen, dann, als die fünf Kinder – drei Jungen und zwei Mädel – aus dem Haus gegangen waren, hatten sich die sechs auf zwei Zimmer zusammengezogen – was brauchten zwei alte Leute auch noch so viel Raum? Dennoch, als Vater gestorben war, blieb es bei diesen beiden Zimmern. Es war gut, einen Raum für Logiergäste zu haben, und die waren nie knapp, dafür sorgten schon die fünf Kinder, die ihre Freunde und Bekannten als Gäste zur Oma sandten. Das war bequem für die Kinder, und außerdem freute sich die Mutter über jeden Gast wie ein Kind. »Sie ist nun einmal viel Leben um sich gewohnt!«

Dann war der Krieg gekommen, und aus den zwei Zimmern waren Dienstbotenkammern geworden.

»Grade das Richtige für mich«, lachte Oma. »Ich habe nicht einmal genug Zeugs für das kleine Loch. Nun, eine alte Frau braucht nicht mehr viel, umso besser, umso schöner!« Und wieder lachte sie.

Das Lachen kam ihr wirklich vom Herzen, es war nichts Verstelltes daran, es klang aber auch nicht greisenhaft, wie manche Hausgenossen, die Oma aus dem Luftschutzkeller kannten, wissen wollten.

»Die Olle hat ihre fünf Jroschen nicht mehr beisammen«, sagte verächtlich der Hausmann und Luftschutzwart.

»Reiner Altersschwachsinn – dementia senilis«, grollte der

Medizinalrat aus dem ersten Stock, in dessen hochherrschaftliches Heim ein unvernünftiges Wohnungsamt die alte Frau gesetzt hatte.

Manche, die in den schwersten Minuten der Bombennächte bei dem Frohsinn und Mut der alten Frau Hilfe gesucht hatten, wussten es besser, aber sie stritten nicht darum. Das war auch nicht nötig. Oma nahm keinem Menschen etwas krumm, er mochte über sie reden oder denken, was er wollte, sie war unverändert freundlich zu ihm. Ihr ganzes Leben hindurch war sie entschlossen gewesen, von den Menschen nur das Gute zu glauben, und sie wollte auch jetzt im Kriege von diesem Glauben nicht lassen.

Das änderte sich auch nicht, als die Missbilligung des Haus- und Luftschutzwartes in offene Feindschaft gegen die alte Frau umgeschlagen war. Oma hatte nämlich mitten in einem der schlimmsten Bombenangriffe gemeint, ein Kind auf der Straße weinen zu hören. »Horcht doch mal alle hin, alle!«, bat sie. »Ich hör's ganz deutlich. Lasst mich doch bitte raus, bitte!« Mit flehenden Augen sah sie die andern an.

»Nischt!«, antwortete der Luftschutzwart. »Hier bleibense! Varrückte olle Kruke! Mitten im Angriff rausrennen, und wa könn' vielleicht unsa Leben riskieren, um Ihnen wieder reinzuholen.« Er versperrte ihr breitbeinig den Weg. Auch später konnte er es nie begreifen, wie die alte Frau es fertiggebracht hatte, doch an ihm vorbeizukommen: »Ick sare imma: alte Weiber sind det Schlimmste. Een ollet Aas und denn det ewije Jelache –! So wat jehört in 'ne Anstalt, und denn 'ne kleene Spritze: ab trumeau! Für wen is denn so wat noch nütze –!«

Das dreijährige Mädchen, das die alte Frau dann nach einer Viertelstunde bänglichen Wartens der Kellerinsassen auf dem Arm hineinschleppte, hatte vielleicht wiederum eine andere Ansicht als der Luftschutzwart, aber es konnte sich nicht äußern. Und die andern hatten mit ihren eigenen Sorgen und Ängsten genug zu tun. Es war eine schlimme Nacht, die

Einschläge lagen bedrohlich nahe, öfter sahen die Kellerinsassen das Licht schwach werden und fast schwinden, und mehr als einmal hatten sie den Geschmack von Kalkstaub im Munde, der ihnen wie der Geschmack eines nahen Todes war. Die Oma freilich schmeckte davon nichts, sie war ganz mit dem Kinde beschäftigt, einer Jutta, die nichts von ihren Eltern und ihrer Wohnung sagen konnte. Es kamen dann glückliche Tage für die alte Frau, endlich wieder etwas Kleines, Hilfloses zu versorgen, einen kleinen warmen Körper bei sich im engen Eisenbett, der rücksichtslos im Schlaf den meisten Platz für sich beanspruchte. Es wäre schön gewesen, wenn es so hätte bleiben können. Aber dann wurde das Kind von seinen Eltern geholt, und es war mit dieser Freude wieder vorbei. Allein war wieder die Oma.

Und sie wurde immer einsamer. Es war seltsam, wie wenig ihre Kinder und Kindeskinder nach ihr sahen, seit die Oma keine Logiergäste mehr bei sich aufnehmen, seit sie überhaupt nicht mehr so helfen konnte. Das wurde besonders deutlich nach der Besetzung Berlins, als Oma nun nicht einmal mehr ihre Pension bekam, bis auf ein paar Hunderter Bargeld nichts mehr besaß. Kaum, dass sich noch jemand bei ihr sehen ließ von der Verwandtschaft, höchstens dass eine Schwiegertochter sie mal bat, am Waschtag ein bisschen zu helfen, oder eine Tochter kam und der Oma Wolle brachte, damit sie einen Anzug oder ein Paar Strümpfe strickte. Oma lächelte zu alledem, sie war freundlich wie immer, und wenn irgendjemand aus dem Hause sie ansprach, wie schändlich es doch von den Kindern sei, die eigene Mutter in der Not zu verlassen, so schüttelte Oma energisch den Kopf: »Nein, nein, davon verstehen Sie nichts – zuerst müssen meine Kinder für ihre eigenen Kinder sorgen –, ich helfe mir schon selbst.« Sie lachte schon wieder. »Was denken Sie, was ich für ein Leben führe? Wie ein Freiherr und Baron! Mir geht nichts ab. Ich bin ganz glücklich – die Erinnerungen, die ich habe: wer hat denn so schöne? Fünf Kinder, und alle was Rechtes geworden! Ein lieber Mann – und kein böses Wort in siebenundzwanzig Jahren Ehe! Worüber ich wohl klagen soll? Das wäre ja reinweg schändlich, solch ein reiches Leben, wie ich es gehabt habe!«

Um jene Zeit hatte ihr Augenlicht schon stark abgenommen, ihr Gehör war fast fort, und das Gedächtnis spielte ihr manchmal Streiche. Besonders mit den Lebensmittelkarten kam sie nie ganz zurecht. Aber unverändert blieben ihr Lebenswille und ihre Lebenslust! Und ihr Unternehmungsgeist – plötzlich entschloss sie sich, von nun an essen zu gehen in eine Wirtschaft, eine völlige Änderung ihrer Lebensgewohnheiten, sie, die immer für sich gekocht hatte. Aber das Kochen war für sie zu schwierig geworden in dem hochherrschaftlichen Heim des Medizinalrats, in dem jetzt fünf Parteien um den vierflammigen Gasherd zur Mittagsstunde herumstanden. Da kommt eine alte Frau immer zu kurz, zumal wenn sie nicht von ihrer Jugendgewohnheit, stets höflich zu sein, lassen will. Und was kann man von einer einzigen Karte schon groß kochen?

Nein, besser ging sie essen! Und unerschüttert, den Rücken grade haltend wie eh und je, tastete sie sich halb blind mit ihrem Stock durch die Ruinen, bis sie eine geeignete Wirtschaft gefunden hatte, selbst eine Ruine, aber fest entschlossen, nie zu klagen, nie jemand zur Last zu fallen, stets fröhlich zu sein, nicht auf ihre alten Tage noch den Sinn ihres ganzen Lebens zu verleugnen.

Es war ein Massenbetrieb, in dem sie jetzt aß, eine jener Wirtschaften, die plötzlich entstanden waren aus dem Bedürfnis dieser Stunde heraus. Es aßen da Passanten und Bauhandwerker und deren Hilfskräfte und Angestellte und ältere Schulkinder und besonders viele, viele alte Leute, vor allem alte Frauen. Hier schien ein Stück jener Volksgemeinschaft verwirklicht, von der in den zwölf Jahren zuvor so viel geredet worden war und die man nie zu sehen bekommen hatte, hier fand man sie. Zwar, Streit und scharfe Worte gab es genug, aber: »Sie meinen es ja nicht so!«, sagte die Oma begütigend. »Sie sind froh, dass sie endlich mal wieder reden können, wie ihnen der Schnabel gewachsen ist. Natürlich meinen sie es nicht so.«

Bei Oma meinten sie es gewiss nicht so. Wenn Oma erschien, in ihrem vertragenen schwarzen Tuchkleid, stramm aufgerichtet, und mit den trüb gewordenen und doch immer noch freundlichen Augen durch das Lokal spähte, fanden sich stets welche, Männlein und Weiblein, die sie an ihren Tisch holten. »Komm man zu uns, Oma, bei uns sitzt du wenigstens ruhig, und wir helfen dir bei deinen Karten.«

Ja, mit den Karten war es immer schlimm. Alle waren sich einig darüber, dass sie von den Bedienerinnen beim Markenabgeben beschummelt wurden, und für die fast blinde Oma musste man da besonders gut aufpassen. »Wat willste denn nu essen, Oma? Roggenflockensuppe, und denn nimm man ruhig die sauren Kartoffeln, det stoppt een Loch. Und denn …«

Oma hatte aber auch ihren Willen, sie ließ sich die Speisekarte vorlesen, sie wollte heute keine sauren Kartoffeln, heute wollte sie einmal Esterhazybraten mit Endiviensalat … Sie blieb dabei, sie wollte eben nun einmal schlemmen, sie war starrköpfig, ihr Kopf war voll von Erinnerungen. Esterhazybraten, Wien, der Stephansdom, ihre Hochzeitsreise, jetzt vor siebenundvierzig Jahren … Weiß Gott, was sie sich da aus dem kleinen Stückchen Rinderbraten herausaß, das nicht anders schmeckte als jeder gewöhnliche Schmorbraten, aber sie aß ihn mit leuchtenden Augen! Esterhazybraten – und den wollten sie ihr verweigern! Nein, nein, gewiss meinten sie es gut, aber es gab Grenzen …

Übrigens war es mit den betrügerischen Bedienerinnen nur halb so schlimm, Oma wusste das recht gut. Und die Kellnerinnen lächelten auch nur zu diesem Misstrauen der alten

Leute. Die waren eben alt, du lieber Himmel, sollten sie ruhig ihre Schrullen haben und ihre Marken zehnmal nachzählen. »Na, Oma?«, fragten sie. »Wie ist es denn: schaffst du noch einen Teller Kartoffelsuppe? Ich habe grade einen über, markenfrei.«

Oma lachte, aß und schob dann von dem herausgegebenen Geld für ihre Zeche der Kellnerin stets einen Groschen hin. Immer wurde er zurückgeschoben: »Deinen Groschen behalt man, Oma.« Und immer übersah ihn Oma beim Hinausgehen, ließ ihn liegen. Sie hatte nichts dagegen, dass sie jetzt von den meisten Menschen mit du angeredet wurde; sie für ihren Teil blieb bei dem Sie, und ein Trinkgeld gab sie auch. Unverändert, dieser Rücken ließ sich nicht biegen.

Aber wie schlimm, wenn sie ihr darauf kamen, beim Helfen, dass sie Marken verschenkt hatte. »Wie is det denn, Oma? Jestern hattste doch noch hundertfuffzig Jramm Fleesch, und det is heute alle. Die Fleescher ham doch jar nischt vateilt. Wo biste denn wieda mit de Marken abjebliem? Haste etwa wieda –?«

Ja, Oma hatte wieder – nämlich einem Enkel oder einer Enkelin geholfen. Wenn die ganz mit ihren Karten zu Ende waren, dann erinnerten sie sich plötzlich, wo ihre alte Großmutter wohnte, und machten ihr einen kurzen Besuch, der nie ganz erfolglos war. Oma sah starr und entschlossen vor sich hin, ihre Lippen bewegten sich, sie sagte aber kein Wort.

»Eene feine Vawandtschaft haste, det muss ick saren, Oma. Alle Achtung vor die! Die lassen ihre Mutta nich bloß so vahungern – die schwatzen ihr noch det letzte bissken ab. Reenewech blöd musste doch sind, Oma, die Blase imma noch zu helfen, reenewech wahnsinnich!«

Die Oma saß noch immer so starr und entschlossen da, und plötzlich sagte sie mit ihrer hellen, hohen Greisenstimme, die manchmal durch das ganze Lokal klang wie das Schwirren einer Harfensaite: »Sie würden Ihre Enkelkinder auch nicht hungern lassen, Sie auch nicht! Keine von uns alten Frauen, keine!«

Für einen Augenblick war es ganz still geworden in dem großen Lokal, das Tellergeklapper hatte aufgehört, alle schienen diesem hellen Ton nachzulauschen. Auf vielen Gesichtern lag ein Lächeln. Die alte Zeit, die alte Treue – Gott, es war noch nicht alles untergegangen, es lebte noch, unzerstört, vielleicht unzerstörbar in diesem Volk. Dann fingen der Lärm und das Geklapper von neuem an und: »Ick meene et doch nur jut mit dir, Oma. Du vahungerst uns ja reenewech! Nee, lass man, wa müssen alle so vabraucht wer'n, wie wa jebacken sind, und dir ham se eejentlich janz jut jebacken, Oma!«

Am Sonntag geht Oma nicht in die Wirtschaft essen, am Sonntag steckt sie sich ein paar Brote ein, nimmt einige kleine Gerätschaften an sich und fährt mit der U-Bahn auf den Friedhof. Es war vielleicht die schwerste Stunde der alten Frau, als sie nach dem Kampf um Berlin entdecken musste, dass es sogar das Grab ihres lieben Mannes nicht mehr gab. Ein Sprengtrichter war da, wo das Grab gewesen war, und Oma hatte bittere Tränen geweint. Dieses einzige Mal hatte sich der Rücken gebeugt, der starre Nacken war weich geworden, der Kopf war vornübergesunken, und die Tränen waren geflossen.

Aber dann hatte sich die Oma besonnen: War denn das Gedenken an den lieben Toten an dieses Grab gebunden? Gab es nicht grade zu dieser Zeit unendlich viele Gräber, um die sich niemand mehr kümmerte? Nun also, warum weinest du, Oma, du hast eine neue Aufgabe gefunden, auf deine alten Tage eine ganz neue Aufgabe. Und nun geht sie Sonntag für Sonntag von Grab zu Grab, sie glättet sie mit ihrem kleinen Rechen, sie jätet Unkraut, sie findet immer eine Blume, die sie auf das unbekannte Grab legen kann. So ist sie tätig, immer tätig.

Dann, wenn sie müde wird, bleibt sie bei einem Grabe sitzen. Ihr Blick schweift über die langen Reihen von Gräbern, wie sie da liegen, die Stillgewordenen. Oma hätte nichts dagegen, zwischen diesen auch zu ruhen, heute oder morgen oder bald. Aber sie hat es nicht eilig, sie ist des Lebens nicht überdrüssig. Das Leben hat immer noch Aufgaben für sie. Da sind ihre Enkel, denen sie wenigstens ein bisschen helfen kann. Da sind die Gäste in der Speisewirtschaft, die so froh sind, sie betreuen und tyrannisieren zu können. Und hier sind diese Gräber. Oma sitzt grade da; auch jetzt, da sie müde ist, verschmäht der Rücken die Banklehne. Grade sitzt sie da, ein Mahnmal aus alten Zeiten – unerschütterlich.

Der Friedhofswächter geht vorüber: »'n Abend, Oma. Wird det nich schon een bissken kühle for Sie?«

»Danke, Herr Martens, ich stehe gleich auf. Da hinten ist ein Kindergrab, das ich heute noch in Ordnung bringen möchte.«

»Ja, det möchtense, und die Mutter jeht alle Tage schwofen; die is nämlich aus meine Straße.«

»Was kann denn das Kind dafür, Herr Martens? Kinder können nie etwas dafür. An die Kinder muss man immer denken, Herr Martens.« Sie lacht. »Gott, die Kinder – sind die Kinder nicht wie immer, Herr Martens? Solange es noch Kinder gibt, und man kann ihnen helfen, Herr Martens …«

Junge Liebe zwischen Trümmern

Manchmal fand sie es schrecklich, und manchmal empörte es sie, dass die Leute in der U-Bahn so böse auf sie sahen, weil sie glücklich waren. »Sie schauen ganz so, als wären wir Verbrecher«, klagte sie. »Wir tun ihnen doch nichts!«

»Kümmere dich nicht um die Leute«, schlug er vor.

Aber das konnte sie nicht. Wenn sie da im dichten Gedränge standen, eben von der Traube der Anstürmenden hineingepresst in den Bahnwagen – sehr zum Schaden ihrer Wintermäntel –, und sie strahlte ihn an: »Wieder mal geschafft!« – da fühlte sie plötzlich die Blicke der Umstehenden missgünstig auf sich, und das Herz wurde ihr schwer.

»Ich weiß nicht, es ist alles schrecklich«, sagte sie. »Diese Stadt in Trümmern und jetzt die Kälte und die undichten Fenster – aber sollen wir uns darum nicht lieb haben dürfen?«

»Natürlich sollen wir das«, antwortete er wieder. »Beachte sie einfach nicht!«

Aber sie fühlte, dass er seinen eigenen Rat nicht befolgte, dass es auch ihm Kummer machte.

Einmal fuhren sie zusammen in der Elektrischen, und der Wagen war fast leer. Sie nahm den Kamm aus ihrer Handtasche und fing an, sich die Locken durchzukämmen, die der Wind auf der Straße verwirrt hatte. Wenn dies vielleicht auch nicht ganz schicklich war, fand er doch, sie sah bezaubernd aus, noch bezaubernder als sonst. Aber eine alte Dame im Wagen ziemlich weitab rief mit scharfer Stimme: »Lassen Sie das mal, junge Frau! Sie sind hier in keinem Frisiersalon!«

Im ersten Augenblick war sie sehr erschrocken, sie sagte entschuldigend: »Ich sitze Ihnen doch wohl weit genug ab, dass ich Sie nicht stören kann!« Aber dann gewann die Empörung die Oberhand in ihr. »Da, Junge«, sagte sie zu ihm und steckte ihm den Kamm in die Hand. »Dein Haar ist auch ganz durcheinander, kämm es lieber mal durch!«

Er tat gehorsam, was sie befohlen.

»Immer dieselben aufgedonnerten Weiber!«, rief die alte Dame böse.

»Und immer dieselben alten Pappeulen!«, rief sie zurück.

Er kämmte und kämmte und sah dabei in ihre vor Empörung funkelnden Augen, und plötzlich brachen sie beide in ein nicht zu bändigendes Gelächter aus. »Du aufgedonnertes Weib!«, rief er, sich vor Lachen verschluckend. »Da, nimm deinen Kamm wieder! Wir sind hier in keinem Frisiersalon!«

Aber es war nicht zu leugnen: sie lachten allein, keiner im Wagen lachte mit. Und so war es immer: wenn sie gemeinsam an einer höchst aktiven Zigarette rauchten oder wenn sie vor lauter Gefräßigkeit das eben gekaufte Weißbrot wie die Mäuse anknabberten oder wenn sie nur einfach ihre Umwelt vergaßen und einander mit jenem langen Blick anschauten, der immer mehr in das andere Sein einzudringen schien, in Tiefen, von denen sie eben selbst noch nichts gewusst hatten – in diesen Augenblicken und immer, immer hatten sie die ganze Umwelt gegen sich! Es war wirklich so, als sei es ein schweres Verbrechen, sich in diesem dem Winter mürrisch zuschiebenden Berlin lieb zu haben. Wie oft schworen sie sich zu, genau so zu tun, als seien sie nicht erst zwei Monate, sondern schon zwei Jahrzehnte miteinander verheiratet. Aber das erwies sich als ganz undurchführbar. Ihre Umwelt konnten sie so leicht vergessen, aber ihre Liebe nicht einen Augenblick. Darum wurde aus dem So-Tun, als seien sie lange verheiratet, schon nach fünf Minuten auch wieder ein Spiel: sie inszenierten einen Ehekrach, und dann versöhnten sie sich, versöhnten sich ganz richtig, die sich eben doch nur aus Spaß gezankt hatten. Und plötzlich fühlten sie die Feindschaft um sich und brachen mitten im Satz ab. Immer nur Sorgen, immer nur Elend und Kummer – aber wie denn? War nicht der Krieg zu Ende, sollte man nie wieder lachen dürfen –? Ach, es war einfach unerträglich!

Einmal geschah ihnen etwas ganz Schreckliches. Sie fuhren zu einer sehr frühen Morgenstunde – es war draußen noch ganz dunkel – in einen Vorort, und der Himmel hatte es gut mit ihnen gemeint und ihnen ein ganzes Abteil allein gegeben. Das war auch eigentlich nötig, denn sie mussten sich auf zwei Tage trennen, er geleitete sie nur bis zur Wohnung ihres Chefs, mit dem und seiner Frau sie im Auto über Land fahren sollte. Zwei Tage Trennung, die erste Trennung in ihrer jungen Ehe!

Natürlich verlangte sie Proviant für eine so lange liebeleere Zeit, und er gab ihr Küsse über Küsse. Er sah ihr immer tiefer in ihre hellen Augen, und sie versanken immer tiefer in einen Abgrund von Zärtlichkeit. Plötzlich wechselte ihre Stimmung, aus der Zärtlichkeit schlug sie um in die wildeste, kindlichste Ausgelassenheit, und lachend malte sie ihm aus, wie bei der Autofahrt nachher ihr Proviantsack mit Küssen wegen Überfüllung reißen würde. Wie die befreiten Küsse sich mit einem kleinen knallenden Geräusch im Auto ausbreiten und dem cheflichen Ehepaar samt Chauffeur zusetzen würden. Der Chef, ein kleines eitles Männchen mit einem wunderbaren braunen Vollbart, war eben durch diesen Bart einigermaßen geschützt gegen die Attacken der befreiten Küsse, aber die Chefin, Frau Johnny Langreiter, ein dunkles, ältliches, verschrumpeltes Wesen, wurde überschwemmt von diesen Küssen. Sie krochen und hüpften an ihr hinauf, sie bedrängten sie von allen Seiten.

Wie sie sich schüttelten vor Lachen! Wie sie ihm die Chefin vorspielte, die vergeblich den froschhaft hüpfenden Küssen auszuweichen sich bemühte, wie das ganze Abteil erfüllt war von dem sanften Knallen, als zöge man ununterbrochen Pfropfen aus Flaschen!

Plötzlich fasste er sie so fest am Arm, dass sie leise aufschrie, mit dem Kopf deutete er zum Eingang in das Nebenabteil … Einen Augenblick meinte sie, im Dunkeln ein bleiches Männleinsgesicht zu sehen mit einem braunen Umhängevollbart. Aber das war natürlich ganz unmöglich. Und eifrig flüsternd bewies sie ihm, dass Jonas Langreiter unmöglich zu dieser frühen Morgenstunde mit ihnen im Zuge sein könnte. Aber weder von Zärtlichkeit noch von Ausgelassenheit konnte noch die Rede sein. Erst recht nicht nach dem Aussteigen, als Herr Langreiter mit einem kurzen bitterbösen Gruß an ihnen vorüberging, genau jene Feindschaft im Blick, die sie ständig und überall gegen ihr Glück zu spüren bekamen.

Eine halbe Stunde später fuhren sie schon wieder zurück: sie war kurzerhand entlassen worden (Gründe unnötig). »Nun, wenn ich nicht gleich etwas finde, putze ich erst einmal wieder Steine ab«, sagte sie.

Er schwieg.

»Bist du mir etwa jetzt böse, Junge?«, fragte sie. »Ich kann doch wirklich nichts dafür. Ich war so glücklich!«

»Natürlich kannst du nichts dafür!«, antwortete er, aber es klang nicht sehr überzeugend. Und diesmal sah niemand auf der Bahn sie feindlich an, diesmal erregte ihr Glück bei keinem Anstoß.

Sie kam allein in ihre Wohnung zurück, er hatte auf sein Büro gemusst. In ihre Wohnung –? *Ein* Zimmer mit den obligaten Sperrholzplatten und Pappen statt Fenstern, mit den wenigen Möbeln, die ihnen Freunde und Verwandte zur Hochzeit aus der eigenen abgebrannten Armut gespendet hatten. Und so kalt –! So kalt! Sie fröstelte. Sie hatte es noch nie empfunden, wie kalt es hier war. Dieses Zimmer war ihr immer warm erschienen vom Glanz ihrer Liebe. Sie hatte nichts entbehrt, jetzt entdeckte sie plötzlich, wie abgeschabt diese Couch aussah und wie kipplig der kleine Tisch war. Viel zu klein und viel zu kipplig! Ein Leben in Armut. Ein armes Leben. Ein armes Leben –?

Sie geht an den Spiegel, und sie sieht sich an. Das ist sie, und doch ist sie es nicht. »Ich werde ja alt …«, meint sie zu sich, zweifelnd, erschrocken. Nichts mehr, auf das die Leute missgünstig sehen könnten, kein Strahlen mehr. Sie geht an die kleine Notscheibe und sieht auf die Häuser der gegenüberliegenden ausgebrannten Straßenzeile. Nein, wahrhaftig nicht die geringste Veranlassung, die Leute mit übertrieben zur Schau gestelltem Glücklichsein vor den Kopf zu stoßen. Trostlos. Und mit einem Seufzer nimmt sie ihre Kartentasche, sie will doch sehen, ob es schon Fett auf die zweite Dekade gibt.

Wenn sie in den nächsten zwei, drei Tagen gemeinsam auf der U-Bahn fuhren, traf sie kein böser Blick. Nichts mehr von Pappeulen, keine Missgunst, wenn sie wieder einmal eine höchst aktive Zigarette miteinander rauchten. Daran konnte es also nicht gelegen haben. Ach, sie weiß schon, woran es liegt, und er weiß es auch. Nun sind sie im Einklang mit der Umwelt – aber gefällt ihnen das? Ist es nun richtig so? Baut man so ein neues Leben auf, nach dem schrecklichsten aller Kriege – ohne Lachen, ohne Glück?

In der Nacht setzt sie sich auf im Bett und horcht auf seine Atemzüge. »Schläfst du auch nicht, Junge?«, fragt sie leise. Keine Antwort. »Ich höre doch, dass du nicht schläfst«, versucht sie es noch einmal. Aber wiederum keine Antwort. Mit einem Seufzer legt sie sich zurück – und ein starker Arm umfängt sie. »Ach, du –!«, flüstert sie leise, als dürfe es niemand hören.

Es hat auch niemand gehört. Niemand weiß davon – von dieser neuen Veränderung. Und doch, am nächsten Morgen, in der Bahn – nun sehen sie wieder alle aus, als gönnten sie ihnen Glück und Liebe nicht. Aber jetzt findet sie es nicht manchmal schrecklich und manchmal empörend, beinahe findet sie es gut. »Wenn sie trostlos weiterleben wollen«, sagt sie, »ich nicht! Ich bestimmt nicht!«

»Ich habe es dir ja immer gesagt, du sollst dich nicht um die Leute kümmern«, antwortet er und lacht. Beide lachen sie. Natürlich lachen sie jetzt beide – zwischen der Missgunst, inmitten von Trümmern. Sie haben ja nur dieses eine Leben. Man kann gar nicht früh genug anfangen, es mit Liebe und Glück zu erfüllen.

Der Pott in der U-Bahn

In der U-Bahn sitzt sanft schlafend eine Frau. Auf ihrem Schoß hält sie eine Einholetasche, obenauf in der Einholetasche liegt ein großer blanker Kochtopf, mit dem Boden nach oben.

Vor der Frau steht – wegen Platzmangels – ein Herr und sieht sinnend auf die Schläferin hinab. Einige Stationen sind schon passiert, selig schlief die Frau weiter. Nun beugt sich der Herr zu der Frau, mit dem Fingernagel klopft er an den Topf: es gibt einen feinen, silbernen Klang, der im ganzen Wagen zu hören ist.

Auch die Schlafende hat ihn gehört, sie öffnet die Augen und sieht – erst zweifelnd, dann lächelnd – auf den Herrn.

»Verschlafen Sie auch Ihre Station nicht?«, fragt der und setzt aufklärend hinzu: »Wir waren eben Klosterstraße.«

»Und Alexanderplatz muss ich raus«, antwortet die Frau.

Wieder der Herr: »Da hat's ja geklappt.« Sein Blick ruht voll Beifall auf dem Topf. »Einen schönen Pott haben Sie da!«, meint er.

»Das will ich meinen«, stimmt die Frau zu. »Wollen Sie 'n etwa haben? Zwanzig Mark kostet er.«

»Her mit dem Pott!«, ruft der Herr und nimmt aus der Tasche 20 Mark. Der Topf wechselt seinen Besitzer, viele lächeln beifällig, manchen ist anzusehen, dass sie auch gerne den Topf gekauft hätten.

Auch der Topfbesitzer merkt das. Er hat der Frau noch einmal gedankt, als sie den Wagen auf dem Alexanderplatz verließ, und ruft jetzt, da sie dem Schönhauser Tor zurollen, laut: »Nun, wie ist es? Wer hat noch nicht? Ein Stahltopf, Handarbeit, mit geschliffenem Boden, 50 Mark! Wer will?«

»Ist gemacht!«, ruft ein Herr, und schon wieder hat der Topf seinen Besitzer gewechselt – jetzt lachen sie alle im Wagen.

»Weiter! Weiter!«, ruft der erste Herr, der, trotzdem er nicht mehr der Besitzer des Topfes ist, ihn noch einmal verkaufen möchte. »Immer weiter! Umsatz ist das halbe Leben! Wer möchte den Pott? Hundert Mark zum Ersten …«

Zweimal habe ich mich schon geärgert, dass ich nicht zugegriffen habe, denn zu Haus klagt die Frau immer, dass sie keinen vernünftigen großen Topf zum Kartoffelkochen hat. »Nicht hundert, aber siebzig!«, rufe ich. Die Blicke fliegen hin und her, noch mehr Lachen, und der Pott wird mir in die Hand gedrückt.

»Ich muss jetzt raus«, sagt der unternehmungslustige Herr. »Dass Sie aber den Pott nicht unter hundert Mark verkaufen! Das ist er unter Brüdern wert.«

»Ich verkaufe ihn überhaupt nicht, ich bringe ihn meiner Frau nach Haus«, antworte ich. Und nun sitze ich im Wagen, zufrieden, mit dem Pott auf meinem Schoß, endlich bringe ich meiner Frau doch mal was Vernünftiges von meinen Stadtfahrten mit.

An der Haltestelle warte ich endlos auf die Elektrische, ich entdecke, dass solch ein stählerner Pott in eisiger Winternacht mit nicht behandschuhten Händen unangenehm zu tragen ist. Aber immerhin – ich habe einen guten Kauf gemacht, ich freue mich auf das Gesicht meiner Frau, wenn ich mit ihm ankomme …

Die Elektrische ist völlig überfüllt, kein Gedanke an Mitfahrt. Ich entschließe mich zum Heimmarsch. Immer eisiger wird die Hand, die den Pott hält. Ich wechsele von rechts nach links, von links nach rechts, nur mit dem Erfolg, dass beide Hände eisig werden. (Ich bin immer ein Frostpeter gewesen!)

Schließlich kommt mir die erlösende Idee: die Straßen sind ja doch nicht sehr belebt, kaum je ein Mensch. So ergreife ich den Pott und stülpe ihn mir über meine Mütze auf den Kopf. Dahin wandere ich, und die wenigen Vorübergehenden richten staunende Blicke auf mein silberglänzendes Haupt. Sicher raten sie eifrig, wer was da trägt. Die meisten tippen wohl auf einen Stahlhelm. (Ich möchte wissen, zu welchen Gerüchten mein Pott womöglich Anlass gibt.)

Aber unangefochten erreiche ich mein stilles Heim; wie ich bin, trete ich in unser Schlafgemach, an das Bett meiner Frau, silberbehütet.

»Da hast du einen Pott!«, sage ich und nehme meinen Hut ab. »Bekomme ich ein Lob oder nicht?«

»Der Pott ist herrlich«, sagt sie nach eingehender Prüfung. »Du bekommst einen Kuss – ich finde es reizend von dir, dass du nun doch noch an unsern Hochzeitstag gedacht hast!«

Und während ich meinen Kuss empfange, überlege ich, ob ich meine Frau aufklären soll, dass dieser Pott nur ein Zufall in der U-Bahn war, dass der böse Gatte wirklich den Hochzeitstag vergessen hatte.

Ich beschließe, meine Frau nicht aufzuklären – vielleicht liest sie es in der Zeitung – und dann ist so viel Zeit vergangen, dass ich ihrer Verzeihung gewiss sein kann.

Pfingstgruß an Achim

Es war einmal ein kleiner Junge, dem hatten die Großen erzählt, er könne am heiligen Pfingstmorgen den ganzen Himmel offen sehen, bis in seine tiefsten Tiefen hinein. Um das zu erreichen, müsse er nur ohne ein Wort vor dem ersten Sonnenstrahle bis zur Quelle im Walde gehen und sich dort mit dem reinen Quellwasser die Augen waschen. Sobald dieses Wasser seine Augen berührte, würden die Himmel sich auftun, und er würde in ihnen die Sonne mit den Sternen strahlen sehen und die heiligen Stimmen der Engel hören.

Das wollte der kleine Junge Achim natürlich für sein Leben gerne, und an einem Pfingstmorgen ganz früh, als alles noch im Hause schlief, stand er leise aus seinem Bettchen auf, zog sein Hemd und sein Höschen an und trat auf den Hof hinaus. Es war wirklich noch so früh, dass die Vögel in den Zweigen und der Hofhund in seiner Hütte noch ganz fest schliefen. Der kleine Junge wurde fast ängstlich durch die ungewohnte Stille um ihn und wagte keinen Schritt zur Quelle im Walde, zu der er doch hinmusste! Die Luft war auch noch ganz grau und schwer und nass.

Da krähte im Hühnerhaus ein Hahn, und dieses Hahnenkrähen setzte die Beine des Jungen in Bewegung und brachte ihn vom Hof hinunter in das Dorf hinein.

Auch im Dorf schlief noch alles fest; der kleine Junge Achim hatte gedacht, viele, ja, alle würden den Wunsch haben, die Himmel offen zu sehen, und nun war er ganz allein auf seinem Wege. Das machte ihn aber nicht irre in seinem

Vorhaben, sondern er ging immer weiter mutig fort. Er wusste ja, er hatte noch einen weiten Weg vor sich, durch das Dorf über die Felder in den Wald hinein – bis zur Quelle hin.

Nach einer Weile merkte der Junge, dass er auch gar nicht mehr allein ging, sondern neben ihm lief plötzlich der böse große Hund vom Dorffleischer her, vor dem der Junge sonst immer Angst gehabt hatte. Jetzt aber tat der Hund ganz friedlich, er wedelte mit seinem buschigen Schwanz und sah den Jungen ganz treuherzig von der Seite mit seinen braunen Augen an.

So weit war alles ganz gut, nur dass der Fleischerhund ein totes Huhn im Maule trug, war dem Jungen gar nicht recht, denn er wusste sehr wohl, dass die Hunde keine Hühner umbringen dürfen. Hunde, die so was taten, gehörten totgeschossen, sagte der Vater immer, und schon wollte darum der kleine Junge Achim zu dem Hunde sagen: »Bello, wenn du Hühner umbringst, wird es dir schlecht ergehen« – da fiel ihm grade noch zur rechten Zeit ein, dass er ja kein Sterbenswörtchen sprechen durfte, um die Himmel offen zu sehen, und er sagte also dem Bello kein Wort des Tadels. Im gleichen Augenblick war der böse Fleischerhund vergangen, als hätte er sich in Luft aufgelöst, und der kleine Junge war wieder allein auf seinem Wege, jetzt aber schon außerhalb des Dorfes, in den Feldern.

Er ging auf einem ganz schmalen Fußwege zwischen dem Getreide, und die Kornhalme waren schon so hoch, dass sie weit über den Kopf des Jungen reichten. Er sah also nur den schmalen Streif Himmels über sich und sonst nur tief in die Kornfelder hinein, die wie eine wahre Wildnis erschienen. Hier nun wirkten ganz andere Wesen als der Fleischerhund vorhin; manchmal glaubte er wohl, es wären nur die Blumen wie die Rade, der Mohn, die Kornblume, die in all solchen Feldern wachsen und die er nur durch die graue Luft nicht deutlich erkennen konnte. Manchmal aber schien es ihm fast so, als gingen dort kleine Mädchen hin und wieder. Sie trugen kleine Krüglein wie aus Blütenblättern in den Händen, mit denen sie den Tau von den Pflanzen sammelten. Dazu sangen sie ganz leise ein Lied wie einen Lockruf an den kleinen Jungen. Er glaubte Worte zu hören wie diese: »Komm zu uns, kleiner Junge, hilf uns, den Tau zu sammeln in unsern Blütenkrüglein! Alle Tropfen, die du jetzt sammelst, brauchst du einmal nicht zu weinen als Tränen in deinem Leben. Komm zu uns und hilf uns bei unserer Arbeit, kleiner Junge, dann kannst du immer lachen in deinem Leben und brauchst nie zu weinen!«

Und die Stimmen der kleinen Blumenkinder in der Kornwildnis klangen so fein und lieblich, dass der kleine Junge am liebsten zu ihnen geeilt wäre und ihnen geholfen hätte. Es war ja auch ein großes Versprechen, das sie ihm gaben, dass er nie in seinem Leben würde traurig zu sein brauchen, denn so klein er noch war, er hasste schon die Traurigkeit. Grade aber, als er auf seinem Wege innehielt, um genauer in die Kornwildnis zu schauen und sich eine Gefährtin für das Sammeln zu finden, wurde er noch einmal gerettet.

Denn es war, als seien alle Krähen im nun schon ganz nahen Walde auf einmal erwacht und alle schrien: »Krääh! Krääh! Krääh!«, als lachten sie den kleinen Jungen aus, der die offenen Himmel vergessen hatte. Da fing der kleine Junge sofort wieder zu laufen an, er sah nicht mehr in die Kornwildnis nach den Blumenkindern, er hörte auch ihre Stimmen nicht mehr, die eben noch so verlockend geklungen hatten. Die Krähen aber hoben sich wie eine hohe Wolke von den höchsten Ästen der Bäume und flogen schweigend dem Lande hinter dem Walde zu.

Als der Junge einmal mit Laufen begonnen hatte, lief er immer schneller, um nur nicht in die Versuchung zu kommen, noch einmal sein Ziel, die Quelle im Walde und was mit ihr zusammenhing, zu vergessen. Er lief so schnell, dass er rasch aus dem Bereich der Kornfelder herauskam, und nun hatte er nur noch über ein kleines Stück unbebaute Halde zu laufen, wo sich des Abends und des Morgens die Hasen und die Karnickel trafen. Über dieses Stück Halde lief er, immer nur den hohen, dunklen Wald vor sich im Auge, als es ihm in seiner Hast geschah, dass er mit seinen Füßen in einem Karnickelloch hängen blieb und hinstürzte. Er stieß einen lauten Schmerzensruf aus, denn er hatte sich sehr wehgetan, und dann lag er da, wie er hingefallen war. Die Tränen liefen aus seinen Augen, und er war sehr traurig.

Denn nun war ja alles fehlgegangen, was er sich vorgenommen: er hatte gesprochen, wenn auch nur ein Klagewort, und mit seinen wunden Füßen würde er die Quelle bestimmt nicht mehr zur rechten Zeit erreichen. Er würde also bestimmt den Himmel nicht mehr offen sehen und die Engel nicht mehr singen hören.

(Unter dem kleinen Jungen Achim im Bau saß die Karnickelmutter mit ihren fünf Jungen und war ebenso traurig wie er, denn sie hatte keinen zweiten Ausgang aus dem Bau und wusste nicht, wie sie ihre Jungen an das Grasfutter bringen sollte, da der Bengel fest in ihrem Ausgang lag. Aber das ist eine ganz andere Geschichte.)

Während nun also der kleine Junge im Bau lag und die Tränen über sein Gesicht flossen und alles ganz trostlos für ihn aussah, ging langsam die Sonne auf. Erst färbte sich der Himmel ein wenig rosenrot und blassgrün, dann wurden die Farben immer stärker, liefen durcheinander und schienen sich zu haschen … Und plötzlich war alles hell. Die Sonne stand strahlend am Himmelsrand und verbreitete überallhin Licht und Wärme.

Der kleine Junge hatte bei diesem nie geschauten Wunder längst sein Weinen und die wehen Füße vergessen. Er lag ganz still und sah, tief und still atmend, in den immer heller werdenden Himmel hinein. Nein, das alte Kinderwunder geschah nicht für ihn: die Himmel taten sich nicht auf für ihn, und den Gesang der Engel hörte er nicht, aber ihm geschah etwas viel Wundervolleres. Er sah tief, tief in den Himmel hinein, und sein kleines Kinderherz empfand ein Gefühl des Friedens wie noch nie in seinem Leben. Dieses Herz empfand, dass da Friede war, über der Erde und auf der Erde, und dass man nur allein sein musste mit diesem schönen Frieden, um ihn zu empfinden. Es gab Glück, es gab Frieden, es gab Freude, man musste Herz und Augen nur offen halten dafür.

Da lag er in seinem Karnickelloch, das Gesicht noch tränenfeucht, ein kleiner Junge von fast sieben Jahren, und empfand dunkel ein wenig von dem allen. Aber eines Tages sollte ein Mann aus ihm werden, und noch als tätiger Mann würde er diesen Pfingstmorgen nicht vergessen haben, sondern immer wissen, wo es Frieden gab für ein trauriges Herz.

Später stand er auf und humpelte durch die Felder und das Dorf wieder nach Hause. Der böse Fleischerhund stand am Wege, und er hatte wieder ein wenig Furcht vor ihm. Die Eltern saßen mit den Geschwistern am Frühstückstisch, und er wusste ihnen fast nichts zu erzählen von dem, was er erlebt. Aber doch: die Hauptsache vergaß er nicht, wie er den Himmel hatte hell werden sehen und welchen tiefen Frieden er in der Brust dabei empfunden. Das vergaß er nie in seinem Leben.

Die schlimme Tochter

Diese Geschichte hat sich in heutigen Tagen in Berlin zugetragen.

Eine Frau hatte eine kaum vierzehnjährige Tochter, die ihr in jedem unbewachten Augenblick aus der Wohnung entlief. Dann ging der Stiefvater auf die Suche, und er fand die Tochter jedes Mal im Bett eines fremden Mannes in einem Vororte Berlins. Hatte er sie dann zur Mutter zurückgeführt, so machte diese dem Mädchen Vorhaltungen und sagte unter anderm: »Schämst du dich denn gar nicht? Es ist doch nicht anständig, sich so ohne weiteres mit einem fremden Mann ins Bett zu legen –! So etwas tut ein anständiges Mädchen doch nicht! Und du bist doch erst kaum 14!«

Die Tochter antwortete darauf ohne merkliche Bewegung: »Warum soll ich mich denn schämen? Dies tun doch alle, und ich bin groß und kräftig genug, es auch zu tun. Du hast es auch einmal getan – ich habe mir nach meinem Geburtschein ausgerechnet, dass du mich noch vor deiner Ehe mit dem Stiefvater bekommen hast.«

Bei der nächsten Gelegenheit lief die Tochter ihrer Mutter wieder davon, und als die Mutter sie diesmal wiedersah, war das Mädchen in Polizeigewahrsam. Es hatte versucht, einem betrunkenen Mann die Brieftasche zu stehlen. Sie wurde der Mutter fortgenommen und in ein Erziehungshaus getan.

Die Mutter klagte darauf viel bei den Nachbarn über die heutige Jugend und wie schlecht sie doch geworden sei.

Sie hatte unrecht, denn merke: Scham erzieht man nicht

erst Vierzehnjährigen an. Wer nicht in seinen jungen Tagen sich schämen gelernt hat, lernt es kaum noch später. Und merke noch: eines Tages können unsere eigenen Taten gegen uns aufstehen, und durch unsere eigenen Kinder werden wir gestraft.

Jeder fege vor seiner Frau

Scharf und Wittig haben ihre Junggesellenjahre gemeinsam verlebt, am gleichen Tisch haben sie Kontokorrent für Edler und Matz geführt, in den gleichen Lokalen haben sie abends gescherbelt, in die gleiche Bude nachts einander geleitet. Sie sind Freunde.

Dann haben sie geheiratet und sind, wie das so geht, auseinandergekommen. Möglich, dass Frau Scharf, die immer einen vornehmen Tick hatte, Wittig gewöhnlich fand, möglich auch, dass Frau Wittig die Gattin des Buchhalters Scharf für eine Sirene hielt: sie sehen sich seltener. Wittig wechselte die Stellung: sie sehen sich nicht mehr.

Das Leben trennt nicht nur, es führt auch zusammen. Fünf Jahre später trifft Scharf seinen Freund Wittig auf der Treppe, als er aus dem Geschäft heimkommt.

»Was machst du hier? Willst du zu mir?«

»Ich wohne hier seit dem Ersten.«

»Bei uns im Haus? Dass so was möglich ist!«

Und Wittig, feierlich erschüttert, meint: »Das ist ein Wink des Himmels. Wir gehören zusammen.«

Stürmische Begrüßung, die am Abend mit einem ausgiebigen Schoppen besiegelt wird. Nichts kann die Freunde fürder trennen. Der Verkehr wird sehr eng. Auch die Frauen lieben einander innig. Den blauen Himmel der Freundschaft trübt kein Wölkchen, nur …

Wittig hat sich nämlich selbständig gemacht, ist Makler geworden, verdient eine schöne Stange Geld. Scharf ist noch immer Buchhalter, in den fünf Jahren hat es dreimal Gehaltszulage gegeben, aber von gutem Auskommen kann keine Rede sein.

Und da fällt es Frau Wittig doch immerhin mit der Zeit allgemach recht sehr auf, dass Frau Scharf außerordentlich elegant gekleidet ist. Von dem Satz: »Ich verstehe nicht, wie Scharfens das können« bis zu dem Satz: »Mit rechten Dingen geht das bestimmt nicht zu« ist nur ein Schritt.

Frau Scharf ihrerseits versteht nicht, wo Frau Wittig das viele Geld lässt. Dreihundert Mark gibt der Mann ihr Haushaltgeld, ohne die Anschaffungen, und wie leben die? Auf dem Trockenboden hat sie festgestellt, dass Wittig nicht einmal Nachthemden besitzt, von Pyjamas ganz zu schweigen. »Man will ja nichts sagen, aber mit rechten Dingen ...« usw. usw.

Männer mögen noch so geneigt sein, sich keinen Floh ins Ohr setzen zu lassen: auch steter Floh macht mürbe. Eines Abends sind Scharf und Wittig in vorgerückter Stunde auf der Reeperbahn zugange. Sie haben mehrere Grogs getrunken und wollen nun einen kleinen und großen Freiheitsbummel machen.

Plötzlich sehen sie eine Dame mit einem Herrn in einem gar nicht mehr zweifelhaften Hotel verschwinden. Wenn diese Dame nicht Frau Scharf war, war es ihre Doppelgängerin.

Die beiden Männer sehen sich stumm an. Alles ihnen seit Monaten versetzte Gift kocht. Schließlich sagt Scharf mit schwerer Zunge: »Was du denkst, Wittig, ist Quatsch!«

»Ist kein Quatsch«, sagt Wittig.

»Wetten, dass«, fragt Scharf.

»Zwanzig Mark«, antwortet Wittig.

Gemeinsam betreten sie das Hotel, und gemeinsam versuchen sie, jene Erkundigungen einzuziehen, an die man dort schon gewöhnt ist. Das Ergebnis ist null, aber noch bleibt ihnen, schnurstracks nach Haus zu eilen und festzustellen ...

Eilen zwei Ehemänner gegen Mitternacht auf den Pfaden einer Treulosen nach Haus, so ist schnurstracks ein nur relativer Begriff. Stärkung für die bevorstehende Auseinandersetzung bleibt unerlässlich.

Die Auseinandersetzung ist kurz. Frau Scharf ist immer rasch und resolut gewesen, an diesem Abend übertrifft sie sich selbst; zwei Männer bekommen eine kalte Abreibung. Wittig verzieht sich rasch, und Scharf muss schwer Buße tun, bis er die Verzeihung seiner Eheliebsten bekommt.

Infolge dieser Ereignisse wechselten zwanzig Mark ihren Besitzer, und die Beziehungen der beiden Parteien gingen zu bitterem Hass über. Wittig war zwar nicht überzeugt, nein, Wittig war keineswegs überzeugt und je länger, je weniger. Dafür sorgte schon Frau Wittig. Aber was sollte er machen? Er hatte keinen Beweis.

Dieser Beweis, den er so ersehnte, er fiel Frau Scharf durch einen Zufall in den Schoß. Der Zufall war Briefträger und steckte irrtümlich einen für Frau Wittig bestimmten Brief in den Scharf'schen Türschlitz. Frau Scharf – nun, wir sind alle Menschen, und Frau Scharf sorgte dafür, dass Herr Wittig noch am gleichen Nachmittag erfuhr, ein Musikschüler Gibulski habe Frau Wittig unter Berufung auf zärtliche Freundschaft um ein neuerliches Darlehen gebeten.

Diesmal kam Wittig in die Lage, verzeihen zu müssen, und er verzieh. Aber es war ja nun wirklich nicht mehr möglich, mit Scharfs eine Treppe zu benutzen. Immer war man in der Gefahr, der aufgedonnerten, hohnlächelnden Person zu begegnen. Die Freundschaft ist zu Ende, Wittigs ziehen aus, und treffen sich Scharf und Wittig wirklich noch einmal, so kennen sie sich nicht.

Dann stirbt Scharf und nun kann ihn Wittig wieder bedauern. »Der arme Kerl. Seine Frau hat ihn ins Grab getrieben. So eine Sirene!«

Aber auch die Sirene stirbt, und Wittig erhält einen Brief

vom Amtsgericht. Er hat eine Erbschaft gemacht, keine große Erbschaft, er hat zwanzig Mark von Frau Scharf geerbt, zuzüglich Zinsen und Zinseszinsen von einem bestimmten Tage ab. »Für eine meinem Mann zu Unrecht bezahlte Wette.«

Seitdem freut sich Wittig beinahe auf seinen eigenen Tod. Er glaubt an ein anderes Leben, und er hat das Gefühl, als habe er Frau Scharf da drüben viel, viel zu sagen.

Unser täglich Brot

Der Richter sagte mit scharfer Stimme – sie schnitt wie ein Messer in das Herz des Mannes: »Angeklagter Bremer! Dass Sie das Brot aus dem Bäckerladen gestohlen haben, ist allein schon strafbar. Dass Sie aber die Verkäuferin Paul, die Sie festhalten wollte, auch noch mit der Faust ins Gesicht schlugen und danach, als sie im Handgemenge zu Fall kam, diese beispiellos roh mit den Füßen in den Leib getreten haben, wovon sie voraussichtlich einen dauernden Leibesschaden davontragen wird, das zeugt von einem so brutalen, bedenkenlosen Charakter, dass ich Sie sehr streng bestrafen werde!«

Der Angeklagte Bremer blickte den Richter hilflos an. All das, was dieser Mann im schwarzen Talar sprach, war seinem schwerfälligen Geist nur halb verständlich. Er bewegte die Zunge im Munde, als wollte er sprechen. Er hätte dem gestrengen Richter gern klargemacht, dass er die Verkäuferin nur aus Angst getreten hatte, aus der Angst heraus, gefasst zu werden. Er wollte dem Richter sagen, dass er kein roher Mensch sei. Als aber auf das Geschrei der Verkäuferin die Leute zusammengelaufen waren, da hatte ihn die Angst so fürchterlich gepackt, dass er wirklich nicht mehr wusste, was er tat.

Das alles hätte er dem Richter gern gesagt, aber er wusste, dass seine unbeholfene Zunge und sein langsamer Geist ihn doch im Stich lassen würden. So blickte er von dem Richter zu seiner Frau hinüber, die ihm sonst immer mit ihrer raschen Zunge beisprang. Aber die Frau saß da mit einem vom Heulen rot verschwollenen Gesicht und sah ihn nicht an. Sicher war sie böse auf ihn wegen der Schande, die er über die Familie Bremer gebracht hatte.

Der Richter fing erneut zu sprechen an: »Angeklagter Bremer, die beispiellose Rohheit, mit der Sie Ihre Tat ausführten, bedarf einer entsprechenden Sühne. Ich verurteile Sie also zu einem halben Jahr Gefängnis – kein Strafaufschub! Keine Bewährungsfrist! Führen Sie den Mann ab, Wachtmeister! – Gerichtsdiener, der Fall Runge!«

Die dicke Frau mit dem rot verschwollenen Gesicht hatte laut aufgeweint, als sie die Worte von dem halben Jahr Gefängnis hörte, und ihr Taschentuch gegen die Augen gedrückt – als sie wieder aufsah, verschwand ihr Mann gerade vor dem Wachtmeister aus dem Verhandlungszimmer. Schade, sie hätte ihm gern noch Lebewohl gesagt – dem armen Dummkopf.

So schob sie sich, langsam und schwer atmend – jede Aufregung verschlug ihr immer gleich die Luft –, die halb zerstörte Treppe des Amtsgerichts hinunter und trat ins Freie. Auf der Straße stand die Verkäuferin, dieses Fräulein Paul, und es sah ganz so aus, als hätte sie auf Frau Bremer gewartet. Als die aber die andere da stehen sah, spitz und ältlich, musste sie gleich an ihren Mann Heini denken, wie er mit schwachen, abfallenden Schultern abgeführt worden war in die Gefängniszelle und in die Schande hinein, und sie sagte hitzig: »Sie hätten auch nicht so böse über meinen Mann aussagen müssen, Frollein! Was mach ich nun mit meinen drei Blagen zu Haus und keines älter als neun Jahre?! Die Gestrafte bin ich! Und die Kinder dazu!«

Das Fräulein antwortete: »Wenn ich gewusst hätte, der Richter würde so streng sein, hätte ich auch anders geredet. Aber Ihr Mann hat mich wirklich gemein in den Leib getreten!«

»Ja – wenn!«, rief Frau Bremer hitzig. »Hinterher ist's leicht, klug zu reden. Und wenn Sie nicht verstehen, dass mein Mann Sie einfach aus Angst, um nicht gekitscht zu werden, so getreten hat, dann sind Sie nicht klüger als er!« Sie sah die andere mit steigendem Zorn an. Es kam ihr jetzt so vor, als habe die überhaupt an allem Schuld und der Heini habe gar nichts Böses getan. »Und überhaupt«, fuhr sie fort, »so 'n Trara wegen zwei Broten! Natürlich, Sie haben keine drei Mäuler satt zu machen, und wenn man Verkäuferin in einem Brotladen ist, betet man nicht jeden Morgen: ›Unser täglich Brot gib uns heute‹, dann wird einem das Brot nie knapp!«

Mit diesen zornig hervorgestoßenen Worten ließ sie die andere stehen und ging hochrot und mit stark bewegter Brust auf die Straßenbahnhaltestelle zu. –

Hinter der fünfstöckigen Mietskaserne, in der Bremers eine Wohnküche und ein Zimmer hatten, dehnte sich ein weites wüstes Bombentrichterfeld aus – für das Auge jedes Erwachsenen ein trauriger Anblick, für die Bremer'schen Kinder aber ein herrliches Spielfeld. Es gab dort wunderbare Gebirge und zerschossene Tanks, es gab Treppen, die einen drei Stockwerke hoch ins schwindelbereitende Nichts führten, und es gab für den neunjährigen Willi Bremer ein Geheimnis, das er noch niemandem auf der Welt verraten hatte: hinter einer eingestürzten Wand einen Mauerriss, durch den man in einen dunklen Keller kam und weiter durch viele dunkle, muffig riechende Räume in einen schönen, großen, hellen früheren Luftschutzraum. Den hatte sich Willi Bremer als seine Höhle eingerichtet, mit Tischen und Stühlen aus alten Kisten, mit Lumpen und einer alten Matratze als Bett und mit einem Mauerspalt, in dem er sein Geld verbarg.

Die paar Mark aber, die Willi Bremer jetzt besaß, waren ein reiner Dreck gegen das, was er bald zu besitzen hoffte: tausend oder vielleicht gar zweitausend Mark! Wenn er das Geld hatte, würde er es der Mutter schenken, alles auf einmal, und sie würden ein Haus und einen Garten auf dem

Lande kaufen. Die Mutter stammte vom Lande und redete immer davon, wie schön es war auf dem Lande, mit einem Garten und einem Stück Kartoffelland.

Wie er die Vermehrung von einigen auf ein- oder zweitausend Mark durchführen wollte, auch das wusste Willi Bremer, das war ja gerade sein Geheimnis, um das er heimliche Wege ging und hungerte. Auch jetzt, am Abend dieses Gerichtstages, schlich Willi – es dunkelte schon – in sein Kellerversteck, in den Taschen sein Abendbrot, so viel er davon vor den wachsamen Augen der Mutter, ohne des eigenen Hungers zu achten, hatte beiseitebringen können. Dass dies der Tag war, an dem ein gestrenger Richter den Vater auf ein halbes Jahr ins Gefängnis geschickt hatte, davon wusste Willi nichts: die Mutter hatte schon vor einer Woche gesagt, der Vater sei verreist.

Jetzt war sie mit dem Ins-Bett-Bringen seiner beiden kleinen Geschwister Heinz und Ulrike beschäftigt. Willi verschwand hinter der Mauer und zwängte sich durch den Spalt. Er kam ins Stockdunkle, aber seine Füße kannten den Weg – nirgends stießen sie an. Einmal blieb er stehen und lauschte; er meinte, etwas leise jammern und fiepen zu hören. Da konnte er nicht mehr an sich halten und rief laut: »Mucki, ich komm ja schon! Mucki, mein lieber Mucki!«

Er lief, was er laufen konnte, durch die Finsternis, und dann, der große Luftschutzkeller war noch dämmrig. Da war neben der Matratze ein säuberliches Lumpenbettlein zurechtgemacht, und darauf lag die große Liebe seines kleinen Kinderherzens: ein Hundejunges von sechs oder sieben Wochen, weiß-braun gefleckt, abscheulich anzusehen und immer zitternd. Für den kleinen Jungen aber war Mucki etwas Herrliches; er sah immer die schöne, langbeinige Mutter mit dem schmalen Kopf und den traurigen braunen Augen vor sich, einen Barsoi oder Windhund, wie die Leute dazu sagten. Er hatte die Mutter von Mucki gesehen, wie sie im schnellsten

Lauf dahinstürmte; ihr Körper ging in Wellen auf und nieder – jedes Auto überholte Tamara. Und sein Freund, der ihm auf vieles Betteln dieses Junge geschenkt hatte, schwor ihm, der Vater sei auch ein echter Barsoi.

Für den kleinen Willi Bremer, der jetzt neben dem Lager kniet und den Hund mit dem abgehungerten Brot füttert, ist Mucki schon jetzt genauso schön wie seine Mutter Tamara, ja noch viel schöner, weil Mucki nämlich noch so hilflos ist und all sein Glück in der Liebe eines neunjährigen Jungen findet. Für die Mutter aber, die dem Jungen mit vieler Mühe nachgeschlichen ist, für die ist Mucki eine abscheuliche Töle, und ihre Hand fällt im Zorn schwer auf den Jungen nieder.

»Ich will dich lehren«, schreit sie zornig, »das kostbare tägliche Brot an solch Mistvieh zu veraasen! Das ist mir das Schönste: der Vater sitzt im Kittchen wegen Brot für euch Blagen, und der Bengel verfüttert es an solche Kröpels von Hunden!« Und wieder fällt ihre Hand schwer auf das Kind.

Willi ist zusammengefahren, erst vor Schreck, weil seine Mutter das Geheimnis entdeckt hat, dann, weil sein Vater nicht verreist, sondern im Gefängnis ist – und er weiß schon, dass »Sitzen« eine Schande bedeutet. Aber als die Mutter jetzt zornig mit dem Fuß nach dem kleinen wimmernden Hundetier stößt, vergisst er den Schreck wie den Schmerz über die schweren Schläge und ruft: »Tritt ihn nicht in den Leib, Mutti! Schlag lieber mich! Aber, bitte, nicht treten, er ist ein echter Barsoi!«

Der Fuß der Mutter ist wie gebannt zurückgezuckt, sie hat an einen andern Fuß gedacht, der auch in einen Leib trat. Sie besinnt sich einen Augenblick; ihr rascher Zorn verfliegt, und sie sagt in einem ganz andern Ton: »Aber Willi, wie kannst du solche Heimlichkeiten vor mir haben? Du weißt doch, wie schwer Brot verdient wird, und du verfütterst es an einen Hund! Nein, das ist nicht recht von dir!«

»Aber es ist mein Brot!«, widerspricht der Junge. »Ich hab's mir abgespart. Ich kann hungern, Mutti; mir macht das nichts aus, wenn mir der Magen wehtut, aber der Mucki ist so ein kleiner Hund, er muss doch was fressen, Mutti!«

Damit sieht er seine Mutter flehend an, und die antwortet ganz sanft: »Aber du musst dein Brot essen. Du darfst dir nichts absparen, Willi, sonst bleibst du ganz klein und kriegst krumme Beine!«

»Mutti«, sagt Willi wieder, »der Mucki wächst schrecklich schnell; es dauert nur noch ein paar Wochen, dann verkaufe ich ihn für tausend oder zweitausend Mark, und wir ziehen aufs Land zu den Großeltern. Und wieso ist der Papa überhaupt im Kittchen? Du hast doch gesagt, er ist verreist!«

Mit diesen Worten ist der Augenblick gekommen, da sich Mutter und Sohn richtig aussprechen und alle Heimlichkeit von sich abtun. Sie sitzen bis ins tiefe Dunkel in dem alten Luftschutzkeller. Der Junge hört von den Broten und der Angst des Vaters und dem gestrengen Richter, und die Mutter erfährt von dem Besitz der paar Mark und den Preisen für Windhunde. Was für einen großen Sohn ich schon habe!, denkt sie fast erschrocken. Er führt schon sein eigenes Leben! Es dürfte nicht sein, und doch freut mich das mit dem Landkauf. Trotzdem es Blödsinn ist, dieses abscheuliche Biest wird nie ein richtiger Hund.

In dieser Nacht darf Willi bei der Mutter im Bett schlafen. Aber aus dem Schlaf wird noch lange nichts, weil beide über das Gehörte und Erlebte noch zu denken haben. Schließlich sagt die Mutter: »Das mag alles sein, wie es will, aber Brot darfst du an den Hund nicht wieder verfüttern, Willi, solange Papa wegen Brot im Kittchen sitzt.«

Es ist kein sehr logisches Schlussurteil, zu dem Frau Bremer da gekommen ist, aber es ist nicht darum, dass ihr Willi mit keinem Wort darauf antwortet. Sie denkt, er sei eingeschlafen. Aber er schläft nicht, er kämpft einen schweren Kampf in seinem Herzen. Zum ersten Mal in seinem Leben muss dies Kind entscheiden, ob es ein Opfer bringen will und welches. Tut es das eine, so wird aus dem Landkauf nie etwas, und tut es das andere, so ist es der Mutter ungehorsam, und der Vater bleibt im Kittchen. Es fühlt, es kann die Mutter nicht um Rat fragen und überhaupt keinen einzigen Menschen. Es fühlt zum ersten Mal, dass es ein Mensch ganz für sich allein ist …

Als der Amtsgerichtsrat am andern Morgen gegen neun Uhr in sein Gerichtszimmer treten will, sieht er da vor der Tür auf der einen Seite eine Frauensperson stehen und auf der andern einen blassen, sommersprossigen Jungen mit einem ausnehmend hässlichen Hündchen auf dem Arm.

»Ich bin die Verkäuferin Paul«, spricht ihn die Frauensperson an. »Und ich wollte den Herrn Amtsgerichtsrat bitten, das Urteil gegen den Bremer doch zu mildern. Ich bin noch mal beim Doktor gewesen, und er sagt, dass ich keinen dauernden Schaden davontrage. Ich habe auch ein Attest darüber.« Und sie fasst in ihre Tasche.

»Soso«, sagt der Richter und reibt sich eine bei der Rasur stopplig gebliebene Stelle am Kinn. »Sie sagen heute aber gewaltig anders aus als gestern, Fräulein Paul. Gestern hatten Sie doch noch einen richtigen Zorn auf den Bremer!«

»Gestern«, antwortete das Fräulein verlegen, »habe ich auch noch nicht mit der Frau Bremer gesprochen gehabt, Herr Amtsgerichtsrat. Die hat mir das erklärt, dass er mich nur aus Angst und nicht aus Rohheit in den Leib getreten hat, und dann hat sie auch von ihren drei Kindern gesprochen und dem täglichen Brot und dass sie eigentlich am meisten gestraft ist.«

»Ja, ja«, sagt der Richter und reibt sich wieder die Stoppeln am Kinn. »Schade, dass Sie sich das nicht schon gestern überlegt hatten, Fräulein Paul. Wir hier beim Gericht sind keine Geschäftemacher – heute der Preis und morgen jener. Urteil ist Urteil, und darum muss jeder Zeuge sein Gewissen gut prüfen, ehe er aussagt. – Und was willst du, Junge?«, wendet er sich jetzt an den Jungen, der aufmerksam zugehört hat.

»Ich bin der Willi Bremer«, antwortet der Junge und ist im Gegensatz zum Fräulein nicht die Spur verlegen. »Und ich will Sie bitten, Herr Richter, dass Sie meinen Vater gleich aus dem Kittchen loslassen. Er hat das Brot genommen, weil er denkt, wir haben immer Hunger. Aber ich habe mein Brot dem Mucki hier gegeben, und meine Mutter sagt, das soll ich nicht mehr, solange der Vater noch im Kittchen sitzt. Darum will ich Ihnen den Mucki schenken, er ist ein echter Barsoi und mindestens tausend Mark wert.«

»Aber«, antwortet der Richter, »wenn du mir den Hund schenkst, Willi, kannst du ihm doch kein Brot mehr geben, auch wenn dein Vater wieder frei ist!«

»Ja«, sagt der Junge, »darüber habe ich auch die ganze Nacht nachgedacht, Herr Richter, oder fast die ganze Nacht, ich bin darüber eingeschlafen.«

»Und was ist bei deinem Denken herausgekommen, Willi?«

»Dass ich nicht alles haben kann, den Mucki behalten und den Vater freibekommen. So schenke ich Ihnen eben den Mucki, dass Sie den Vater freilassen. – Aber unter tausend Mark dürfen Sie ihn nicht verkaufen, Herr Richter, sonst sind Sie angeschummelt!«

Was für ein wunderlich gefühlvoller kleiner Geschäftsmann, denkt der Amtsgerichtsrat, was aus dem wohl mal werden mag? Aber er hat keine Zeit, der Sache weiter nachzugehen, denn um neun Uhr steht der Termin an gegen Schneidereit und Genossen, und so sagt er dann abschließend zu den beiden Bittstellern: »Ich denke, ich werde dem Bremer noch Bewährungsfrist geben können. Ja, Junge, sage nur deiner Mutter, der Vater kommt heute oder morgen wieder nach Hause. Und den Hund nimm nur wieder mit, Willi, diesmal darfst du ihn noch behalten. Aber du hast ganz recht:

es ist nicht immer so im Leben, dass man beides behalten kann, ein gutes Gewissen und das, was man gerne hätte oder hat. – Guten Morgen!«

Damit geht der Richter in sein Amtszimmer. Und jetzt ist auch unsere kleine Geschichte zu Ende. Oder sollen wir vielleicht noch weitläufig erzählen, wie Willi, Mucki und Fräulein Paul zusammen zu Frau Bremer gingen und dort der Frau Bremer ein Brot geschenkt wurde, von dem Willi kein Stückchen an Mucki verfüttern wollte, weil der Vater noch im Gefängnis saß? Oder wie der Vater nach Hause kam? Oder wie Mucki wuchs und groß wurde? Nein, er ist bis heute, da er Dreivierteljahr alt ist, noch nicht verkauft, vielleicht weil er doch kein ganz rassereiner Barsoi ist, vielleicht aber auch, weil nicht nur Willis Herz so sehr an dem Tier hängt. Auf das Land aber werden Bremers, auch ohne Mucki zu verkaufen, ziehen. Der Großvater hat geschrieben, sie sollen nur kommen, es sei Arbeit genug da, und der Platz findet sich schon, wenn man nur verträglich und guten Willens ist. Die Hundehütte für Mucki aber werden der Großvater und Vater und Willi zusammen bauen, so dass für alle gesorgt ist – und das ist schließlich die Hauptsache.

Ich, der verlorene Findling

Als ich noch die Kühe hütete für meinen Bauern, im Sommer, da hab ich noch nicht so viel an Vatern gedacht. Aber wie's kalt wurde und das Futter draußen ging alle und sämtliche Weiber im Haus waren wie versessen darauf, dass ich mich nicht vom Hof verdrückte, da ging's los. Egalweg musste ich denken, ob Vater nicht vielleicht doch noch lebte.

Mutter hat zuerst auch immer gesagt, dass Vater bloß vermisst ist, und Vermisste müssen nicht tot sein. Erst nachher, als der Pogge, der sich Kamerad von Vater geschimpft hat und der sich über sechs Wochen bei uns durchgefressen hat (damals hatten wir noch unsern Hof bei Schivelbein und konnten einen ausfüttern, dass er in den Nähten platzte) – also von da an, wo dieses Schweinsmuster von einem Kameraden Mutter vorgekohlt hat, er hat gesehen, wie Vater von 'ner russischen Granate zerrissen ist …

Also von da an hat Mutter angefangen, mir immer wieder zu erzählen: »Das mach dir bloß ab, Erwin, dass dein Vater wieder zurückkommt aus dem Krieg und stärkt dir den Rücken! Der ist tot, und du hast nur noch zu horchen, was deine Mutter dir sagt. Und wenn Onkel Willi dir was sagt (damit hat sie den Pogge gemeint), da hast du auch zu parieren, Erwin, denn dein Vater ist tot, und Reitenlernen auf der Senta und am Sonntag Nachmittag mit Vater in den Krug gehen, wo *ich* zu Haus sitzen bleiben muss, damit ist's für ewig und drei Tage vorbei, das merk dir man!«

Ich hab ja gewusst, warum Mutter so spricht, weil sie nämlich eifersüchtig ist gewesen auf mich, denn ich war immer Vaters Bester, und keiner hat mich verklatschen können bei ihm. »So bleib, Erwin«, hat Vater zu mir gesprochen, als er wegmachen musste in den Krieg. »Allen grade in die Augen kucken, wenn du das kannst, Erwin, dann bist du richtig, so bleib, Erwin!«

Und dann ist Vater fort gewesen, und dann hat er mir lange nicht mehr geschrieben, und dann haben sie Muttern von der Kompanie aus geschrieben, dass Vater vermisst ist, und dann ist wieder eine lange Weile nichts gewesen, und dann ist dieser Pogge gekommen mit seiner russischen Granate, und Vater sollte tot sein, extra zu uns deswegen gereist, um Mutter die Nachricht zu bringen.

Zuerst hab ich ihm natürlich geglaubt, wie ihm Mutter geglaubt hat und alle im Dorf. Aber wie ich dann so gesehen habe, was für 'ne Art Mensch der ist – und wenn er gedacht hat, er könne sich auf unserm Hof ins Weiche setzen: sieben Wochen später ist der Russe angerückt und war schon in Bad Polzin, keine vierzig Kilometer ab von uns, und es war vorbei mit dem Ausfüttern, da sind wir auf den Treck gegangen, zwei Kastenwagen und ein Leiterwagen, und über dem einen Kastenwagen, da haben wir 'ne Plane gehabt und haben drin gewohnt: Mutter und ich und der Pogge und dann Tyres, was mein Hund ist noch von Vater her. Den habe ich auch mit raufgenommen, wenn's auch der Pogge nicht haben wollte und Mutter dann natürlich auch nicht. Trotzdem –!

Und zwei Tage später, in der Nacht, wo uns die Soldaten, die mit LKWs und Panzern und Tanks vor dem Russen getürmt sind, von der Straße geschmissen haben und wo das Geheul und Geschrei war (aber ich habe nicht eine Träne geheult!), und zwei Bauern aus unserm Dorf haben die Soldaten totgeschossen, weil sie nicht runterwollten von der Straße – also gut: in der Nacht haben wir den einen Kastenwagen verloren mit dem Knecht Gierke, war einfach weg, als es hell wurde, haben wir ihn nie wiedergesehen.

Und am nächsten Tage sind wir weitergemacht, immer auf kleinen Feldwegen, die der Pogge ausgesucht hat, schlau war er, aber auch feige. Wenn in einem Dorf nachgesehen werden musste, ob der Russe schon drin war, hat er immer mich geschickt oder auch Mutter, aber meistens mich, er selber ist nie gegangen. Ja, und dann ist der große Braune vorm Leiterwagen lahm geworden, und das Gespann hab ich nehmen müssen von da an, vorher haben Mutter und ich abwechselnd den Kastenwagen kutschiert und er den Leiterwagen. Den Kastenwagen hat jetzt er mit Mutter gefahren, und ich hab mich mit dem lahmen Braunen schinden müssen, dass ich bloß mitkomme. Denn er hat gedremmelt und gedremmelt, dass wir bloß nach Stettin kommen; wenn wir erst in Stettin sind, sind wir gerettet, hat er gesagt. Ich hab's aber immer geschafft, dass ich mitkomme; ich habe gedacht, soll lieber der Braune hin werden, als dass ich allein zurückbleibe. Wo wir getreckt sind, war eigentlich alles schon immer leer, die Straßen und die Dörfer, wir waren die Letzten.

Den nächsten Tag ist es gewesen, da haben wir mittags an 'nem Waldrand gehalten, und Pogge hat mich in 'ne kleine Stadt geschickt die Lage peilen, sie wollten unterdes füttern und Mittag kochen. Im Städtchen haben sie mir gesagt, der Russe kann jede Stunde kommen, und ich bin so schnell, wie ich konnte, zurückgepest: den ganzen Morgen sind sie mir schon so komisch vorgekommen. Aber wie ich hinkomme, wo wir haltgemacht hatten, am Waldrand, da sind sie richtig weg gewesen, Mutter und der Pogge, und was das Gemeinste war, sie haben mir auch noch den gesunden Fuchs vom Leiterwagen ausgespannt, bloß den lahmen Braunen haben sie mir gelassen, und vom Wagen haben sie natürlich auch alles runtergenommen, was ein bisschen nützlich sein konnte, bloß das Heu und das Stroh und den Hafer und ein paar Betten haben sie mir gelassen. Und mein Tyres war auch weg; den hatt' ich am Kastenwagen angebunden, weil er mir beim Erkundigen immer Scherereien machte, er ist so bellig.

Da hab ich doch gestanden wie vom Blitz erschlagen und habe gedacht, was das für Leute sind, die Frau Habel und der Pogge, einen zwölfjährigen Jungen so im Walde sitzen zu lassen mitten auf'nem Treck; Habel heißt nämlich meine Mutter, aber von dem Tag an hab ich sie stets nur die Frau Habel genannt, nie Mutter, bei mir und zu andern, und es ist auch schade um den Namen Habel, denn den hat sie vom Vater her, wie ich ihn vom Vater herhabe, Erwin Habel heiß ich. Ohne eine Mark Geld und ohne ein Stück Brot und die Russen eine kleine Stunde ab. Da hab ich gedacht: es ist doch alles egal, wenn die Großen so sind, und bin den Russen entgegengegangen.

Die aber waren nicht so schlimm wie 'ne gewisse Mutter und ein gewisser Kamerad, sie haben mir zu essen gegeben und Geld manchmal auch, und so ist es denn alles richtig weitergegangen, bis ich hier vom Jugendwart, oder wie sich der junge Glatzkopf mit der Brille nennt, untergebracht bin beim Bauer Schütz. Natürlich hat sich die Frau Habel nicht gemeldet, trotzdem sie mein Bild in 'ner Zeitung gebracht haben als verloren gegangenen Findling, und das, find ich, ist immer noch das Anständigste, was sie tun konnte; ich freute mich darüber, dass ich sie nicht wiedersehen musste.

Ich hab schon erzählt: im Sommer ist's ganz gut gegangen mit dem Kühehüten; ich hab mich von den andern reserviert gehalten und hab meine Kühe meist unten am See geweidet und hab viel geschwommen; dazu hab ich mir zwei Schnitzmesser besorgt und Lindenholz, und dann hab ich angefangen, ganz für mich unsern Hof im Schivelbein'schen auszuschnitzen: Wohnhaus, Stall, Scheune, die Laube im Garten, Vaters Taubenhaus, aber auch die Pferde, alle, wie sie richtig waren, und die Kühe und unsern großen Eber im Schweinestall, den Vater immer ›Streicher‹ genannt hat, aber das haben nur wir beide gewusst, Vater und ich.

Ich find, meine Schnitzerei ist nicht schlecht geworden, ich hab wenigstens alles erkennen können und hab nie eine Kuh mit der andern verwechselt. Vatern habe ich natürlich auch ausgeschnitzt und mich und die olle Hanne und unsern Knecht, den Gierke, der uns in der Nacht mit dem einen Kastenwagen verloren gegangen ist, aber die Frau Habel hab ich natürlich nicht ausgeschnitzt und erst recht nicht den Pogge, der hat ja nie zu unserm Hof gehört.

Aber alles hab ich so klein gemacht, dass es in zwei Schachteln ging, die ich immer in den Hosentaschen gehabt habe, und wenn ich mal fand, ich war ein bisschen allein in so 'ner großen Welt, dann hab ich mir alles aufgebaut und hab Vaters Hof gespielt. Manchmal war ich Vater, und dann war ich wieder Erwin, aber nie 'nen Streit miteinander gehabt – wir beide? Nie nicht! Und dabei ist mir meistens was eingefallen, das auf unserm Hof noch fehlte, und dann hab ich's mir geschnitzt.

So hab ich den Sommer gut rumgebracht, ohne zu viel Gedanken an Vatern. Als ich aber nicht mehr hab hüten dürfen, ist es schlecht geworden für mich. Ich hab nämlich nur eine kleine Kammer gehabt mit einem Bett, in dem habe ich geschlafen zusammen mit dem Rüdiger aus Berlin, der dem Bauern die Schweine versorgt hat; der ist schon vierzehn gewesen, aber ein ganz feiger, lügnerischer Hund. Ich hab ihn schwören lassen, dass er keinem Menschen ein Wort sagt, und dann habe ich ihm mein Schnitzwerk gezeigt, weil ich's in der engen Kammer nicht hätte verbergen können vor ihm.

Rüdiger ist aber so einer gewesen, der's Maul nicht halten kann, und so hab ich denn Vaters und meinen Hof allen Leuten zeugen müssen im Dorf, sogar in den Gasthof hab ich damit kommen müssen, wo sie den Hof ihren besoffenen Freunden aus andern Dörfern gezeigt haben. Mir ist's so über gewesen, am liebsten hätt' ich alles verbrannt, ich hab mir gedacht, ich muss es für Vater aufbewahren, wenn er doch zurückkommt, dass er seinen Hof sieht, wie er gewesen ist, und sein Vieh Stück um Stück, wo er doch alles verloren hat, drum hab ich's ausgehalten.

Und natürlich hab ich allen Bauern ihren Hof ausschneiden sollen, aber dafür hat meine Bäuerin gesorgt, dass daraus nichts wurde, weil ich ihr nämlich Löffel und Quirle und Kuchenteller mit Blumen und Spruch habe schnitzen müssen. Alle Weiber haben auf mich gepasst, von morgens bis abends habe ich schnitzen müssen, und wenn ich mal rausmusste, ist immer eins von den Weibern mitgegangen, dass ich ihnen bloß nicht ausriss. Meine Bäuerin Schützin ist ein Rotkopf gewesen mit einem weißen Puddinggesicht und geizig – sogar die Kartoffeln hätt' sie einem am liebsten in den Mund gezählt! Ich hab gedacht, sie muss doch mal genug Löffel kriegen und Quirle und Kuchenteller, aber dann habe ich vom Rüdiger erfahren, sie verkauft sie in der Stadt auf dem Wochenmarkt.

Da hab ich eingesehen, es wird nie nie aufhören damit, auf einen Jungen ohne Vater trampeln alle ein, und ich hab immer mehr an Vatern denken müssen, wenn er vielleicht doch nur vermisst ist und kommt zurück und hat seinen Hof nicht mehr und sein Vieh nicht mehr und keine Ahnung, wo er seinen Jungen suchen soll. Er find't mich nie, hab ich gedacht, und wenn ich denn richtig gedacht habe, dass ich hier so sitze ewig in der Stube und nie kein Schritt vor die Tür und Vater sucht vielleicht überall und kommt auch dies Dorf lang, aber mich sieht er nicht und geht wieder raus aus dem Dorf und immer weiter, und ich hab seinen Rücken gesehen, wie er immer weiter von mir wegging, für immer, durch die Wände von der Stube habe ich ihn weggehen sehen mit seiner kleinen komischen Warze oben im Nacken auf dem weißen Fleck unterm rechten Ohr –

Da hätt' ich meiner rothaarigen Bäuerin am liebsten die Schnitzmesser ins weiße Kuchengesicht geschmissen, und dann hab ich mir gesagt, ich muss fort von hier, ich muss, und wenn ich zehnmal nur 'n zwölfjähriger Junge bin und hab alle Großen gegen mich: ich muss fort von hier.

Schon früher hab ich's gehört, dass Russland seine Kriegsgefangenen entlässt, 150 000 Stück, und ich hab mir gesagt, 150 000, das ist 'ne bannige Menge, da kann Vater gut zwischen sein. Aber ich muss mich da aufhalten, wo sie ankommen, nämlich in Frankfurt an der Oder, und das ist eine ziemliche Ecke von uns ab, erst mit der Bahn nach Berlin und dann durch Berlin und wieder weiter mit der Bahn bis Frankfurt. Aber vor dem Weg ist mir nicht bange gewesen, bloß nur vor den Großen, dass die mich aufgreifen und hierher wieder zurückschicken – zu meiner Löffelschnitzerei, weg von Vater. Denn das ist komisch: wenn ein Großer sein Kind sucht, so ist das richtig, und alle helfen ihm, aber wenn ein Junge seinen Vater sucht, so darf das nicht sein, und alle hetzen ihn. Aber warum das so ist, das ist, weil dies nur 'ne Welt für die Großen ist, und was ein Junge ist, der muss sehen, dass er sich mit Schlichen durchhilft, sonst kann er nie das tun, was er will.

Ich hab gemacht, was sein musste, ich hab den Schützens Speck gestohlen, und der reicht, immer nur wenig auf einmal, und hab's mir gesammelt, alles Sachen, die sich halten. Und deswegen kann ich jedem doch gerade ins Gesicht kucken, das verantworte ich vor Vatern, hab ich gedacht, auch dass ich ihnen Geld weggenommen habe. An einem Freitag bin ich dann in der Nacht, mehr nach Morgen hin, aus dem Kammerfenster gemacht – der Rüdiger schlief ganz fest. Wahrhaftig, so lange habe ich in der Hofstube gesessen, immerzu schnitzend, dass mir mein eigner Hütehund fast in die Beine gefahren wäre! Er stutzte, als ich ihn anrief, und dann erkannte er mich. Ich musste ihn einsperren, sonst wäre er mit mir gelaufen, und ich konnte ihn doch nicht brauchen.

Dann bin ich losgelaufen, es war sehr dunkel und sehr kalt, und ich hatte nur die Sachen auf dem Leibe, die ich immer in der warmen Stube angehabt hatte, andres Zeug habe ich ja nicht gebraucht. Aber ich hatte mir die Joppe von dem Rüdiger angezogen, die half ein bisschen. Ich ging nicht zu der Bahnstation, von der unsere Leute aus dem Dorf immer abfahren, da hätten sie mich ja gleich gefasst. Ich ging zu einer andern Station an einer andern Strecke. Ich kannte nur das erste Stückchen Weg, das andere musste ich mir allein ausfinden. Als ich aus dem Fenster kletterte, war's grade 2 Uhr gewesen, um ½ 7 sollte der Zug gehen, und der Weg war nicht ganze 13 Kilometer lang. Ich hatte gerechnet, dass ich wirklich Zeit haben würde, aber wie ich jetzt meine dunklen Wege lief, und alles waren Nebenwege, da wurde es mir zweifelhaft, weil ich mich verlaufen konnte und kein Wegweiser zu lesen war.

Es war alles ganz still um mich bis auf die Geräusche, die auch in der Nacht sein müssen, das Rauschen des Windes, der mich in den Rücken sticht, das Rascheln von Blättern, Hundegebell in den Dörfern, das Rinnen von Wasser unter den Brücken. Ich lief sehr schnell unter vielen Sternen, die silbern im schwarzen Nichts hingen, und wenn mir angst werden wollte, da dachte ich an Vatern und dass ich ihm endlich entgegenlief und dass ich ihm grad ins Gesicht kucken konnte, aber Frau Habel konnte das nicht und Pogge auch nicht.

[An dieser Stelle bricht der überlieferte Text ab.]

Die Bucklige

Das war in jener schlimmen Zeit, da ich in der kalten Nebelstadt am Meer herumlief und Abonnenten für eine schlechte Zeitung warb. Meist fror ich, und es hungerte mich, weil ich nicht genug Geld für Kleidung und Essen verdiente. Ich musste jeden dieser trübseligen Tage mindestens sechs Abonnenten werben, für jeden hatte ich das erste Monatsgeld mit einer Mark fünfundzwanzig vorauszukassieren, das durfte ich als meinen Werbelohn behalten. Sechsmal eins fünfundzwanzig, das ergibt sieben Mark fünfzig, was einem Monatsverdienst, da ich an den Sonntagen nicht werben konnte, von etwa hundertneunzig Mark entspricht. Das war die Theorie, in Wahrheit kam ich im Monat nie höher als auf hundertzwanzig bis hundertdreißig Mark, was nicht viel ist, wenn man bedenkt, dass ich für mein Zimmer mit Heizung und Licht fünfzig Mark bezahlen musste. Und ich brauchte endlos viel Schuhsohlen!

Morgens lief ich meist noch ziemlich munter los, ich hatte mir einen bestimmten Stadtteil vorgenommen, meist einen neuen, in dem ich noch nicht bekannt war und in dem ich mir aus bestimmten, jedes Mal neu ausgetüftelten Gründen besonders viel versprach. Wenn ich dann aber auf dreißig Klingelknöpfe gedrückt und immer nur eine brummige Absage bekommen hatte, dann war mein ganzer Morgenelan auf einmal weg, und ich verzweifelte völlig daran, an diesem Tag noch einen einzigen Abonnenten zu werben.

Dann stand ich oft lange vor einem solchen Klingelknopf,

ich konnte mich nicht dazu bringen, die Hand zu erheben und auf den Knopf zu drücken. Ich hatte Angst vor der nächsten Absage, Angst vor meinem eigenen unüberzeugten Geschwätz (denn ich wusste, dass meine Zeitung schlecht war), Angst vor der ängstlich an der Kette gehaltenen Tür, Angst vor dem Hunger, der Kälte. Mein ganzes Leben schien dann nur aus Angst zu bestehen, und diese Angst überfällt mich heute noch manchmal, wenn ich vor einer Klingel stehe. Ich drücke nicht, und erst langsam wird mir bewusst, dass ich nicht mehr Abonnenten für den Generalanzeiger werben muss.

Auf einem dieser hunderte von Schreckensgängen lernte ich die Bucklige kennen. Sie war gleich ganz anders als die andern Weiber, sie fertigte mich nicht an der Tür ab, sondern bat mich gleich in die Küche hinein, die warm war, und dort gab sie mir eine Tasse heißen Kaffee und ein Butterbrot oder, wie man dort in der traurigen Nebelstadt am Meer sagt: ein Rundstück mit Butter. Sie weigerte sich auch, das Wechselgeld auf zwei Mark anzunehmen, und als ich nach einigen Gesprächen erwärmt und verwundert ging, forderte sie mich auf, doch bald einmal wiederzukommen, vielleicht könne sie mir dann ein Geschäft vorschlagen. Sie war eine ziemlich große Person in den Dreißigern mit einem fast zitronengelben Gesicht, das sanft wirkte, blassblauen Augen und einem Haar, das so dunkel war, dass es wie schwarz wirkte. Dieses Haar war das Schönste an ihr, sie trug es meist aufgelöst, so dass man nichts von ihrem Buckel sah. Trotzdem wusste man, auch ohne den Buckel zu sehen, dass sie verwachsen war, lag es nun an ihrer ganzen Haltung oder ihrem Gesichtsausdruck oder an ihrer Art, sich zu bewegen.

Ich war damals in einer verdammten Pechsträhne, ich drückte am Tage oft dreihundert Klingelknöpfe und warb nicht drei Abonnenten. Dazu wurde der Spätherbst mit seinen häufigen eisigen Schauern für mich immer schwerer erträglich, da ich nur einen dünnen Gummimantel und undichtes Schuhwerk hatte. So machte es sich ganz von selbst, dass ich die Bucklige bald wieder aufsuchte, und wieder bat sie mich freundlich in die Küche und gab mir zu essen und zu trinken. Als ich sie aber nach dem in Aussicht gestellten Geschäft fragte, schüttelte sie den Kopf. Sie meinte, es sei noch nicht so weit, vielleicht nächste Woche. Vorläufig wolle sie noch ein Abonnement auf meine Zeitung nehmen. Und wieder zog sie einen Zwei-Mark-Schein.

Als ich aber gegen diese Art von Mildtätigkeit protestierte, meinte sie, die Zeitung sei für eine Nachbarin, der unser Roman so gut gefallen habe. Nein, ich solle nur ihren Namen und ihre Adresse auf der Quittung nutzen; die Nachbarin sei den ganzen Tag auf Arbeit und hole sich die Zeitung von ihr ab. Sie nahm wieder das Wechselgeld nicht, aber als sie mich bis zur Wohnungstür brachte, drückte sie sich einmal fest an mich. Ich spürte ihren weichen Arm und ihre Brust, die auch weich und – bei Buckligen ungewöhnlich – sehr voll war.

Ich ging diesmal mit einem ungemütlichen Gefühl, ich war nicht so aufgemuntert und erwärmt wie bei meinem letzten Besuch. Ich sagte mir, es würde besser sein, sich nicht wieder bei ihr sehen zu lassen. Aber ein Hungernder handelt nicht folgerichtig, mit meiner Pechsträhne ging es immer weiter. Ich gab mein viel zu teures Zimmer auf und nahm eine Schlafstelle, wo mir gleich in der ersten Nacht der Koffer mit meinem letzten bisschen Wäsche und Büchern gestohlen wurde. Dazu wurde das Wetter immer abscheulicher, ich kam auch kaum mehr aus dem Frieren heraus, und auf der Zeitung bekam ich unfreundliche Worte wegen meiner geringen Erfolge zu hören, wenn ich dort die Adressen der Neuabonnenten meldete. »Mehr nicht?« sagte man mir. »Nur diese vier – an einem ganzen Tag –?! Der Tag hat für einen fleißigen Menschen vierzehn Stunden – ich weiß wirklich nicht, warum ich Sie noch für uns herumlaufen lasse!« Freilich, er hatte gut reden, der Fatzke, er saß seine acht Stunden auf einem puttwarmen Büro ab und qualmte den ganzen Tag Zigaretten!

So bin ich denn wieder zu meiner Buckligen gegangen, obwohl ich nicht gerne ging. Aber ich behielt unrecht dieses Mal mit meinen schlimmen Erwartungen: kein weiches Anstreichen geschah, sondern sie sprach mit mir ganz nüchtern vom Geschäft. Mir sei wohl schon im Hause erzählt worden, dass sie von Beruf Leichenwäscherin sei – ich hatte aber niemand nach ihr gefragt und erfuhr so etwas Neues. Das sagte ich ihr auch. Nun, wie dem auch sei, sie habe vor, ein kleines Bestattungsgeschäft aufzumachen, ganz besonders für Kinderbegräbnisse. Sie habe immer besonders gern mit toten Kindern zu tun gehabt, und sie wisse alles über solche Begräbnisse.

Nun, sie habe schon den richtigen Laden in Aussicht, auch eine kleine Wohnung sei dabei, zwei Zimmer für sie, eines für mich. Das nächste Mal würden wir uns das ansehen, und wenn mir die Miete nicht zu hoch scheine, würden wir mieten. Auf meinen Einwurf, dass ich doch nichts von dem Geschäft verstehe und nicht wisse, wie ich ihr behilflich sein könne, versicherte sie mir eifrig, sie gebrauche gerade einen Mann wie mich von großer Beharrlichkeit und der Fähigkeit, mit den Leuten zu reden. Meine Aufgabe werde es sein, mich auf den Polizeiwachen nach verunglückten Kindern zu erkundigen und bei den Portiers der Krankenhäuser nach gestorbenen. Ihre Sache würde dann der Abschluss des Begräbnisses mit den Angehörigen sein. Da wisse sie alles, was man sagen müsse, und da sie solche kleinen Engel wirklich lieb habe, fände sie auch immer das richtige Wort. Bei einem Kinderbegräbnis sei der Gewinn auch meist größer als bei einem ›erwachsenen‹, die Spesen seien niedriger, und die Eltern sähen nicht so aufs Geld, wie wenn ein Vater oder Onkel von seinen Erben begraben würde.

Weiß Gott, sie wusste mir alles höchst verlockend zu schildern: wie ich denn schließlich mit dem kleinen, weißen, spitzengeschmückten Sarg dem Trauergefolge voranschreiten würde, mit dem schwarzen Rock, den Zylinderhut auf meinem Kopf! Ich war nicht wählerisch, so was hatte mir der Hunger ausgetrieben, es war ein anständiges, reelles Geschäft, das sie mir da vorschlug, und ich kam endlich von diesem verdammten Klingelknopf los!

Ich erzählte ihr von meiner Angst, und sie bedauerte mich. Das sei bestimmt nicht das Richtige für einen Mann meiner Bildung; sie halte es für sehr möglich, dass mich die Eltern betrauen würden, ein paar Worte an dem Grab ihres kleinen Engels zu sprechen oder ein Gedicht aufzusagen – das würde mir bis zu zwanzig Mark extra einbringen.

Sie war ordentlich lebhaft geworden bei ihren Schilderungen, auf ihren gelben Wangen lag ein rosiger Anflug, ihre sonst blassblauen Augen glänzten – ohne den Buckel wäre sie ein stattliches, ja, ein hübsches Frauenzimmer gewesen, und den sah ich nicht hinter ihren wallenden dunklen Haaren. Übrigens musste sie diese Haare mit etwas Besonderem behandeln, so seidig glänzten sie, und sie dufteten bis zu mir hinüber.

Ich sagte ihr an diesem Nachmittag noch nicht Nein oder Ja, wir verabredeten einen Tag, an dem wir in der Abendstunde gemeinsam den Laden besichtigen wollten. Als ich gehen wollte, nahm sie mir noch sieben Abonnements auf den Generalanzeiger ab. Sie sagte mir lachend, die Zeitung sei wirklich nicht gut, aber der Roman gefalle überall ausgezeichnet, sie werbe überall für ihn. Die Quittungen musste ich wieder auf ihren Namen ausstellen. »Ich werde hier noch eine Verteilungsstelle für den Generalanzeiger!«, lachte sie beim Abschied.

Ein eisiger Schauer fegte mir vom Hofe her, halb Regen, halb Schnee, ins Gesicht, ich war froh, als ich im Hause meiner Buckligen war. Ich hatte mich in den letzten Tagen kaum noch um Abonnenten bemüht, ich war fest entschlossen, der

Frau zuzusagen. Ich war meines bisherigen Elends völlig überdrüssig und bereit, manches in den Kauf zu nehmen, um nur aus dem Hungern und Frieren herauszukommen.

Sie hatte mich erwartet, diesmal ging es nicht in die Küche, sondern in ein gemütlich geheiztes Zimmer, wo Kaffee und Kuchen und auch eine Flasche Süßwein auf dem Tisch standen. Ich meinte, es sei wohl am besten, erst den Laden anzusehen, aber sie antwortete, das habe Zeit, der Verwalter gehe nie vor elf schlafen und sei ihre späten Besuche gewohnt. So aßen und tranken wir und ließen es uns gut gehn – sogar an Zigaretten hatte sie gedacht. Sie trug ein so dunkelblaues fließendes Seidengewand, dass es fast wie ein schwarzer Talar wirkte. Sie sah gut aus, und ihr Haar duftete wie blühender Klee, aber im Innern wusste ich, dass ich sie nicht mochte und nie mögen würde und das nicht nur wegen ihres Buckels. Aber ich war, wie gesagt, entschlossen, manches zu ertragen, und so kam eine ganz hübsche Unterhaltung zwischen uns zustande, besonders als wir von dem Süßwein zu trinken anfingen, von dem sie nicht nur eine Flasche besaß. Und ich muss sagen, trotzdem wir beide auf dem Sofa nebeneinandersaßen, lehnte sie sich nicht einmal zärtlich an mich an.

Plötzlich aber – mitten in der Unterhaltung – legte sie den Finger auf den Mund und flüsterte: »Still doch! Horch doch einmal! Hörst du nichts?« – Es war das erste Mal, dass sie mich mit ›Du‹ anredete, aber ich achtete gar nicht drauf, wusste ich doch, die Stunde der Entscheidung war gekommen. Ich lauschte mit ihr, aber ich hörte nichts wie die gewöhnten Geräusche eines großen Miethauses und den Schneeregen an den Fenstern. Sie schüttelte auch den Kopf und sagte: »Nein, es ist nichts. Ich dachte, das Kind weint. Aber das ist ja unmöglich. – Komm, ich will dir etwas Schönes zeigen!«

Sie nahm mich in das Nebenzimmer, ihre Schlafstube, in der nur eine rote Ampel brannte. Sie warf ihren Schein auf das weiße Bett, übrigens ein großes, doppelschläfriges Bett, und auf ein Kind, das auf diesem Bett lag. Es war ein vielleicht zehnjähriges Mädelchen, die Augen waren geschlossen und die blonden Haare mit weißen Rosen geschmückt. Vom Schein der Ampel trugen die Rosen den gleichen Abendrotschein wie die bleichen Wangen des Kindes, dem zwischen den Händen ein Strauß mit Kalla lag.

Ich stand eine Weile sprachlos vor diesem Anblick. Einen Augenblick hatte ich geschwankt, ob dieses Kind nicht nur eine Puppe sei, die sich dieses Ungeheuer neben mir ins Bett gelegt hatte. Aber dann wusste ich, es war ein richtiges totes Kind, und ich dachte daran, dass wir nebenan geschwatzt, gelacht und getrunken hatten.

Die Bucklige flüsterte an meinem Ohr: »Ist sie nicht goldig, der kleine Engel –?! Sie ist heute früh von einem Autobus überfahren. Ich habe sie hierherbringen dürfen, weil sich noch keiner von ihren Angehörigen gemeldet hat. Jeden Augenblick kann einer der Ihren kommen; sie wird die erste Bestattung in unserm Geschäft sein, der süße Engel da. Wir haben Glück, mein Lieber!«

Ich sah auf das tote Kind. Es war mir, als blinzelte es mich durch den schmalen Spalt der fast ganz geschlossenen Augen spöttisch-wissend an: ›Du wirst auch das schon schlucken, mein Lieber. Hunger tut weh – und um nicht hungern zu müssen, haben die Menschen schon ganz andres getan. Auch du wirst deine Bucklige schon ertragen lernen!‹

So schien der spöttische Blick des toten Kindes zu mir zu sprechen, ich wandte mich heftig, als müsste ich fliehen, zur Tür.

Aber da hing sich die Bucklige an mich. Ihr Gesicht war gerötet, ihre Brust flog, sie hielt mich mit einer erstaunlichen Kraft fest. »Du musst mich lieben!«, flüsterte sie. »Ich lasse dich nicht – hier auf der Stelle musst du mich lieb haben. Komm, küsse mich!« Und sie schmiegte sich mit allen Gliedern an mich und presste ihren Mund auf den meinen. Und während sie so flüsterte und küsste, meinte ich, das Kichern des toten Kindes zu hören, ein triumphierendes, höllisches Kichern: Luzifer freute sich eines neuen Gefallenen.

Ich stemmte meine beiden Hände gegen ihre Schultern, und als es mir so nicht gelang, mich von ihr zu befreien, schlug ich sie mit der Hand ins Gesicht. Mit einem leisen Aufschrei ließ sie von mir ab, aber ich hatte kaum einen Schritt zur Tür getan, da hatte sie meine Beine umklammert. So schleppte ich sie hinter mir drein, ihr seidiges Haar streifte den Boden, das tote Kind mit seinen weißen Blumen schien zu lächeln, und die Bucklige beschwor mich: »Bleibe hier, liebe mich, lass uns zusammenbleiben! Du kannst nicht mehr bei deiner Zeitung bleiben. Ich bin heute dort gewesen und habe mich beschwert, wieso ich neun Exemplare bekomme. Ich weiß nicht, wie mein Name auf die Quittungen kommt, das hast du mir zur Rache getan, weil ich nicht abonniert habe, habe ich gesagt. Ach, geh nicht – lass mich nicht mit meinem süßen Engel allein!«

Irgendwie erreichte ich trotz ihres Anklammerns die Flurtür, da ließ sie mich los, wohl weil sie ihren Ruf vor den Nachbarn nicht bloßstellen wollte. Aber sie fuhr mir zum Abschied noch mit ihren zehn Krallen ins Gesicht, ein Wunder, dass meinen Augen nichts geschah! Dann ließ sie mich in der Flurtür stehen und ging in die Wohnung zurück, zurück zu den Resten unsres Festmahls und dem geschmückten toten Kinde unter dem schummrigen Schein der roten Ampel.

Am nächsten Vormittag verließ ich die traurige Stadt am Meer, es strömte noch immer nass vom Himmel. Auf der Zeitung hatten sie mich hinausgesetzt, ich besaß nur ein paar Mark, und mein Gepäck war leicht in einer Aktentasche zu tragen. Ich wählte eine Landstraße nach Süden, ich hoffte, dem nassen Nachherbst zu entfliehen und bei einem Bauern Winterarbeit zu bekommen, und müsste ich im Schweinestall schlafen. Ich ging aus dem Elend ins Elend, aber ich bedauerte auch in den schlimmsten Momenten nicht, wie ich gehandelt hatte. Manchmal noch erscheint mir das tote Kind im Schlaf – aber nie mehr lächelt es mich böse wissend an. Es schläft still in seinem weißen Blumenschmuck, und die Bucklige habe ich nie wieder gesehen, auch im Traum nicht.

MEINE LIEBEN JUNGEN FREUNDE

Meine Ahnen

Die Ahnen, von denen ich jetzt sprechen möchte, sind nicht jene lange Reihe von Juristen, die von Vaters Seite her mir voraufgegangen sind, und auch nicht jene kaum kürzere Folge von Geistlichen, die mütterlicherseits meine Stammväter waren. Nein, diese mir doch Blutsverwandten stehen mir ferner und sind mir fremder als jene Männer der Weltliteratur, deren Werke ich schon so früh in mich aufnahm, die mir, dem Blute und der Rasse nach oft ganz fremd, in schwersten Stunden oft Freunde und Verwandte ersetzten, die mich nur dadurch, dass ich ihre Bücher las, aufnehmen in die große ewige Familie der geistig Schöpferischen. Hat man das Bücherlesen erst einmal richtig angefangen, so gibt es damit kein Ende das ganze Leben hindurch, es wird einem so notwendig wie Atmen und Essen.

Aber lange, ehe ich ›richtig‹ mit dem Lesen begann, erzählte ich mir selbst Geschichten; diese Leidenschaft ist bei mir noch früher aufgetreten als das Lesen. Die ersten anderthalb Jahrzehnte meines Lebens war ich in jedem Jahre mindestens einmal lebensgefährlich krank, und das Zu-Bett-Liegen war mir in damaliger Zeit ebenso selbstverständlich wie meinen Schulkameraden das Spielen auf der Straße. Wenn dann wieder so ein endloser Krankentag zu Ende ging, ich war müde vom Bilderbesehen, es wurde langsam dämmrig, das Fieber stieg in mir, und ich hörte die andern Kinder auf der Straße noch immer lachen und lärmen – da begann für mich die Zeit, wo ich mir Geschichten ausdachte, Geschichten, in denen ich natürlich der Held war, Geschichten, in denen ich jene körperliche Gewandtheit und Kraft besaß, die mir in meinem wirklichen Leben so ganz fehlten. Als Rohstoff benützte ich jene Märchen, die mir meine Mutter vorzulesen pflegte und deren Zauber heute noch nicht seine Macht über mich verloren hat. Ich war dann der Hans im Glück, der siegreiche Königssohn, der Junge, der das Gruseln lernen wollte – aber *ich* lernte es nie.

Mit der Zeit gab es aber immer häufiger Stunden, in denen ich es müde war, den Unbesiegbaren zu spielen. Es wurde dunkel, fremd und mit leiser Drohung standen die am Tage so vertrauten Geräte meines Zimmers um mich, die Geräusche in der Wohnung nahmen etwas Unerkennbares, Beängstigendes an – da zog ich es vor, aus dieser vertrauten, nun so fremd gewordenen Welt zu flüchten. Ich wurde zum Robinson Crusoe und lebte ganz für mich allein auf meiner Insel, und selbst ein ›Freitag‹ war mir in meiner Einsamkeit noch zu viel. Meine Hauptarbeit galt dann der Sicherung meines Alleinseins; ich dachte mir nicht zu bewältigende Klippen und Riffe um meine Insel aus, und die Pflanzungen, die den Zugang zu meiner Höhle verdeckten, konnten nicht breit und verwachsen genug sein.

Ich kann es gar nicht sagen, einen wie großen Einfluss das Buch des Engländers Defoe auf mich gehabt hat und wohl auch noch hat. Denn stets in meinem Leben, wenn meine Lage schwierig oder gefährlich wurde, nahm ich bei den Robinson-Phantasien meine Zuflucht, bis in die allerletzten Tage hinein. Als die Bombennächte in Berlin meinen Nerven fast unerträglich wurden, wurde ich wieder zum Robinson und baute mir und den Meinen einen Bunker, in dem wir nicht nur solche Bombennächte, sondern auch den Krieg und alles danach überdauert hätten. Schließlich wären wir in einer gänzlich verwandelten Welt zum Vorschein gekommen, wie die Siebenschläfer, staunend und angestaunt.

Sehr früh habe ich dann mit dem Lesen begonnen, und, wie gesagt, hat mich dieser Lesehunger nie wieder verlassen. Meine eigene kleine Bücherei, so stattlich sie für einen Jungen mit den Jahren auch anschwellen mochte, konnte der Sättigung dieses Hungers nie genügen. So nahm ich denn zu der Bücherei meines Vaters Zuflucht. Sie war recht reichhaltig, aber die Lücken, die meine Lesewut in die Reihen gerissen hätte, wären den Augen meines Vaters doch etwas zu groß erschienen. Er verwahrte aber, der Ordnung halber in Kästen, eine unendliche Zahl von Reclam-Bänden, und mit diesen Reclam-Bänden polsterte ich des Nachts meine Matratze. So ist es gekommen, dass ich das Buch eines andern Engländers, den »Gulliver« Jonathan Swifts, zuerst nicht in der für Kinder zurechtgestutzten Fassung, sondern in der ungekürzten Übersetzung des Originaltextes kennengelernt habe. Natürlich hatte ich als Kind noch kein Organ für die abgrundtiefe Menschenverachtung dieses Werkes. Aber mit den Jahren gingen mir dann die Augen immer weiter auf, und grade heute wieder sind mir »Gullivers Reisen« mit ihrem Hass gegen die Ränke der Staatsmänner, mit ihrem Antimilitarismus und Pazifismus aktueller denn je.

Ja, Reclams Universal-Bibliothek war sicher kein schlechter Führer in die Welt der Bücher, und wenn ich sicher vieles dadurch auch zu früh las, so hat mir das doch kaum geschadet. Denn unsere Aufnahmefähigkeit entwickelt sich erst mit den Jahren, und für manche Saite in dem Konzert dieser Stimmen war mein Ohr noch jahrelang taub. Der »Don Quixote« des Cervantes ist es noch nicht einmal, an den ich in diesem Zusammenhang denke; dieses Buch bleibt für das jüngste wie das älteste Herz ewig neu.

Aber da waren die Franzosen ... Ich habe meinen Flaubert, meinen Daudet, meinen Zola zum ersten Male wohl schon mit zehn oder elf Jahren gelesen, die »Bovary« nicht anders wie »Fromont jr. und Risler sr.« oder »Germinal«. Wenn ich damals auch vieles aus diesen Büchern noch nicht verstand, so entwickelte sich doch in mir damals der Sinn für die französische Literatur, und besonders Gustave Flaubert aus Rouen ist für viele Jahre mein größter Hausgott geblieben. Ich las nicht nur die wenigen Bücher, die er geschrieben, sondern später auch alle seine Tagebücher, die Briefe von ihm und die Briefe über ihn. Was er in diesen Briefen und Tagebüchern von seiner Arbeit und von der Kunst überhaupt sagt, ist für mich heute noch so überzeugend und wichtig, dass ich unbedenklich die Franzosen und vor allem Flaubert für die Ahnen meiner eigenen schriftstellerischen Tätigkeit halte.

Durch Reclam sind mir auch die Russen nahe gekommen, und der Eindruck, den Leo Tolstois »Krieg und Frieden« auf mich gemacht hat, wird nicht einmal von der Entdeckung des Rodion Raskolnikow von Dostojewski erreicht. »Krieg und Frieden« gehört für mich zu den unvergänglichen Dokumenten des menschlichen Geistes, und so hat es mich auch nicht verwundert, dass grade im eben vergangenen Kriege dieser Roman in vielen Ländern zum Bestseller geworden ist – leider nicht in unserm Lande. Die Art, wie hier der Krieg erlebt und gezeigt wird, die Art, wie die Menschen ihn ertragen oder an ihm zugrunde gehen, ist ewig wahr.

Dass ich daneben eine ganz besondere Vorliebe für Dostojewski entwickelt habe und hier speziell für die »Brüder Karamasow« und für ein solches Nebenwerk wie »Der Spieler«, das liegt in meinem Charakter und in meiner tiefsten Neigung begründet: ich fühle mich diesem rücksichtslosen Taucher in die Abgründe der menschlichen Seele zutiefst verwandt. Wie er habe ich eine nicht zu unterdrückende Vorliebe für die Nachtseiten menschlichen Lebens, für die labilen, angekränkelten und verzweifelten ›Helden‹.

Unter meinen Landsleuten, den Deutschen, gehört mein ganzes Herz einem heute kaum noch gelesenen Manne, dem Romanschreiber Jean Paul aus Wunsiedel im Fichtelgebirge.

Ich zähle zu den wohl sehr wenigen heute lebenden Menschen, die sämtliche 66 Bände seiner Werke – und die meisten nicht nur einmal – gelesen haben. Ich halte Jean Paul Friedrich Richter – trotz der aberkennenden Worte, die der große Goethe über sein Schaffen gesprochen – noch heute für einen der lesenswertesten und reichsten deutschen Schriftsteller, einen Mann wahrhaft demokratischen Geistes, und seine »Flegeljahre« und zum mindesten noch der »Titan« gehören zum ewigen Bestand. Der kauzige E. T. A. Hoffmann wurzelt ganz in seinem Werke, und selbst in der warmen, gütigen Stimme Adalbert Stifters meine ich manchmal noch Jean Paul'sche Schwingungen zu vernehmen, so z. B., wenn in den »Bunten Steinen« das Büblein sich die Füße mit Teer salben lässt und die Birkenruten das Tanzen lernen.

Es freut mich ganz besonders, dass ich bis heute noch nicht die Zeit gefunden habe, alle 24 oder 26 Bände der Sämtlichen Werke des Schweizer Dichters Jeremias Gotthelf zu lesen. Es ist ein besonders schönes Gefühl, etwas auf den Bücherbrettern stehen zu haben, was einem noch unbekannt ist und das doch sichere Freude und Gewinn verheißt. Wird man erst älter und hat man ganz besonders zwei Weltkriege miterlebt, so wird der Kreis derer, mit denen man umgeht, stets kleiner. Es kommt nichts mehr hinzu, und ständig nimmt man ab: weiterlebend, verarmt man. Auch mit den Büchern geht es uns da nicht anders, und was besonders uns Deutschen das letzte Jahrzehnt an zeitgenössischen Publikationen vorsetzte, war einfach zum Verzweifeln. Da sind dann die zwei Dutzend Bände des Jeremias Gotthelf ein wahrer Trost, sie versprechen so viel, und schon seit »Uli dem Knecht« und »Uli dem Pächter«, der »Käserei in der Vehfreude« und der »Schwarzen Spinne« weiß ich, sie werden es auch halten. Auch das ist ein großer Mann, der Schweizer Pfarrer Jeremias Gotthelf Bitzius, ich kann ihn nicht fortdenken aus mir und meinem Werk, und wenn ich selbst auch von der schlichten Frömmigkeit und dem Lehrhaften dieses Geistlichen nicht das Geringste besitze, so ist er mir eben doch verwandt, weil er nämlich ein ganz großer Erzähler ist.

So mancherlei Namen ich bisher auch schon genannt habe, so bunt und verschiedenartig das Werk der Männer auch sein mag, die ich meine Ahnen nenne, so eint sie doch eines, dass sie nämlich alle geborene Erzähler sind, dass ihnen und ihrem Leben Erzählen so notwendig ist wie Luft und Nahrung. Alles, was sie sehen, erleben und erfahren, wird ihnen Stoff und Vorwand zum Erzählen, sie kriechen in ihre Mitmenschen hinein, und selbst vor dem Nächststehenden, dem Liebsten machen sie nicht halt, es gibt weder Scheu noch Scham, es muss erzählt werden. Diesen geborenen Erzählern gehört mein Herz, in ihren Händen fühle ich mich wohl aufgehoben. Schon auf den ersten Seiten im Buche eines solchen Mannes ist es mir, als hätte ich mich auf einen Strom hinausbegeben, ich weiß, sein Fluss wird mich sicher dahintragen – es ist der große Strom reiner Erzählkunst, der in diesen Werken fließt.

Von den heute Lebenden ist es besonders Knut Hamsun, der mir dieser Gabe am stärksten teilhaftig erscheint. Ich liebe ihn von seinen ersten Werken an, von »Hunger« und den »Mysterien« bis zu dem allerletzten Roman »Der Ring schließt sich«. Sind seine Bücher zuerst die eines Einsamen, der nach Gefährten sucht, so werden sie mit dem Vorrücken des Alters immer menschenverachtender, immer grausamer, stets kälter. Es ist schon eine Groteske, dass der Nationalsozialismus, der ›Volksgemeinschaft‹ auf sein Panier geschrieben hatte, ausgerechnet Hamsun zu seinem nordischen Hofdichter ernannt hatte, diesen Menschenhasser, dessen Werk mit jeder Zeile einer solchen Volksgemeinschaft widerspricht. Denn Hamsun, dieser eisgraue Alte im skandinavischen Norden, ist ein Aristokrat, ein Findlingsblock aus andern Zeiten. Er reicht in unsere Tage noch hinüber wie etwa sein Leutnant Holmsen in den »Kindern ihrer Zeit«, der auch nie ein Kind seiner Zeit war, sondern der mit zusammengebissenen Zähnen wildwütig und toll gegen diese seine Zeit anging.

Vielerlei Namen, ein bunter Hauf von Büchern – aber man darf nicht engherzig sein. Ich kann es nicht erklären, wie der fromme Schweizer Pfarrer Jeremias Gotthelf die gleiche Statt in mir findet wie der gottesleugnerische Spötter Voltaire. Und doch ist es so, sie alle sind in mir, sie haben sich in mir vereint, und wenn ich nur eine Zeile schreibe, sind sie es alle, die bei mir sind, die als meine Ahnen im Geiste Form und Inhalt dieser Zeile bestimmen. Vielleicht klingt das sehr anmaßend, aber ich bin mir über die engen Grenzen meiner Begabung völlig klar, ich bin nicht anmaßend. Nein, was ich mit meinen Worten zum Ausdruck bringen wollte, ist der tiefe Dank, den ich all diesen Männern, lebenden wie toten, abzustatten habe. Sie haben durch ihr Werk meiner Begabung Form und meinem Geiste Nahrung gegeben, durch sie fühle ich mich jenem großen Bunde beigesellt, der ohne Rücksicht auf Nationalität und Rasse die ganze Welt umschlingt und von dem wir Deutsche auch in der jetzigen Stunde unserer Vereinsamung nicht ausgeschlossen sind, solange es noch ein Buch bei uns zu lesen gibt: von dem Bund der großen freien Geister.

Ein Roman wird begonnen

Zwiegespräch zwischen dem Verfasser und seiner Frau

Es wird laut, das nicht wohlklingende Geräusch einer Kinderziehharmonika als Begleitung einer kleinen Mädchenstimme, die ein Lied eigener Komposition nach einem nicht verständlichen Text singt. Eine männliche Stimme ruft empört: »Ruhe!«

Gedudel und Gesang gehen unverändert weiter. Die männliche Stimme noch lauter, noch empörter: »Jutta, ich habe um Ruhe gebeten!«

Das Kind beharrt darauf, musikalisch zu bleiben. Der Mann, fast flehend: »Jutta, ich bitte dich ernstlich …« – Mit erhobener Stimme: »Ulla –! Uschi –!«

Frau: Ja, was ist denn –?

Fallada: Gottlob, dass du da bist –!

Frau: Was soll ich denn, Junge –? Du bist ja ganz verzweifelt!

Fallada: Würdest du vielleicht unserm Fräulein Tochter beibringen, dass ich jetzt arbeiten will und dass der Lärm, den sie eben machte und den sie für Musik hält, meine besten Gedanken verstört –?

Frau: Aber selbstverständlich! – Jutta, auf der Stelle hörst du mit diesem Gequieke auf! Spiele mit deinem Kaufmannsladen!

Jutta:Ja, Mutti! (Der Lärm verstummt mit einem letzten hinsterbenden Seufzer der Ziehharmonika.)

Frau: So, das wäre erledigt. Hast du sonst noch Wünsche?

Fallada: Ich habe den einen Wunsch, dass du von heute an all deine Kraft der Aufgabe widmest, für völlige Ruhe im

Hause zu sorgen – für Grabesruhe, Ulla! Ich fange nämlich unwiderruflich und endgiltig meinen neuen Roman an.

Frau: Und wie lange wirst du an diesem Roman arbeiten –?

Fallada: Mindestens ein Vierteljahr …

Frau: Also soll das Kind ein Vierteljahr lang nicht lachen und nicht singen dürfen? Und wir andern müssen natürlich auch schleichen – wegen der Grabesruhe, die du verlangst?

Fallada: Die ich brauche, Ulla, die ich unbedingt brauche!

Frau: Selbst wenn es mir gelänge, dir solche Ruhe im Hause zu verschaffen, Grabesruhe würde es doch nicht sein, Junge. Jede Elektrische würde weiter in der Kurve am Bürgerpark ohrenzerreißend quietschen, und das Auto unsers Nachbars, des Majors, würde weiter wie ein hingemetzeltes Schwein quieken. Die Grabesruhe, die du dir wünschst, könnte ich auch mit der größten Mühe nicht schaffen.

Fallada: Die Geräusche außer dem Hause gehen mich nichts an, sie stören mich nicht. Aber der Lärm hier im Hause, das ist sozusagen mein eigener Lärm, Lärm meiner Welt, der mich immer wieder zurückruft aus der andern Welt, in der ich mit meinem neuen Roman leben muss. *Den* Lärm musst du mir fortschaffen für das nächste Vierteljahr, Ulla!

Frau: Wie wäre es, wenn du dir genau wie beim Quietschen der Elektrischen einbilden würdest, auch der Lärm, den die Jutta und wir machen, käme aus einer Welt, die dich nichts angeht? Das müsste sich doch ermöglichen lassen!

Fallada: Leider nein, Uschi! Alles schon versucht, aber meine Welt bleibt meine Welt, du meine Frau, Jutta unser Kind – dagegen ist mit Einbildungen nicht aufzukommen. Glaube mir, ich spreche aus den Erfahrungen, die ich während zehn, zwölf Jahren Romanschreibens gesammelt habe. Dir ist dies alles noch neu, es ist der erste Roman, den ich in unserer Ehe schreibe. Aber du wirst bald sehen, es ist nicht Tyrannenlaune, die mich solche Ruhe fordern lässt; es *muss* einfach sein, sonst geht die Arbeit nicht voran.

Frau: Es ist also ein recht kräftiger Tyrann, dein Roman, scheint mir. Du lieber Himmel, ein Vierteljahr Grabesruhe – und das bei Kindern im Hause –!

Fallada: In meinem Landhause in Mahlendorf gab es in der Treppe zum Oberstock die vierte und die fünfte Stufe, sie knarrten, wenn man sie betrat. Keine Behutsamkeit, keine Tischlerkünste, keine Teppichverkleidungen halfen: die vierte und die fünfte Stufe knarrten. Da es nicht möglich war, das obere Stockwerk während meiner Arbeitszeit ganz für den Publikumsverkehr zu sperren, und da mich dieses Knarren unrettbar aus der tiefsten Versunkenheit in den Alltag zurückrief, gewöhnten sich alle meine Hausgenossen daran, diese Treppen nicht nur erst nach Abstreifen der Schuhe zu passieren, nein, sie übersprangen diese beiden Stufen auch noch mit einem ausnehmend künstlichen Schwuppdich, so dass fürder kein Knarren mehr gehört wurde. Alle taten so: die Haustöchter, der Gärtner, zufällige Besucher, die umfangreiche Mamsell, alle lernten es unter der strengen Herrschaft des Romans. Es war ein sehr dicker Roman, der zur Zeit der knarrenden Treppenstufen geschrieben wurde, es war »Wolf unter Wölfen«, über dem ich länger als ein halbes Jahr gesessen habe, und unsere Haustochter, Margarete aus Thüringen, fand diese Zeit sehr lang. Sie war ganz unliterarisch, zudem konnte sie sich nicht in einen andern Menschen hineindenken. Vom ersten bis zum letzten Tage hasste sie das katzenhafte Treppenschleichen, wie sie es nannte. Als sich nun im Hause die Kunde verbreitete, der Roman sei fertig, die Sperre aufgehoben, erschreckte uns alle ein maßloses Getöse. Wir fanden Margarete, mit den Holzschuhen aus der Waschküche angetan, wie sie die Treppe zum Oberstock auf- und abwärts stürzte, polterte und lärmte, wobei sie auf der vierten und fünften Stufe jeweils einen Extrakrach einlegte: diese Stufen misshandelte sie mit besonders kraftvollen Tritten. Allen durch ein halbes Jahr verdrängten Zorn ließ sie jetzt an dem unschuldigen Holzwerk aus …

Frau: Ich hätte es nicht anders getan. Du lieber Himmel, ein halbes Jahr lang auf Strümpfen und das womöglich noch im Winter …

Fallada: Richtig, »Wolf unter Wölfen« wurde im Winter geschrieben. Aber vermutlich hättest du mit deinem Zentnerchen nicht solch einen Erfolg gehabt wie Margarete aus Thüringen! Sie war ein großes schweres Mädchen, eine wahre Walküre; wo sie hintrat, wuchs kein Gras mehr. So stellte sich als überraschende und angenehme Folge ihres Wuttobens heraus, dass von Stund an die vierte und die fünfte Stufe nicht mehr knarrten –!

Frau: Ja, Junge, du lachst. Und doch muss ich es noch einmal wiederholen: ich finde, dein Roman gebärdet sich reichlich tyrannisch.

Fallada: Alles auf dieser Erde kostet seinen Preis, Ulla, nichts wird einem auf diesem Stern umsonst gereicht. Ich habe mir diese Dinge ja nicht ausgedacht, das entspringt keiner Laune von mir, sondern: je intensiver ich mich mit einem Roman beschäftige, je mehr der Stoff aus meinem Innern kommt, nicht von außen her als Auftrag herangetragen ist, umso mehr werde ich sein Sklave, bin nur noch ausführendes Werkzeug …

Frau: Wir haben doch schon über den Roman, den du jetzt schreiben wirst, gesprochen, du hast mir deine Pläne erzählt, den Gang der Handlung, die Entwicklung der einzelnen Gestalten. Das alles sieht doch viel eher nach einem Baumeister aus, der nach einer festen Zeichnung sein Haus baut, als nach Sklaverei und Werkzeug –!

Fallada: Ja, der Aufbau der Handlung, die Entwicklung der

Charaktere, der feste Plan – das alles klingt vorher sehr schön. Und manchmal gelingt es mir sogar, danach zu arbeiten, dann aber misslingt mir das Buch. Viel besser ist es, wenn es ganz anders kommt als nach meinen Wünschen und Absichten …

Frau: Und *wie* kommt es –? Und *warum* ist es besser, wenn es nicht nach deinen Wünschen und Absichten geht –?

Fallada: Erinnerst du dich noch an die Petra in »Wolf unter Wölfen« –? An diese Geliebte des jungen Pagel –?

Frau: Ja natürlich. Sie wird ganz zu Anfang des Buches verhaftet und taucht erst am Schluss wieder auf …

Fallada: Richtig! Diese Petra ist nun ein Musterbeispiel dafür, wie es oft nicht nach meinen Plänen und Absichten geht. Ursprünglich sollte Petra neben dem Wolf die Hauptfigur des Romans werden. Schon der Name sagt das, denn Petra, das ist der Felsen, das Beharrliche neben dem schwachen, innerlich haltlosen Wolf. Aber da geschah es nun, dass sie im Laufe der Handlung festgenommen wurde, ich konnte nichts daran ändern. Und soviel Mühe ich mir auch gab, ich bekam sie nicht wieder frei. Ich brauchte sie, ich wollte sie durchaus nicht vermissen, aber ich musste mich damit abfinden: sie blieb mir verloren, und ich hatte ohne sie auszukommen.

Frau: Ich verstehe das nicht recht. Ich sollte denken, dies läge ganz in deiner Hand. Du brauchtest doch nur eine Szene zu erfinden, etwa, dass der Untersuchungsrichter den Haftbefehl nicht bestätigt, und du hättest deine Petra wieder –!

Fallada: Und es wäre ein ganz anderer Roman geworden, keine Spur mehr von »Wolf unter Wölfen«. Da ist doch klar, nicht wahr –?

Frau: Vielleicht …

Fallada: Nein, nicht vielleicht, sondern bestimmt. Ein Pagel mit Petra an seiner Seite wäre einen ganz andern Lebensweg gegangen. Aber so ist das nun: ich setze mich hin und beginne zu schreiben. Seit Wochen habe ich an diesen Roman gedacht, mein Kopf hat sich immer ausschließlicher mit ihm beschäftigt, mit dem Gang der Handlung, den einzelnen Charakteren … Aber je näher der Arbeitsbeginn kommt, umso mehr tritt das alles zurück. Immer mehr konzentriert sich mein Denken auf das erste Kapitel, und schließlich fast nur auf die ersten Sätze des ersten Kapitels. In den letzten Tagen wiederholt der Kopf immer wieder diese ersten Sätze, findet nichts mehr an ihnen zu verbessern. Nun wird es hohe Zeit, sie niederzuschreiben, das ist schon wie Wiederkäuen; es kann dann sein, dass sie mir plötzlich widerstehen, dann habe ich zu lange gewartet.

Doch nun schreibe ich sie nieder, diese ersten Sätze, im Anfang fast wörtlich, wie ich es mir vorgenommen. Und auch beim zweiten und dritten Absatz befolge ich meinen Plan noch. Aber dann kommen kleine Änderungen, meist Erweiterungen: beim langsamen Schreiben mit der Hand denkt der Kopf gründlicher als beim Fabulieren im Umhergehen …

Nun ist es eben doch geschehen, nicht ich meistere den Stoff, sondern der Stoff wirft sich zu meinem Herrn auf. Ich muss ihm folgen, er hat seine eigenen Gesetze und seine eigene Gerechtigkeit. Nur dann macht mich das Schreiben eines Buches glücklich, wenn ich diesen Gesetzen folge. Gewiss, es ist so leicht, zu schwindeln, eine Szene wie die vor dem Untersuchungsrichter zu erfinden. Aber dann ist es eben geschwindelt, es sind keine Menschen mehr, mit denen ich beim Schreiben umgehe, sondern Automaten. Es macht keine Freude, Automaten hin und her zu schieben.

Frau: Das sieht ganz so aus, als würden wir in der nächsten Zeit nicht allzu viel von dir zu sehen bekommen. Wirklich, es ist mir jetzt, als trätest du eine große Reise an, auf der du für uns unerreichbar bist.

Fallada: Da hast du recht. Es scheint nicht nur so, sondern ich gehe wirklich auf diese große Reise. In den nächsten Monaten werde ich nicht mit dir und den Kindern umgehen, sondern mit ganz andern Menschen, deren Namen du nicht einmal weißt.

Frau: Das sind aber keine schönen Aussichten für uns! Es ist uns schon lieber, wir haben dich bei uns, als dass du in unserm Kreise lebst und doch nicht bei uns bist, sondern wie ein Gespenst aus einer andern Welt herumwanderst.

Fallada: Es ist der Preis, der für ein großes Glück gezahlt wird. Denn dies ist Glück, immer wieder neu, so viele Bücher ich nun auch schon geschrieben habe. Wenn die erdachten, erfundenen Gestalten ihr Eigenleben bekommen, wenn sie zu wirklichen Menschen für mich werden, wenn sie in der Stille meines Arbeitszimmers bei mir leben – das ist Glück. Und wenn ich abends den Kampf verzweifelt aufgebe, wenn ich nicht weiterweiß, wenn selbst ich den Knoten nicht lösen kann … Wenn ich dann ins Bett gehe und schlafe nur wenig und ganz dünn, immer das Hirn nur mit dem einen Gedanken beschäftigt: wie geht es morgen weiter? – und ich finde das ›Weiter‹ nicht … Und wenn dann die Angst dazukommt, der Strom könnte unterbrochen, ja, vielleicht gar versiegt sein und es gäbe gar keinen Schluss für dieses Buch, ich sei in eine ausweglose Sackgasse geraten … Und wenn ich mich früh am nächsten Morgen wieder an die Arbeit setze, von dieser Angst erfüllt, und doch wieder zu schreiben anfange, irgendeinen belanglosen Überbrückungsabschnitt, bloß um irgendetwas zu schreiben, denn habe ich einen Roman begonnen, muss jeden Tag an ihm geschrieben werden, ganz gleich, wie die Stimmung ist …

Also: ich kritzele so langsam für mich hin, bloß um etwas zu tun, und innerlich bin ich schon fest davon überzeugt: es geht nicht weiter, es geht nie weiter, und ich bin voller Verzweiflung – Da plötzlich fängt die Feder an, schneller und schneller zu schreiben ... Ich wage es noch nicht zu glauben und weiß es doch schon: es ist alles da, es geht weiter –! Der Stoff ist fertig, er liegt in mir, ich habe ihn nur niederzuschreiben –: siehst du, Ulla, das ist Gnade, das ist Eingebung, das ist das große Glück, etwas schaffen zu dürfen, aus dem Nichts heraus oder aus der eigenen Brust hervor – gleichviel! Und nun verstehst du auch die Stille, die ich um mich haben muss. Es ist unmöglich, so weit fort zu sein und doch hierzubleiben, mit den Ohren an das tägliche Leben geknüpft ...

Frau: Natürlich verstehe ich das jetzt, und ich werde schon für deine Ruhe sorgen, darauf kannst du dich verlassen, Junge –! Aber ist das nun bei jedem Buch, das du schreibst, so –?

Fallada: Nein, leider ist das nicht bei jedem Buche so. Es wäre schon zu viel Glück. Auch bei meinen liebsten Romanen sind diese glückhaften Stunden eine Ausnahme, sie sind ›Gnade‹, wie ich schon sagte, oder Intuition oder Eingebungen des Himmels, es ist ja ganz gleich, wie man es nennt. Und leider, leider gibt es unter meinen Büchern manche, bei denen mir nicht ein einziges Mal solch Glück beschert war. Das sind die Bücher, die geschrieben zu haben ich immer wieder bedauere.

Frau: Und du weißt vorher nie, wie das Buch werden wird? Du hast kein Vorgefühl –? Denn dann ließest du doch sicher diese Bücher ungeschrieben?

Fallada: Nein, ich weiß es vorher nicht. Da ist zum Beispiel »Der ungeliebte Mann«. Was alles habe ich mir nicht von diesem Buch versprochen, als ich es plante! Es sollte ein Buch von jungen Mädchen werden, leicht, unbeschwert, ein Sommerbuch, der blaue Sonnenhimmel und ein ganzes junges Leben mit allen Möglichkeiten noch vor dir! Und was ist daraus geworden? Die Geschichte eines blinden, bösen, eigensüchtigen Mannes –! Nichts von dem, was ich schreiben wollte, ist in dem Roman!

Frau: Und doch lesen deine Leser auch dies Buch gerne –!

Fallada: Ich werde nie verstehen, warum meine Leser ein Buch gerne haben und ein anderes nicht! »Der ungeliebte Mann« ist für mich einfach ein Schrecken; ich habe mich ziemlich erfolgreich bemüht, alles, was in ihm steht, zu vergessen. Und dann ist da wieder »Wir hatten mal ein Kind«, eines meiner frühesten Bücher, kurz nach dem »Kleinen Mann« geschrieben. Von all meinen Romanen ist dieser mir bei weitem der liebste, ich war so jung damals, als ich ihn schrieb; nie wieder werde ich so reich sein wie damals. Dutzende von Romanen stecken in diesem einen Buch. Aber meine Leser haben dies »Kind« nie gemocht, mit Grauen haben sie sich davon abgewendet. Ich verstehe es nicht. Der »Blechnapf« und manche Partien vom »Wolf« sind viel schrecklicher als das Schlimmste, was im »Kind« steht, und doch – sie wollen nicht! Wenn also meine Leser oft mit mir unzufrieden sind, so bin ich es auch manchmal mit ihnen: nie wird man mich davon überzeugen, dass das »Kind« ein schwaches Buch ist. Nein, mein schönstes und reichstes ist es –!

Frau: Und was denkst du nun von dem Buch, das du jetzt beginnst? Hast du nicht doch ein leises Vorgefühl, ob es dir gelingen wird, ob ›die guten Stunden‹ dich besuchen werden, wenn du daran schreibst? Oder magst du davon nicht reden?

Fallada: Früher hätte ich dir geantwortet: man soll über ungeborene Kinder nicht sprechen, es bringt Unglück. Heute bin ich in diesem Punkte nicht mehr bedenklich. Ich kann schon davon sprechen. Aber ich muss dir antworten: ich weiß es nicht. Ich wäre sehr glücklich, wenn es mir gelänge.

Dieses Mal ganz besonders glücklich nach einer so langen Pause im Schreiben. Seit fast vier Jahren habe ich keinen Roman mehr geschrieben!

Frau: Siehst du, das weißt du also doch, dass du dich auf das Schreiben freust!

Fallada: Ja, das weiß ich, so viel weiß ich. Es ist schon ein Glück, wieder ein Buch mit weißem Papier bereit zu haben, zu wissen, langsam, Tag für Tag, Woche für Woche werde ich Blatt um Blatt mit meiner engen kleinen Schrift füllen. Das Leben hat nach einer so langen Pause voll innerer und äußerer Hemmungen wieder einen Inhalt bekommen, meinen Inhalt, den Inhalt, der meinem ganzen Wesen entspricht. Denn wenn ich von einem überzeugt bin, so davon, dass ich zum Bücherschreiben auf dieser Welt bin, zu sonst nichts! Und nun werde ich wieder Bücher schreiben! *Ich* werde wieder einen Sinn haben, für eine lange Zeit bin ich endlich wieder nicht ohne Inhalt. Sicher ist es auch gut, ein Lyriker oder ein Dramenschreiber zu sein, aber ich für mein Teil liebe am meisten die lange, geduldige, durch nichts unterbrochene Arbeit an einem Roman. Denn Romane-Schreiben, das ist eine Geduldsarbeit, und ich, der ich die langen Romane liebe, tue das schon darum, weil sie eben so viel Zeit und Geduld erfordern. Was ist das schon: ein Roman von 200 oder 250 Seiten –?! Kaum ist man mit seinen Gestalten warm geworden, muss man schon wieder Abschied von ihnen nehmen. Nein, ich mag mich gerne in einem Roman einrichten wie in einem großen Haus. Zimmer für Zimmer nehme ich langsam in meinen Besitz, überall fällt mit der Zeit Licht hin, ich bevölkere sie mit Menschen, alle diese Räume … Und wenn ich dann eines Tages doch Abschied von dem Haus nehmen muss, so liegt es da, mit hellen Fenstern in dunkler Umwelt, voll von Leben, Lachen und Weinen. Siehst du, Ulla, ein solches Haus zu erbauen, darauf freue ich mich, freue ich mich immer wieder, so viele Bücher ich auch schon geschrieben habe. Dieses Glück wird nie alt!

Frau: Und doch habe ich das Gefühl, dass du dich dieses Mal nicht nur freust. Du hast den Beginn immer wieder hinausgezögert; eigentlich wolltest du doch schon mit ihm fertig sein, jetzt zu der Zeit, wo du erst richtig mit ihm beginnst –?

Fallada: Ja, du hast recht: eigentlich wollte ich jetzt schon mit ihm fertig sein. Vielleicht habe ich sogar selbst mir Hindernisse gebaut, um nur noch nicht beginnen zu müssen. Das kommt wohl daher, weil ich mich dieses Mal auf das Anfangen nicht nur freue, sondern weil ich auch Angst davor habe …

Frau: Und warum hast du Angst davor? Sonst hast du doch nie Angst gehabt?

Fallada: Nein, sonst nicht. Aber dieses Mal ist alles anders und nicht nur darum, weil ich so lange pausiert habe seit meinem letzten Buch. Sondern weil sich jetzt alles in mir verändert hat. Als der Zusammenbruch Deutschlands kam, als ich später krank wurde, da war es mir oft, als läge ich in einem tiefen Abgrund, alles dunkel, Nacht ohne Stern, Leben ohne Hoffnung. Ich dachte dann daran, ob ich wohl je wieder schreiben würde, und es schien mir ganz unmöglich, dass ich eines Tages zu meiner alten Beschäftigung zurückkehren, dass ich Romane bauen würde wie vor dem Zusammenbruch. Als sei nichts geschehen … Dann schien es mir, als müsste ich, wollte ich je wieder arbeiten, ganz neue Wege gehen, neue Formen müsste ich finden. Es schien mir völlig unmöglich, auch nur in der gleichen Form zu schreiben wie einst. Ich dachte über diese neuen Formen nach, ich fand natürlich keine … Und ganz verzweifelt kam ich in meinem Abgrund zu dem Entschluss, nie wieder zu schreiben –

Frau: Und später –?

Fallada: Später, als ich gesünder wurde, sah ich, wie meine Mitmenschen, die meisten von ihnen, fast alle sich bemühten, wieder so zu leben wie vor dem Zusammenbruch, wie sie krampfhaft die Augen schlossen, als habe es nie solchen Zusammenbruch gegeben. Der Handwerker arbeitete wie bisher, und der Angestellte, der seinen Posten von früher nicht wiederfand, gab sich alle erdenkliche Mühe, einen ähnlichen Posten zu finden, nicht umzulernen, sich nicht umschulen zu lassen. Keiner, fast keiner wollte von den neuen Formen etwas wissen, wollte es wahrhaben, dass es galt, ein ganz anderes Leben zu führen …

Frau: Und du –?

Fallada: Ja, ich. Ich hatte nun einmal im Abgrund gelegen, ich konnte unmöglich so leben, als hätte es den April 1945 nicht gegeben und nicht den Mai und nicht den Juli und auch den August nicht, alles Monate, Wochen, Tage, an denen ich nicht gewusst hatte, was anzufangen mit meinem Leben. Es war leergelaufen, das konnte ich mir nicht ableugnen, und es jetzt wieder füllen mit kleinen Erinnerungsresten von früher, das ging doch nicht –!

Frau: Aber was ging –?

Fallada: Ich hatte gemeint, ich müsste neue Formen finden; ich hatte geglaubt, die alte Form des Romans sei nicht mehr verwendbar. Das war schon einmal so nach der Niederlage von 1918 gewesen, da war der Expressionismus gekommen, ein Gestammel, ein Wirrwarr der Gefühle und Formen. Aber schließlich hatte sich das alles wieder beruhigt, und die Leute hatten Romane geschrieben und gelesen wie eh und je. Es war ein plötzlicher Schreck gewesen, eine rasche Panik, und dann war alles wieder den alten Weg gelaufen, den alten Weg, der uns dann auch richtig in ein noch viel größeres Verderben, in einen völligen Zusammenbruch geführt hat, in jene sternlos dunkle Schlucht, in der ich über neue Formen gegrübelt hatte …

Frau: Und über diese neuen Formen grübelst du nicht mehr –?

Fallada: Nein, es kommt ja nicht auf die Formen an, die Formen sind unwichtig. Sondern der Inhalt ist das Wichtige, mit einem ganz neuen Inhalt muss ich neu beginnen. Mir ist, als müsste ich Menschen leben und erleben lassen, denen man es, und spräche ich auch nie davon, stets anmerkt, dass sie einmal in diesem Abgrund gelegen haben, dass sie in einer Stunde sich völlig aufgegeben haben, Menschen, die das Zusammenstürzen ihrer ganzen Vergangenheit erlebt haben, Menschen, die dann leer dastanden und die ganz allmählich erst jetzt wieder anfangen, ihrem sinnlos gewordenen Leben von früher einen neuen Inhalt zu geben. Dieser Angestellte, der um jeden Preis ein Angestellter bleiben will: er mag noch so sehr die Augen schließen, er mag es sich leugnen jede Stunde seines Lebens: er ist ein anderer Mensch geworden, er kann nicht wieder sein wie früher ... Und darum freue ich mich nicht nur auf diesen neuen Roman, sondern ich fürchte mich auch vor ihm. Denn: wird es mir gelingen, diesen andern, neuen Menschen lebendig zu machen, so dass der Leser die Wandlung spürt? Ich will um Gottes willen keine Tendenzromane schreiben, Romane mit irgendwelchen politischen Plakaten, nein, sondern ich hoffe, es gelingt mir noch einmal, Menschenromane zu schreiben, Bücher von Menschen, die heute leben und die uns, die wir heute leben, nahe und verwandt sind, Gefährten unseres eigenen Schicksals. An manchem Tag im April und Mai, im schlimmsten Zusammenbruch, da hatten wir doch an den völligen Untergang alles Deutschen geglaubt; nicht für möglich hatten wir es gehalten, dass wir, kaum Dreivierteljahr später, wieder zu unserer alten Arbeit zurückkehren würden ...

Nein, nicht zur alten Arbeit –! möge sie mir gelingen, diese neue Arbeit, möge sie uns beiden gelingen! Ich freue mich auf sie, und ich habe Furcht vor ihr. Und ich hoffe, dass aus Freude und Furcht ein Buch werden wird, nicht nur mir, sondern möglichst vielen ein Zeugnis, dass es auch aus dem schwersten Zusammenbruch ein Aufstehen gibt, dass sich auch ein völlig leergelaufenes Leben wieder erfüllen lässt mit allem, was ein Leben lebenswert macht. –

Meine lieben jungen Freunde

Ich will Ihnen davon erzählen, wie ein Mensch zum Schriftsteller wird. Aber hier schon halte ich inne. Denn, frage ich mich, wird man denn ein Schriftsteller? Ist dies etwas, das man sich vornimmt, auf das man hinsteuert, zielbewusst, und das man dann schließlich mit Fleiß, mit Ausdauer, mit Glück erreicht, um es von da an zu sein –?

Ich möchte Ihnen gleich sagen, dass ich daran nicht glaube. Ich glaube nicht daran, dass man ein Schriftsteller wird, sondern dass man einer ist, vom Beginn des Lebens an. Es kann sehr lange dauern, bis man es erkennt, ich zum Beispiel war 37 Jahre alt, als ich meinen ersten richtigen Roman schrieb. Bis dahin hatte ich mich im Allgemeinen mit sehr andern Dingen beschäftigt als mit Romanen.

Die Umstände hatten es so mit sich gebracht, dass ich nicht mein Abitur machte, ich machte es nie. Ich wurde krank in der Oberprima, ich wurde aufs Land geschickt, und als ich wieder laufen und lernen konnte, stellte sich heraus, dass von meinen schon früher recht lückenhaften Kenntnissen der höheren Mathematik nichts und von meinem Griechisch nur noch sehr wenig vorhanden war. Es hätte Jahre gebraucht, um das Verlorene nachzuholen, und es waren damals noch Zeiten, in denen alles rechtzeitig zu geschehen hatte, d. h. man machte sein Abitur mit achtzehn oder neunzehn Jahren und nicht mit zwei- oder dreiundzwanzig, das allein war in Ordnung. Alles andere war Unordnung, und Unordnung, also aus einem zu späten Abiturienten konnte nie im Leben ein richtiger Student werden! So war das damals wirklich!

Die Familientradition war nun also doch einmal durchbrochen: ich, der älteste Sohn, konnte kein Jurist werden, wie das nun schon seit vier oder fünf Generationen in unserer Familie üblich gewesen war. Aber was konnte aus dem Jungen sonst werden? Ich weiß es nicht mehr, wer es eigentlich beschlossen hat, dass ich Landwirt werden sollte. Landwirtschaft lag ganz außer dem Familien-Üblichen. In meiner Familie war man Jurist oder Geistlicher, also Beamter in irgendeiner Form. Und nun wurde ich Landwirt – entweder weil die Ärzte die Landluft für mich zuträglich hielten oder weil ich grade damals auf dem Lande lebte und überall Güter um mich herum lagen oder weil mein lieber Vater sonst nichts mit mir anzufangen wusste oder vielleicht sogar weil ich's selber wollte.

Ein Gutsbesitzer, ein Herr Rittergutsbesitzer war bequem zur Hand, der bereit war, mich gegen ein gutes Kostgeld zum Eleven zu nehmen; und so stand ich denn eines Morgens um drei Uhr im Kuhstall als Oberaufseher über 120 Kühe und etwa ein Dutzend Melker, und von dem Tage an hatte ich jeden Morgen meines Lebens um drei Uhr im Kuhstall zu stehen und darauf zu achten, dass die Kühe auch sauber ausgemolken wurden, dass die Melker nicht grob mit ihnen umgingen, dass sich nicht zu viel milchlüsterne Katzen herumtrieben – und ich war so müde!

Der Tag ging weiter, war endlich die Milch zum ersten Morgenzug geschickt, wurde ich nach kurzem Frühstück aufs Feld geschickt, zum Pflügen etwa oder zum Zuckerrübenakkord oder, was noch immer am besten war, in den Wald. Denn da durfte ich ein bisschen für mich bummeln, ehe ich zu den Holzbauern kam, sonst hatte ich den ganzen Tag hinter Leuten zu stehen und sie zur Arbeit anzutreiben, denn nie taten die Leute nach Ansicht meines direkten Vorgesetzten, des Inspektors Schönekerl, genug. Und nie leistete ich genug im Antreiben.

War dann der Abend gekommen, die Pferde abgefüttert, war ich müde zum Umsinken, so begann mein hoher Chef mit seinen Stehkonventen. Er hatte spiegelnde Reitstiefel an, und in ihnen wie ein Turm stehend, begann er die Wirtschaft zu besprechen, wie er es nannte, während ich in meinen mageren Gamaschenbeinen vor Müdigkeit leise hin und her schwankte und ganz blöde im Kopfe war. Ich weiß es nicht, warum mein hoher Chef diese Besprechungen immer so lange ausdehnte; ich sah die Knechte vom Füttern nach Haus gehen, später schloss der Hofmeister die Scheunen und Böden ab, mit einem Riesen-Schlüsselbunde rasselnd, es wurde dämmrig, die Mamsell jagte das letzte Geflügel in die Ställe, es wurde dunkel, und immer noch wurde die Wirtschaft besprochen: Chilesalpeter auf den Weizen, der Mist ist zu ungleich gestreut auf Schlag 7, da muss noch mal durchgegangen werden, was ich noch sagen wollte: auf dem Klinkecken ist mir der Boden doch zu tonig für Zuckerrüben, wenn wir stattdessen lieber noch einmal Weizen nähmen mit Luzerneuntersaat –?

Endlos, immer weiter, Tag für Tag, Jahr für Jahr. Denn wenn später auch die Güter wechselten, die Probleme blieben immer die gleichen, immer holte der Beamte nicht genug Arbeit aus den Leuten heraus, immer hatte alles Gelungene der Chef angeordnet, alles Missratene der Beamte verpatzt. Immer war der Tag zu lang, der Lohn zu gering. Sie müssen es mir zugeben, ich war damals ziemlich weit von der Schriftstellerei ab, und ich kann es Ihnen auch versichern, ich dachte auch mit keinem Gedanken an so etwas wie Bücher. Immer war ich müde, immer hatte ich Hunger (denn meist hatten meine Chefinnen auch die Neigung, uns Beamte etwas spärlich zu beköstigen), und wenn ich sonntags einen Brief nach Haus schreiben musste, seufzte ich über die Schreiberei.

Und doch habe ich all diese Zeit – das aber erfuhr ich erst Jahrzehnte später – gelernt, gelernt für das, was ich einmal werden sollte: ein Schriftsteller. Ich war nämlich fast immer mit Menschen zusammen, ich stand hinter den endlosen Reihen der schwatzenden Frauen beim Rübenhacken, beim Kartoffelbuddeln, und ich hörte die Frauen und die Mädels schwatzen, von morgens bis abends ging das. Abends schwatzte dann der Chef, und auch die Schweizer im Kuhstall schwatzten wie die Knechte beim Füttern im Stall. Ich konnte ja nicht anders, ich musste zuhören, ich lernte, wie sie reden und was sie reden, was sie für Sorgen haben, was ihre Probleme sind. Und da ich ein sehr kleiner Beamter war, der auf keinem Pferd herumritt, sondern höchstens der Zeitersparnis halber das Dienstrad benutzte, so hatten die Leute auch keine Hemmungen, mit mir zu reden, ich habe es damals gelernt, mit jedem Menschen zu schwatzen. Wenn man ein halbes Jahr lang fast keine Stunde von dem verdammten Zuckerrübenacker herunterkommt, so gehört man eben zur Kolonne, man mag noch so sehr aus einem behüteten stillen Bürgerhause kommen, jetzt ist man so eine Art Feldarbeiter geworden. Und wenn man auch zehnmal Beamter ist und das Kommando hat, die Leute wissen es doch, der muss ja schimpfen oder der hat heute seinen schlechten Tag, man gehört dazu. Sehen Sie, das ist es, was mir meine Landwirtszeit eingetragen hat, dass ich aus der Vereinzelung herausgerissen wurde, dass ich mit zu allen gehörte, zu ihren Sorgen, Freuden und Nöten.

Und das war eigentlich sehr gut für mich, denn wäre ich den gewöhnlichen Weg unserer Familie über Abitur und Studiererei und Juristerei gegangen, ich wäre vielleicht nie ein Schriftsteller geworden, und das wäre schade gewesen, da ich heute noch es für das Schönste auf der Welt halte, einen Roman zu schreiben, sich vor Papier zu setzen und eine Welt zum Leben zu rufen, die vorher nicht da war, dass nicht nur ich sie sehe, das können wir alle, wenn wir träumen, sondern dass auch für andere meine Träume wirklich werden. Doch davon noch später.

Jetzt nur noch ein Wort über die Vereinzelung, in der ich als junger Mensch gelebt hatte und aus der mich dann mein Landwirtsdasein holte. Ich war ein kränklicher Junge gewesen und ein recht mäßiger Schüler, der oft Wochen und Wochen fehlen musste, weil er im Bett zu liegen hat. Nun, was tut man, wenn man lange im Bett liegen muss? Man liest! Mein guter Vater glaubte an den Satz von Jean Paul, dass Bücher zwar nicht gut oder schlecht, doch aber wohl den Leser besser oder schlechter machen, und weil er an diesen Satz glaubte, hielt er ein wachsames Auge auf seine Bücherschränke und teilte mir meine Lesekost genau zu. Aber Krankentage sind lang und vom Papa ausgewählte Bücher oft langweilig, so musste ich mir schon selbst helfen. Mein Vater besaß aus früheren Zeiten noch eine sehr reichhaltige Auswahl in Reclambändchen, die er der Ordnung halber in großen Kartons verwahrte und deren Fehlen er darum nicht merkte. Aus diesen Kartons stillte ich nun meinen Lesehunger, und den guten Papa wäre wohl ein Grausen angekommen, wenn er gesehen hätte, was der gute Junge da alles las: Zola und Flaubert, Dumas und Scott, Sterne und Petöfy, Manzoni und Lie, die ganze Weltliteratur kunterbunt durcheinander und in keiner Weise ausgewählt und gereinigt. Ich darf es hier wohl sagen, dass ich nicht glaube, mir mit meinem wahllosen Lesen irgendeinen Schaden getan zu haben, was ich noch nicht verstand, darüber las ich fort, und vieles, was ich später erst schätzen lernte, hat in meinen Jugendjahren gar keinen Eindruck auf mich gemacht.

Aber so ist es gekommen, dass ich vor der wirklichen Welt die Welt der Bücher kennengelernt habe, ehe ich noch was vom Leben wusste, lernte ich das erdichtete Leben erdichteter Gestalten kennen. Das ist keine gute Reihenfolge, und wenn ich auf diesem Wege etwa zur Literatur gekommen wäre, so hätte ich nur nach dem Muster von Büchern wiederum Bücher geschrieben und hätte vom wirklichen Leben nichts gewusst. Es gibt ein Gedicht von Gerhart Hauptmann, ich entsinne mich nur der Zeilen: ich bin Papier, du bist Papier, die Welt Papier, die Hand Papier, und so wäre es mir auch ergangen, wenn ich nicht durch einen Zufall, der kein Zufall war, auf den Rübenacker gestellt wurde, ins Leben geschickt wurde.

Übrigens muss ich sagen, dass ich damals, als ich auf meinem Krankenlager so unermüdlich Reclambändchen in mich fraß, mit keinem Gedanken daran gedacht habe, einmal selber solche Bücher zu schreiben. Sie fesselten mich, alle diese Romane, weil sie meinem Verstande Stoff zum Denken und meinem Herzen Gefühle gaben, aber sie riefen damals nie irgendeinen Ehrgeiz in der eigenen Brust wach. Schriftsteller zu werden – ich hätte gar nicht gewusst, wie ich das meinem Vater erzählen sollte, und er wäre wohl ebenso ratlos gewesen wie ich, wie man das denn machte, denn dafür gab's ja kein Studium, keine Karriere, keine Prüfungen.

Doch, die gab es schon, aber diese Prüfungen waren draußen auf dem Acker abzulegen, auf den endlosen Feldern der großen Güter, im Zusammenleben mit den Leuten, den Kollegen, den großen Herren. Lass dir den Wind um die Nase wehen, lass dich auch mal rausschmeißen, weil du über das Essen zu sehr gemeckert hast, krieche zwischendurch etwas geschlagen daheim unter, aber dann wieder hinaus, eine neue Stellung, neue Äcker, neue Leute, neue Kollegen und Chefs, und die alte Erde, die alte Arbeit, das alte Geschwätz dabei. Denn überall sind die Sorgen der Menschen die gleichen, ihr Glück das gleiche, ihre Fehler dieselben, ihre Vorzüge unverkennbar.

So ging das eine Reihe von Jahren mit mir, bis der erste Weltkrieg diesen Weg unterbrach. Nein, ich wurde nicht Soldat oder wurde es nur für elf Tage, dann hatten sie – für den ersten und für den zweiten Weltkrieg – genug von meinen militärischen Fähigkeiten und schickten mich wieder fort. Aber der Krieg brachte es so mit sich, dass ich nach Berlin kam, an eine der damals bestehenden Kriegsgesellschaften, an die Kartoffelbaugesellschaft, und von da an hatte ich mich nur noch damit zu beschäftigen, den Kartoffelbau in deutschen Landen zu fördern und zu heben. Ich wurde ein Spezialist in Kartoffelzüchtung, in meinen besten Zeiten habe ich rund 1200 Kartoffelsorten nicht nur dem Namen nach gekannt, sondern auch nach dem Aussehen, den Augen, der Form und Farbe der Knolle zu bestimmen gewusst. Wieder nichts von der Literatur, ein Leben in den Eisenbahnen, von einem Gut zum andern fahrend, Ratschläge erteilend, Zuchten aufbauend, altes Saatgut auswechselnd, und dazwischen die Stadt, diese Stadt, in der ich schon mal zur Schule gegangen war und die allein ich als meine Heimat empfinde, wenn ich auch nicht in ihr geboren bin, wenn sie auch heute ganz zerschlagen ist. Nein, nichts von Literatur, und doch liegen am Ende dieser Epoche meine zwei ersten Romane. Ich kann diese Schande nicht ganz verbergen, ich habe schon 1918 und 1919 zwei Romane geschrieben und veröffentlicht, sogar bei dem Verleger, der viele Jahre später mein Verleger wurde, beim alten Rowohlt. Aber ich erkenne diese beiden ersten Kinder nicht an, ich habe sie später aufgekauft, einstampfen lassen, ich will nichts mehr von ihnen wissen, ich denke mit einem Grausen an sie zurück.

Und warum ist das so? Weil sie so schlecht sind? Nein, das ist der Grund nicht; ich habe auch später manches schwache Buch geschrieben, dessen ich mich nicht freue. Sondern ich will von diesen Kindern nichts wissen, weil es nicht meine Bücher waren, weil ich sie auf Anregung, auf Befehl fast einer ehrgeizigen Frau geschrieben habe, weil sie mir suggeriert waren, weil ich sie nicht aus eigenem inneren Antrieb geschrieben habe. Darum rechne ich diese Bücher nicht dazu, darum lasse ich sie nicht gelten, es sind ja nicht meine Kinder. Ein wirkliches Buch muss wachsen in einem, es muss nicht von außen künstlich dazu getragen werden. Gewiss, fast jeder Mensch könnte ein Buch schreiben, aber das sind nicht die Bücher, um die es geht. Man muss Bücher schreiben, weil man sie schreiben muss! Das allein sind die richtigen Bücher, und jene damals waren solche Bücher nicht! Vorbei – eingestampft und vergessen!

Dann kamen Inflation und Arbeitslosigkeit und trieben mich wieder aus dieser großen Stadt hinaus auf das Land, in meinen alten Beruf. Aber, ach, auch mein alter Beruf war nicht mehr der alte, die wenigen Stellungen in festen Händen, ich hatte nicht wie früher die Wahl, ich musste nehmen, was ich bekam. So habe ich in diesen Jahren eine Menge von Berufen ausgeübt, um mich schlecht und recht durchs Leben zu schlagen, meist mehr schlecht als recht. Lange Zeit war ich Feldwächter auf einem großen Gut, d. h. Nachtwächter, und musste mich damit abplagen, kleine Leute, die Ähren abgeschnitten oder Zuckerrüben als Ziegenfutter gezogen hatten, abzufangen, ihnen ihre geringe Beute wieder abzunehmen und sie anzuzeigen. Sie bekamen dann eine ganz geringe Geldstrafe, die durch die fortschreitende Inflation auch noch ganz wertlos geworden war. Es war eine seltsame Tätigkeit, Nacht für Nacht unterwegs über die endlosen Feldbreiten eines Riesen-Rittergutes in der Neumark, meist mit einem kleinen Kollegen, der damals einer meiner getreuesten Lebensfreunde wurde, immer wachsam und doch so oft ganz der Schönheit der Nachtstunden hingegeben. Ich erinnere mich unseres Liegens an einem Waldrand, wir hatten ein weniges geredet und sahen nun still zu den Sternen hinauf, die immer mächtiger und strahlender hervortraten, und mir war, als läge ich in einer Sternenwiege und die Sterne schaukelten langsam mit mir und die ganze Welt schaukelte … Und dann waren wieder nur die Sterne da und wurden immer größer und strahlender, und ich mühte mich, was ich seit Knabentagen nicht mehr getan, meinen Stern herauszufinden, denn ich hatte sehr früh schon einen Stern als den meinen bestimmt, aber in all dem Glanz fand ich ihn nicht mehr …

Dann waren wir wieder auf den Beinen und gerieten ganz unvermutet in eine Rotte von Grubenarbeitern, die beim Weizenstehlen waren, an die dreißig Mann etwa, und wir hatten unsere Waffen vergessen, und es sah übel für uns aus, bis uns ein bisschen Frechheit rettete … Habe ich damals je an Bücher gedacht? Ich glaube, ich habe durch Jahre kaum je ein Buch in der Hand gehabt.

Später verlor ich den Geschmack an diesem Beruf, als einer meiner Kollegen eines Morgens halb totgeschlagen auf den Hof kroch. Er starb wenige Stunden später in unserer kleinen Wachtstube. Ich hatte genug von diesem Dasein und wurde so eine Art Schreiber bei einem Bäckermeister. Aber die Inflation machte es, dass der Bäckermeister längst seinen Beruf verachtete und unter die Kartoffelhändler gegangen war, und endlose Züge mit Kartoffeln verluden wir nach Berlin, und mein Bäckermeister wurde immer reicher darüber und sein Weib immer betrübter, denn er saß eigentlich nur noch in den Schänken herum, und ich lief mit den Verladepapieren auf die Güterbahnhöfe und hatte nur meine Kartoffeln im Kopf, wie ich ja eigentlich in all den letzten Jahren immer nur an Kartoffeln gedacht hatte. Viel Zeit hatte ich nicht für mich, der Chef soff immer mehr, immer mehr wurde ich der Geschäftsführer. Bis die Inflation ihr Ende nahm und es sich herausstellte, dass mein lieber Bäckermeister und Kartoffelgroßhändler kein reicher Mann, sondern ein sehr armer Mann geworden war. Ich weiß es nicht, ob er seine Bäckerei hat halten können, ich wanderte weiter und wurde wieder Gutsbeamter auf einem großen Gute der Insel Rügen.

Da habe ich manches Jahr gelebt, und es ist mir gut gegangen. Ich hatte einen schnurrigen Kauz zum Brotherrn, einen wirklichen Mann, mit tausend Eigenheiten, und zum ersten Mal in meinem Leben auch einen Chef, der wirklich etwas von Landwirtschaft verstand, tausendmal mehr als ich. Denn was ich, der gewesene Städter, der Beamtensohn, mir erst mit vieler Mühe verstandesmäßig zusammenreimen musste, das hatte er im Gefühl. Wenn der über einen Acker ging, so fühlten es sein Fuß und sein ganzer Körper, dass der Boden nicht locker genug, dass er noch nicht gar war, und gleich wusste er auch die Mittel, wie man eben dies Gare erzielen konnte. Ich habe viel von diesem Manne gelernt, vor allem verlangte er nie von mir, dass ich nur ein Leuteantreiber war, bei ihm arbeiteten die Leute von selbst. Er liebte den Boden, er liebte, was auf ihm wuchs, und die Leute liebten es mit ihm, da brauchte es kein Antreiben.

Er war kein sanfter Mann, dieser Rüganer Chef, oh nein, das war er nicht, und nie werde ich vergessen, wie er einmal einen Melker, der in der Wut mit der Stallgabel auf mich loswollte, wie er diesen Mann auf den Arm nahm wie ein kleines Kind, ihn unter die Hofpumpe trug, mitten im Winter, und ihn da nun mit einem Arm unter die Pumpe hielt, mit dem andern aber abpumpte, bis er den Triefenden auf die Dungstatt warf. Nein, sanft war er nicht, aber er war der Mann der tausend Einfälle, und ich könnte von ihm Geschichten erzählen, stundenlang. So zum Beispiel wollte er durchaus Tennisspielen lernen, aber unsere Versuche, aus einem guten Rüganer Ackerboden einen festen Tennisplatz zu machen, misslangen immer wieder. Da geriet er auf das flache Dach der Feldscheune, und er ließ die längste Leiter ansetzen, denn die Feldscheune war immerhin ihre guten zwölf Meter hoch, und da haben wir denn oben Tennis gespielt, nicht ganz ungefährlich, oh nein, durchaus nicht, wenn man so hinter einem Ball dreinsauste und plötzlich scharf an der Dachkante bremste und in die Tiefe schaute. Oder er segelte mit mir an einem schönen Oktobertage mit einem kleinen aus Fichtenbrettern selbstgebauten Segelboot auf die Ostsee hinaus, und der Wind und die Wellen (und mein Ungeschick) brachten es dahin, dass unser Mast über Bord ging, und dann sank das Boot, und nun hatten wir durch das eisige Wasser wieder heimzuschwimmen ... Hoch und weiß schimmernd, standen die Kreidefelsen von Arkona über uns, wir sahen die Matrosen der Marinestation klein wie Streichhölzer dort oben herumgehen, aber sie sahen unsere Köpfe auf den Wellen nicht, und so hieß es schwimmen, schwimmen, schwimmen ... Alle Augenblicke bekam ich einen Krampf von dem kalten Wasser, und schließlich war ich so weit, dass ich erklärte, wir kämen doch nie wieder ans Ufer und ich hätte es über und ließe mich lieber untergehen ... Aber damit war er gar nicht einverstanden, er kam zu mir geschwommen und sagte mir wütend, ich solle ihm um des Teufels willen keine Scherereien machen und er würde mich so lange ohrfeigen, bis ich weiterschwämme, und nun hätte ich die Wahl! Nun, ich stehe hier, und so sind wir denn wohl ans Ufer gekommen, und wir sind nicht nur das, wir sind noch manches Mal wieder hinausgesegelt, mit demselben unzureichenden, gebrechlichen Kahn, den uns die Matrosen wieder aufgefischt hatten. Wieder nichts von Büchern, nichts von Literatur, aber herrliches, nahrhaftes Leben, und nun war ich immerhin schon um die dreißig Jahre herum ...

Aber auch die herrlichen Rüganer Jahre nahmen ein Ende, mein kauziger Chef war auch in seinem Geschäftsverkehr etwas zu kauzig gewesen und verlor sein Gut, und ich sehe mich – nach manchem kurzen oder längeren Zwischenspiel – wieder in Hamburg. Ich hatte Schluss gemacht mit dem Lande, ich wollte nicht mehr den Beamten spielen, ich hatte begriffen, dass ich nie dazu taugte. Ich mochte es einfach nicht mehr. Nun hatte ich ein kleines Mietszimmer, und ich war sozusagen ein freier Mann, wenn freier Mann heißt, dass es einem vollkommen freisteht, zu essen oder nicht zu essen, zu arbeiten oder nicht zu arbeiten. Ich hatte keinen Chef mehr, auch damit hatte ich Schluss gemacht, ich war mein eigener Chef geworden, und meine Tätigkeit bestand darin, dass ich von einem Exporthaus Hamburgs zum andern wanderte und mich erkundigte, ob man nicht Adressen zu schreiben hätte, denn ich hatte mir eine alte Schreibmaschine gekauft und gedachte, mich mit ihr durchs Leben zu schlagen. Aber die Konkurrenz war groß und der Export gering, für das Tausend Adressen bekam ich im besten Falle 4 Mark und, wenn es spanische waren, fünf Mark. Es schreibt sich lange an eintausend Adressen, und so habe ich in diesen doch glücklichen Hamburger Tagen nur einmal die Woche, nämlich am Sonntag, warm essen können, sonst leistete ich mir zum Mittag nur einen halben Liter Milch und zwei Bücklinge. Damals habe ich geglaubt, das sei eine rechte Hungerkost, und die alte Frau, bei der ich wohnte, hat es nicht nur geglaubt, sondern mir auch oft genug mit leiser Verachtung gesagt, aber heute finde ich einen halben Liter Milch und zwei Bücklinge zum Mittag gar nicht so schlecht, gar nicht so schlecht …

In derselben Stadt Hamburg war nun auch mein alter Rüganer Chef gelandet und hauste wie ich in einem möblierten Zimmer von irgendwelchen spärlichen Resten seines ehemaligen Gutes, die auch immer spärlicher zu werden schienen. Aber das kümmerte ihn wenig, denn nun war er unter die Sterne geraten, und die Welt hier unten bekümmerte ihn nur noch wenig. Er erlernte die Astrologie, er glaubte plötzlich daran, dass man das Schicksal der Menschen aus den Sternen lesen könne, und immer, wenn ich zu ihm kam, saß er zwischen endlosen Tabellen und Berechnungen und Horoskopen, und wenn ich ihn ansprach, schien er aus einer andern Welt zu kommen …

Mich soll man mit solchen Dingen besser verschonen, denn zum Berechnen der Gestirnstände bedarf man der höheren Mathematik, und ich habe es ja schon früher gesagt, dass ich in der höheren Mathematik immer nur sehr Kümmerliches geleistet habe. Aber ich war natürlich ganz bereit, meinen früheren Brotherrn, der längst mein Freund geworden, mit allen möglichen Geburtsdaten zu versorgen, nicht nur von mir, sondern auch von andern Leuten, damit er an diesen Geburtsdaten seine Astrologenkünste übe. So fragte ich denn auch meine Zimmerwirtin nach ihrem Geburtsdatum und dem ihrer Töchter, von denen sie drei hatte, aber keine zu Hause, d. h. in dem Zimmer der einen, der jüngsten Tochter, wohnte ich, die war nur von der Krankenkasse zu einer längeren Nierenkur verschickt, und es war ausgemacht worden, dass ich das Zimmer zu räumen hatte, sobald sie zurückkehrte.

Ich bekam die Geburtsdaten und gab sie meinem astrologischen Freunde, und als ich später einmal zu ihm zurückkehrte, berichtete er mir, es sei ihm etwas sehr Seltsames geschehen. Als er nämlich das Horoskop der jüngsten Tochter, in deren Zimmer ich hauste, berechnete, habe auch grade mein Horoskop auf dem Tisch gelegen, und da habe er ganz zufällig die beiden Horoskope gegeneinandergehalten. Da habe er eine solche Übereinstimmung der Gestirnstände gefunden, so geheimnisvolle Beziehungen zueinander, dass es ganz unmöglich sei, dass wir beide aneinander vorübergingen, sondern wir würden im Leben noch kräftig miteinander zu tun bekommen, im Guten wie Bösen, hauptsächlich im Guten …

Ich musste lachen, als mein astrologischer Freund mir das erzählte. Denn grade an diesem Tage hatte mir meine Wirtin, die mich so wegen meiner Bücklingskost verachtete, das Zimmerchen aufgekündigt, da ihre Tochter nun heimkehre. Ich hatte zu gehen, ehe sie kam, und so war keine Gelegenheit für diese Zusammenkünfte im Guten und Bösen, die mir da eben prophezeit worden waren. Mein Freund blieb aber fest dabei und meinte, ich solle bloß nicht albern sein, die Sterne lögen nicht …

Ich wusste nichts von Albernheit, ich wusste nur, dass ich zu ziehen hatte, und das war mir auch ganz recht, denn mein Heringsbrot bei den Exporthäusern war mir recht verleidet, denn es war gar zu mager geworden, und ich war entschlossen, in eine andere Stadt zu ziehen, wo mir so etwas wie eine kleine Anstellung bei einer Zeitung vielleicht womöglich unter glücklichen Umständen winkte. Aber die Umstände brachten es dann doch so mit sich, dass ich diese Tochter, die mich austrieb, zu sehen bekam, nur auf der Treppe, sie im Kommen, ich im Gehen, und dass wir ein paar Worte miteinander wechselten. Und die Umstände oder die Sterne oder was weiß ich haben es dann weiter mit sich gebracht, dass diese paar Worte auf der Treppe es zur Folge hatten, dass ich von meiner kleinen holsteinischen Stadt eines Sonntags weiter nach Hamburg fuhr, nur um diese Tochter wiederzusehen, und dass wir nach siebenmaligem Sehen miteinander verheiratet waren. Es ist schon eine seltsame Geschichte, und man möchte fast an die Horoskope glauben. Viele werden nun sagen, dass ich, eben weil ich durch das Gerede meines astrologischen Freundes aufmerksam gemacht worden war, auf das Mädchen ein Auge hatte, mich unbewusst beeinflussen ließ. Aber immerhin war ich damals kein so leicht zu beeinflussender Mensch mehr, ich war schon 36 Jahre alt, und meine äußeren Lebensumstände sprachen nicht sehr für Heiraten …

Ich muss dieses Rätsel ungelöst sein lassen wie so manches Rätsel in meinem Leben, das Wort Zufall scheint mir zu billig und das Wort Schicksal zu groß und zu weit in seiner Deutung. Aber ich sehe heute noch meinen Freund, nicht sehr sauber und arg mit Tabakasche beschmutzt, vor mir, an seinem schmutzigen, arg mit Tabakasche beschmutzten Schreibtisch, die Horoskope in der Hand und auf die Sternlinien deutend. Und ich sehe mich wieder in jenem hellen Hamburger Treppenhaus stehen (das Haus ist nicht mehr, der ganze Stadtteil ist nicht mehr), und ich habe meine paar Worte mit dieser Tochter gewechselt und sehe ihre langen Beine die Treppe hinauflaufen: tripptrapptreppe, und – Rätsel hin und Astrologie her! – ich freue mich dieser Erinnerungen!

Meine Stellung an der kleinen Zeitung in der kleinen holsteinischen Stadt war eigentlich keine Stellung, es war … Es gab also zwei Zeitungen in dieser Stadt, eine große und eine kleine, eine gute und eine schlechte, und ich hatte leider die kleine, schlechte Zeitung zu vertreten. Ich hatte sie derart zu vertreten, dass ich von Haus zu Haus und von Wohnung zu Wohnung ging und neue Abonnenten warb. Ausgerüstet war ich dabei mit einem notariell beglaubigten Schriftstück, dass meine Zeitung noch 4000 Bezieher habe. Aber ich hielt gerne, wenn ich das Schriftstück vorwies, den Daumen auf das Datum, denn das war schon ein bisschen sehr alt und unsere Bezieherzahl war unterdes weiter abgesunken, ich glaube, wir hatten keine tausend mehr. Bei jedem neuen Abonnenten, den ich warb, hatte ich 1,25 RM Bezugsgeld für den ersten Monat zu kassieren, und diese 1,25 RM waren mein einziger Lohn, mein einziges Einkommen. Ich glaube, es war ein noch schwerer verdientes Brot als das Adressenschreiben für die Hamburger Exporthäuser, und ich habe dabei etwas kennengelernt, was man die Angst vor dem Klingelknopf nennt. Morgens stürmte ich ja mit frischem Elan los, ich hatte mir einen bestimmten Stadtteil vorgenommen und war guter Hoffnungen voll. Aber wenn ich dann so die ersten zwanzig Klingelknöpfe gedrückt hatte und hatte nur böse oder brummige Gesichter zu sehen bekommen, die Tür war mir in meine ersten Worte hinein vor der Nase zugeschlagen worden, so ließ der Eifer nach, ich wurde zögernd, abergläubisch starrte ich auf die Namensschilder, überlegte, ob ein solcher Name glückverheißend sei, streckte den Finger aus nach dem Klingelknopf und zog ihn wieder zurück. Und nach einer Weile streckte ich ihn wieder aus und zog ihn wieder zurück. Und dann beschloss ich, dass mit diesem ganzen Haus nichts los sei, und schlich leise die Treppe hinunter, und nach dem nächsten Misserfolg verurteilte ich die ganze Straße, und schließlich war ich dann so weit, dass ich nirgend mehr zu klingeln wagte. Aber ich musste am Tage mindestens vier neue Abonnenten finden, sonst konnte ich meine Miete nicht zahlen und nicht essen, und so fing ich wieder mit Klingeln an und mit Reden, und wenn eine zusagte, so merkte ich, dass sie weniger der Zeitung wegen zusagte, an der ihr gar nichts lag, als bloß um mich loszuwerden, und das war kein angenehmes Gefühl.

Später dann wurde es ein wenig besser, ich durfte auch Anzeigen werben, und Anzeigen brachten mehr Geld, und die Geschäftsleute ließen sich viel leichter überreden als die Hausfrauen. Wenn dann das Teppichhaus Lührs mir eine halbe Seite oder das Kino eine achtel in Auftrag gegeben hatte, kam ich stolz und glücklich heim auf meine kleine Redaktion und kam mir wie was Rechtes vor, denn nun verdiente ich manchmal schon meine zweihundert Mark im Monat!

Das war aber auch nötig, denn unterdes hatten wir geheiratet, und wenn wir auch verabredet hatten, die Heirat sollte vorläufig nichts ändern, meine Frau arbeitete in Hamburg weiter und ich in meinem Nest, so spielte uns auch hier das Schicksal einen Streich, denn meine junge Frau wurde krank, und wenn sie doch einmal krank liegen musste, wo konnte sie das besser als bei mir, als bei uns? Wir hatten eine sehr seltsame Dachwohnung bei einem versoffenen Tischler, auf der einen Seite wohnte eine uralte Großmutter, die von ihrer alten Altersrente nicht nur lebte, sondern auch verbummelten

Enkelkindern aushalf, auf der andern Seite hauste eine Lederarbeiterin, die der lebenslange Umgang mit Leder auch ganz lederhäutig und ledermütig gemacht zu haben schien. In der Mitte aber hausten wir mit unserer Katze Hulemule, die sich so angefunden hatte und die eine Herumtreiberin war und blieb, immer schmutzig, immer verkommen, immer auf dem Sprung, auszureißen. Die Straße, in der wir wohnten, hieß der Kuhberg, und viel anders ging es da nicht zu, ganz so, wie es von einem Kuhberge zu erwarten ist, aber das alles störte uns gar nicht. Wir waren glücklich, und wenn ich abends nach Hause kam von meiner ewigen Rennerei durch die Stadt und hatte acht Mark in der Tasche oder gar zehn, so kamen wir uns wie die Könige vor und machten noch späte Einkäufe in einem Lebensmittelladen, und manchmal fingen wir schon auf dem Heimwege an, aus dem Papier zu abendbroten, und es schmeckte uns immer köstlich.

Ich aber stieg und stieg bei meiner kleinen Zeitung, ich wurde das Mädchen für alles, ich warb nicht nur Abonnenten und Anzeigen, nein, ich fing auch an zu schreiben. Ich machte Berichte über Vereinssitzungen, ich schrieb Kinokritiken, die natürlich immer lobend sein mussten, sonst bekam ich das nächste Mal keine Anzeige, und schließlich wurde ich sogar auf die Polizei geschickt und machte die Berichte über all die Schandtaten, die sich in so einem kleinen Städtchen begaben. Es waren damals so um 1928 herum schlechte Zeiten in Deutschland, und wir wussten es zu würdigen, dass wir wenigstens einigermaßen leben konnten. Wir lebten für den Tag und machten uns kein Kopfzerbrechen um den nächsten, und so gingen denn die Tage einer nach dem andern dahin, und jeder hatte neben manchen Sorgen auch seine Freude!

Es begab sich aber unter diesen Tagen, dass unser Chefredakteur, der aber auch unser einziger Redakteur war, der der Mann war, der die Zeitung machte, mich zu sich heranwinkte und mir sagte: »Hören Sie mal, Fallada, mir hat da die Reichsbahn zwei Fahrkarten für eine Fahrt ins Blaue geschickt. Ich habe keine Zeit, wollen Sie mit Ihrer Frau fahren? Sie müssen aber eine halbe Seite darüber schmieren!«

Ich erklärte dem Gewaltigen, dass ich erst mal mit meiner Frau reden müsse, denn wenn auch die Fahrt frei war, man muss ja auch während solcher Tagesfahrt leben, und diese Frage musste eben erst geklärt werden. Es ergab sich aber, dass wir noch fünf Mark besaßen, und so wollten wir es denn wagen, und an einem schönen Sommermorgen saßen wir denn im Zuge und fuhren ins Blaue. Das Blaue erwies sich als die Insel, über den grade neu gebauten Hindenburgdamm ging die Reise nach dem Badeort Westerland. Dort entstiegen wir dem Zuge und wollten an den Strand, ans Meer. Aber die Kurverwaltung Westerland hatten Meer und Strand abgesperrt, und nur gegen Zahlung einer Tageskurtaxe von 1 RM pro Kopf gab sie den Weg frei. 2 RM von unserer kleinen Barschaft opfern, bloß um an einen übervollen Strand zu kommen, das schien mir etwas viel verlangt, und so sagte ich denn zu meiner Frau: »Komm, lass uns hier den Strand entlanggehen! Einmal muss die Sperre ja ihr Ende nehmen!« Wir wanderten fort, und als wir lange genug gewandert waren, erreichten wir auch den Strand und die See und die Einsamkeit, und wir genossen das alles, und als wir Hunger bekamen, gelangten wir in das Örtchen Kampen und aßen – ich werde es nie vergessen – herrlichen Entenbraten und behielten sogar noch über von unserm Geld!

Als aber der Abend herangekommen war, gingen wir noch einmal an die Seekante, denn wir hatten beschlossen, von dem Rest unserer Barschaft mit dem Bimmelbähnchen von Kampen nach Westerland zu fahren. Und an der Seekante stand ein großer Mann mit einer Baskenmütze auf dem Kopfe, und einen Augenblick sahen wir uns zweifelnd an, ich und der große Mann. Dann aber fragte jeder »Rowohlt?« –

»Fallada?« – und so sahen sich Verleger und Autor nach vielen Jahren wieder. Ich hatte nie mehr an diese verstoßenen Kinder gedacht, er aber hatte sie nicht vergessen und erkundigte sich genau, wie wir wohl lebten und was ich arbeitete, und als ich mit meinem wenig Üppigen zu Ende gekommen war, sagte er entschieden: »Das ist aber nichts für Sie, Fallada! Das ist doch kein Leben für Sie. Schreiben Sie mir nach Berlin, was Sie allermindestens zum Leben gebrauchen, und dann will ich sehen, dass ich Sie dort irgendwie unterbringe, bei einer Zeitung oder Zeitschrift oder auf einem Verlage – also, atjüs!« Denn unser Zug fuhr, und wir mussten aus dem Blauen zurück in die kleine Stadt zum Anzeigen- und Abonnentenwerben und zum Schreiben kleiner Artikel, und auch meinen ›Riemen‹ über diese wirkliche Fahrt ins Blaue schrieb ich.

Ich will es nun nicht weitläufig erzählen, wie wir in den nächsten Monaten zwischen Hoffen und Verzweifeln hin und her schwankten, wie uns unser kleines, bisher so geliebtes Dasein ganz unerträglich geworden schien, seitdem der große Stern Berlin am Himmel uns aufgegangen war, wie wir schließlich ganz verzweifelten, da sich plötzlich herausstellte, dass ich, der ich bisher bei meinem Blättchen immer der überflüssigste Mann zu sein schien, nun um keinen Preis losgelassen werden sollte, als wir wirklich nach Berlin konnten, wie wir ums Reisegeld kämpften und keine Wohnung fanden in der großen Stadt, die unserm Einkommen angemessen schien, kurz und gut, schließlich sind wir vier Monate später doch in Berlin, wohnen in der Nähe vom Kriminalgericht Moabit in einem möblierten Zimmer, und alle Tage gehe ich auf den Rowohlt-Verlag und klebe Kritiken über Bücher auf grüne Zettel und verbuche diese Kritiken und schreibe Adressen aus, an welche Zeitungen Freiexemplare zu senden sind, bin also ein kleiner, ein sehr kleiner Angestellter, und wenn die Klingel geht und der Bote ist grade nicht da, so mache ich die Tür auf und melde die berühmten Schriftsteller beim Verleger Rowohlt an, den Herrn Tucholsky, und den Herrn Emil Ludwig und den Herrn Albert Ehrenstein und wie sie nun alle heißen.

Ja, ich bin nur ein sehr kleiner Verlagsangestellter, und von aller Literatur und allem Bücherschreiben scheine ich meilenweit entfernt. Aber in einem Punkte unterscheide ich mich von meinen Mitangestellten doch: der Herr Rowohlt hat verfügt, dass meine Arbeitszeit jeden Tag mittags um ein Uhr zu enden hat, während die andern alle bis fünf oder sechs Uhr am Abend sitzen müssen. Warum das so ist, das weiß ich nicht, ich nehme es zu Anfang auch nur als etwas Angenehmes hin, es *ist* angenehm, schon um ein Uhr nach Haus zu gehen und den ganzen Nachmittag für sich und seine junge Frau freizuhaben. Später entdecke ich dann, dass so ein Nachmittag lang ist, dass die Frau nicht immer Zeit für den Mann hat, dass es langweilig ist, so herumzusitzen … Ja, was tut man nur? Was tut man in aller Welt, wenn man so gar kein Talent hat, nichts zu tun und faul zu sein?

Ja, da fällt mir ein, dass ich eigentlich noch eine Sache auf dem Herzen habe, eine Sache, mit der ich noch nicht klargekommen bin. Als ich noch bei der Zeitung in dem kleinen holsteinischen Nest war, erklomm ich zum Schluss eine so hohe Stufe der Berichterstattung, dass ich sogar einem endlosen politischen Prozess beiwohnen und über ihn schreiben durfte. Bauern hatten auf Finanzämter Bomben geworfen, Bauern hatten einen politischen Umzug veranstaltet, aus dem dann eine große Schlägerei geworden war – und gegen diese Bauern wurde nun verhandelt. Aber wie das nun einmal bei einer Zeitung so ist, ich durfte nicht ganz so über die Dinge berichten, wie sie mir vorkamen, ich hatte der politischen Tendenz des Blattes entsprechend zu berichten und wie es meine städtischen Leser erwarteten, kurz, ich hatte nie das schreiben können, was ich auf dem Herzen hatte.

Das fiel mir wieder an meinen freien Nachmittagen ein.

Ich hatte nun Zeit, das Versäumte nachzuholen, aber nur nachholen? Nur aufzeichnen, was damals gewesen war, was ich im Gerichtssaal vor Augen gehabt hatte? Das schien mir zu wenig, es schien mir auch, als könne das keinen Menschen so recht mehr interessieren. Ein Prozessbericht muss frisch sein, ein reiner Prozessbericht liest sich nach vier Wochen wie ein Bericht über die Neuigkeiten vor hundert Jahren. Und dazu schien mir als Drittes, als wüsste ich viel mehr, als damals im Gerichtssaal gesagt worden war über die Dinge, die draußen auf dem Lande und in der Stadt geschehen waren. Als könnte ich über das Leben der Angeklagten und der Zeugen erzählen, als könnte ich diese ganze große Sache lebendig machen, als sei sie eben erst geschehen …

Ich weiß nicht, wie lange ich damals mit diesen Gedanken herumgelaufen bin, wie sie sich in mir formten, Gestalt annahmen, bis schließlich das Wort ›Roman‹ in mir auftauchte. Ja, es stellte sich nun heraus, dass ich einen Roman schreiben wollte, ich wollte es wenigstens versuchen, denn ich hatte keine Ahnung, ob ich es konnte. Jene Bücher damals, von außen inspiriert, nur mit der eigenen lieben Persönlichkeit – du lieber Himmel, die konnte man nun wirklich nicht mit dem in Vergleich setzen, was ich nun vorhatte. Nämlich ich hatte vor, eine ganze Welt zu gestalten, Dutzende von Figuren leben und sprechen zu machen, Taten geschehen zu lassen, Folgen zu zeigen – nein, das war schon etwas sehr anderes als das, was ich einmal versucht und dann wieder aufgegeben hatte.

Maupassant hat es einmal erzählt, wie er bei dem großen Meister des französischen Romanes, bei Flaubert, in die Schule gegangen ist und wie er da so schreiben gelernt hat, dass er es für immer konnte. Ich hatte keinen Lehrer, ich musste mein eigener Lehrer sein, und ich musste es eben versuchen, gehe es nun gut oder schlecht. Ich bin ein so abergläubischer, so heimlicher Mensch, dass ich keinem Menschen, nicht einmal meiner Frau ein Wort von dem sagte, was ich da vorhatte: ach du lieber Himmel, irgendwelche Schreibereien über den Prozess damals, du weißt doch noch, nicht wert, davon zu reden! Nein, ich war in diesen Tagen, da ich meine Arbeit begann (und immer sorgfältig fortschloss) besonders brummig und mürrisch, bloß damit ich nicht nach ihr gefragt wurde, dies war eine Sache, die ich ganz allein mit mir abzumachen hatte, und niemand wusste, wie es ausgehen würde …

Ach, diese herrlichen Stunden, die ich da in meinem Zimmer in der Calvinstraße verbrachte, als ich anfing, das, was in mir so lange gelebt, nun zu Papier zu bringen! Ach, diese kläglichen Stunden, da ich mit den Schwierigkeiten der Technik kämpfte, da ich nicht wusste, was zuerst zu erzählen, wie eine Handlung vorzubereiten, etwas schon früher Geschehenes dem Leser nachträglich beizubringen war. Diese endlosen Dialoge mit ihrem sagte sie, sagte er, antwortet sie, widersprach er … Wie da herauskommen? Wie mir der Kopf dampfte, wenn die Handlung sich immer mehr verwickelte, wenn kein Ende der Schwierigkeiten abzusehen war! Wie oft bin ich abends zu Bett gegangen, spät, lange schon schlief meine Frau, und wusste bestimmt: morgen geht es aber bestimmt nicht weiter, hieraus findest du keinen Ausweg! Vertan, du jämmerlicher Nichtskönner, du!

Und der Morgen kam, und ich wachte verdrossen auf, durch den Tiergarten trabte ich auf mein Büro, ordnete Kritiken, klebte sie auf, öffnete die Tür und führte berühmtere, begabtere Menschen in das Allerheiligste des Verlages – und keine Erleuchtung hatte sich gezeigt. Es gab eben kein Weiter!

Aber wie die Spinne immer wieder das immer wieder zerrissene Netz neu webt, so kehrte ich zurück zu meinen Manuskriptblättern, ich setzte mich hin, den Kopf noch ganz dumm von Unwissen, ich fing an, irgendwas zu kritzeln, irgendein Sätzchen, das ebenso gut nicht geschrieben wurde, bloß um doch was zu schreiben … Und plötzlich fängt die Feder an zu eilen, plötzlich weiß ich, wie alles weiterzuführen ist, plötzlich überstürzen sich die Einfälle nur so, und mein Kopf wird immer heißer, so schnell kann ich gar nicht schreiben, ich bekomme es mit der Angst, dass ich wieder vergesse, was mir eben für das nächste Kapitel eingefallen ist. Und habe doch nicht die Zeit, mir Notizen zu machen, denn ich muss erst einmal das Nächstliegende aufzeichnen, und so jage ich denn hin, Stunden und Stunden und Stunden, und wenn ich zum Abendessen gerufen werde, so komme ich wohl, aber ich sitze dabei wie nicht von dieser Welt, und ich weiß nicht, was ich esse, und ich muss meiner Frau manchmal vorgekommen sein wie ein Wahnsinniger.

Bis dann der Strom wieder abflaut, bis ich ruhiger schreibe, bis es drei oder vier Tage später wieder zu einem Halt kommt. Und bis ich mir wieder sage, diesmal weiß ich bestimmt nicht weiter.

Und so im Auf und Ab wird schließlich der Roman beendet, den ich zuerst »Ein kleiner Zirkus namens Monte« benannte, und der dann später unter dem Titel »Bauern, Bonzen und Bomben« erschienen ist. Als ich etwas zagend meinem Verleger Rowohlt das Manuskript übergab, war ich 37 Jahre alt und dachte nicht daran, je einen zweiten Roman zu schreiben. Mit diesem einen, dachte ich, hatte ich genug getan, ich hatte mir vom Herzen geschrieben, was unerledigt es bedrückte, und damit war es genug. Aber es ist ein seltsam Ding mit dem Schreiben von Büchern, es liegt etwas Verführerisches darin. Immer in der nächsten Zeit, wenn ich herumging und nichts zu tun hatte, als eben herumzugehen, immer, wenn ich den Tisch ansah, an dem ich »Bauern, Bonzen und Bomben« geschrieben, spürte ich ein Gefühl der Leere in der Brust. Und wenn ich nachts wachend lag, und ich lag jetzt oft wach, da mein Kopf nichts mehr zu bedenken hatte, dann dachte ich, ob denn das mein Leben sein solle, in einem Hinterzimmer des Rowohlt-Verlages Kritiken auszuschneiden und auf grünes Papier zu kleben, Freiexemplare zu versenden und ihre Besprechung zu buchen? War ich darum auf dieser Welt? Es schien so wenig Sinn in alldem.

Und dann dachte ich wieder an die hohen Stunden, die ich bei der Niederschrift meines ersten Buches gehabt. Es war wie ein Rausch oft gewesen, aber ein Rausch über alle Räusche, die irdische Mittel spenden können. Noch die schlimmsten Stunden, da ich ganz und gar daran verzweifelt war, wie es weitergehen sollte, schienen mir besser als jetzt meine schönsten Freistunden. Nein, es war schon so, ich hatte von einem Gift getrunken, das ich nicht wieder loswerden konnte aus meinem Körper und Geist, und nun dürstete es mich danach, mehr von diesem Gift zu trinken, es immer zu trinken, jeden Tag, den Rest meines Lebens hindurch.

Ich weiß nicht, ob ich mich klar und verständlich genug ausdrücke. Was ich sagen will, das ist dies, dass ich nicht mehr aufhören konnte, da ich nun einmal angefangen, dass ich unter einem Zwange handelte, als ich beschloss, noch einen Roman zu schreiben, jenes Buch, das dann später unter dem Titel »Kleiner Mann – was nun?« ein Welterfolg wurde. Ich habe es gewiss nicht meiner Leser wegen geschrieben. Ich denke nie an meine Leser, wenn ich ein Buch schreibe. Ich denke nur an das Buch, an seine Gestalten, an seine Schicksale. Wenn ich außer diesen Dingen an etwas denke, so denke ich sehr eigensüchtig an mich selbst, ich hole mir das höchste Glück, das das Leben zu verschenken hat, ich hole es in Brust und Herz: ich schreibe. Ich schreibe, ich schreibe jede Stunde des Tags und des Nachts, ob ich nun an meinem Schreibtisch sitze oder umhergehe, ob ich Briefe beantworte oder hier mit Ihnen rede, alles wird mir zum Buch, eines Tages wird es Buch geworden sein, davon ein Stückchen und dort eine Miene und hier die Stühle und Tische und Fenster. Alles in meinem

Leben endet in einem Buche. Es muss so sein, es kann nicht anders sein, weil ich der bin, der ich wurde.

Ich habe Ihnen von meinem früheren Leben erzählt, es sah wirklich nicht danach aus, viele Jahre sah es nicht danach aus, dass ich ein Bücherschreiber werden würde. Ich ging umher und tat meine Arbeit auf den Feldern der großen Güter und in den Büros der großen Städte wie jeder andere. Ich wusste selbst nichts davon, dass es etwas anderes für mich zu verrichten gab. Aber als ich dann mein erstes Buch geschrieben hatte, gab es kein Aufhalten mehr für mich, und nach dem ersten kam das zweite, und ihm folgte das dritte, und so bin ich mit den Jahren das geworden, was man einen alten Bücherschreiber nennen kann, und ich habe nichts mehr als sie im Kopfe, und es ist kein Gedanke mehr daran, dass ich zu einer andern Tätigkeit zu gebrauchen wäre.

Aber ich bin den Ereignissen weit vorausgeeilt, wie man so sagt, eigentlich sind wir ja noch dort, wo ich meinem Verleger Rowohlt ein wenig zagend meinen ersten Roman in die Hände lege. Nun, er las ihn, denn er ist ein Verleger, der die Bücher seiner Autoren alle selber liest, was durchaus nicht alle Verleger tun, und sein erster Lektor las ihn und sein zweiter Lektor las ihn, und immer mehr Leute lasen ihn, lange ehe er zum Druck befördert wurde, und darüber wandelte sich mein Gefühl der Zagheit allmählich in die feste Überzeugung, dass ich einen Roman geschrieben hatte, einen richtigen Roman, und dass er imstande sein würde, die Leute zu fesseln und auch von der Kritik günstig beurteilt zu werden. Es war mir also auch ohne Lehrmeister, auch ohne die Anleitung eines Flaubert gelungen, einen richtigen Roman zu schreiben.

Weiter gehe ich nicht, sehen Sie, weiter gehe ich nicht, denn ich muss Ihnen hier ein seltsames Geständnis machen: es hat mich nämlich nie interessiert, was meine Leser oder was die Kritik zu meinen Büchern zu sagen hat. Ich kann es Ihnen versichern, dass mir nichts lästiger ist als jene Leute, die mir erzählen, dass sie den ganzen Fallada gelesen haben, und die mich dann mit ihren Lobpreisungen überhäufen, und geradezu verhasst sind mir jene, die mich stellen und anfangen, mir Episoden aus den eigenen Werken zu erzählen und zu rühmen, wie köstlich diese Episoden doch seien. Und was in den Zeitungen über mich steht, sei es nun gut oder schlimm, das bekümmert mich nicht, ich lese es schon seit vielen Jahren nicht mehr, und kommt es mir doch einmal zu Auge, so geht es mich nichts an, es interessiert mich nicht, es hat nichts mit mir zu tun.

Das klingt vielleicht sehr undankbar, aber ich bin nicht undankbar. Sie haben nicht vergessen, dass ich Ihnen von dem Gifte erzählt habe, das mich seit dem Schreiben meines ersten Buches vergiftete, so dass ich immer weiterschreiben musste? Und Sie haben weiter nicht vergessen, dass ich meine Bücher nur schrieb wegen der Gestalten in ihnen, ihrer Schicksale, dass ich nie an meine Leser dachte? Sehen Sie, darin liegt schon viel begründet. Ich schreibe die Bücher ja nicht um der andern willen, nicht um meine Leser zu erfreuen, schreibe ich sie, ich schreibe sie nur mir zur Freude, mich wie ein kleiner Herrgott und Weltenschöpfer zu fühlen, darum schreibe ich sie. Ich verdiene keinen Dank und kein Lob, und so mag ich auch von Dank und Lob nichts hören. Es ist, gradeheraus gesagt, als hätte sich jemand gar wundervoll betrunken und nun kämen die Leute daher und dankten ihm dafür, dass er sich so bildschön die Nase begossen hat. Nein, nein, das geht doch nicht.

Und die andere Seite der Sache, die Kritik –? Ja, es klingt vielleicht sehr überheblich, dass ich auch von Kritik nichts hören will. Aber da muss ich sagen, dass jemand, der es so ernst nimmt mit seiner Schreiberei wie ich, und meine Bücher mögen nun viel oder wenig sein, ernst nehme ich sie, dass also solch ein Buchschreiber und Romanvater sein eigen Kind am allerbesten kennt. Ich weiß genau, wo seine Schwächen sind, wo der Strom ausgesetzt hat, wo ich gepfuscht habe, das alles weiß ich nur zu gut. Stünde es in meiner Macht, ich würde es ändern, noch immer ändern, aber leider steht es nicht in meiner Macht.

Und damit kommen wir zu einem andern Kapitel und einem neuen Geständnis, nämlich zu dem, dass ich schon nach kurzer Zeit alles vergesse, was ich in einem Buche geschrieben habe. So vollkommen vergesse, dass mich selbst Erinnerungen an von mir Geschriebenes nicht wieder aufklären können. Ich zucke dann nur ungewiss die Achseln und sage: ›Möglich, dass das in einem meiner Bücher steht. Aber ich weiß es nicht.‹ Ich weiß es so wenig, ich vergesse so vollkommen den Inhalt meiner Bücher, dass es mir schon vorgekommen ist, dass ich Geschichten zweimal erzählt habe und habe es nicht gemerkt. Und nie hat mich etwas dazu bewegen können, je wieder in eines meiner Bücher hineinzuschauen, davor schaudert mir gradezu.

Warum das so ist, dafür gibt es wohl mehrere Gründe. Der eine ist der, dass das Kind seinen Weg in der Welt nun allein gehen muss, wenn es denn ein recht geratenes Kind ist. Der Vater kann nicht immerzu daneben herlaufen und es beschützen wollen. Es ist fertig, und der Vater, der in diesem Falle ja zugleich die Mutter ist, hat nun mit andern Kindern zu tun. Das ist der eine Grund, aber er ist der schwerwiegendste nicht. Der für mich schwerwiegendste Grund, ein Buch nie wieder anzusehen und es völlig zu vergessen, ist ein ganz anderer. Ich würde Ihnen hier ein ganz falsches Bild von der Schriftstellerei geben, wenn ich den Eindruck erweckte, ein Schriftsteller habe nichts zu tun, als Romane zu schreiben. Das ist der angenehme, aber der zeitmäßig weitaus kleinere Teil der Beschäftigung. Wenn der Roman nämlich mit der Hand geschrieben ist – ich gehöre zu den Schriftstellern, die jede Zeile noch mit der Hand schreiben müssen, ich kann gar nicht in die Maschine dichten –, wenn also der Roman fertig ist, dann muss er doch ein bisschen überarbeitet und in die Maschine diktiert oder selber getippt werden. Manchmal tue ich das selbst, manchmal diktiere ich ihn. Und das Getippte muss dann sehr genau auf Tippfehler durchgesehen werden, das ist dann schon das dritte Mal, dass ich mein Kind sehr genau durchsehe. Dann haben es Verleger und Lektoren gelesen, und nun bekommt der Autor eine Wunschliste, je nachdem lang oder kurz, aber der Wunschzettel kommt. Und er enthält einmal eine Aufstellung von sachlichen Irrtümern, die dem Autor trotz aller Aufmerksamkeiten unterlaufen sind, und zum Zweiten zählt er die Dinge auf, die dem Lektor unerwünscht, bedenklich, gefährlich oder auch unwahrscheinlich erscheinen. Der Autor kann gar nicht anders, er muss sich hinsetzen und sein Kind zum vierten Male durchnehmen, oft sehr genau durchnehmen.

Sind wir nun fertig? Nein, nun fangen wir an. Denn nun geht der Roman in den Druck, und die Dinge liegen meist so, dass der Autor dreimal Korrektur lesen muss, erst die sogenannten Fahnen, dann die Umbruchkorrektur, schließlich die Autorenkorrektur. Das sind so drucktechnische Dinge, von denen ich erstens selbst nicht allzu viel verstehe und mit denen ich Sie zweitens nicht langweilen will, aber jedenfalls: Es muss sein, und nun haben wir nach der letzten Korrektur den Roman siebenmal gelesen und geschrieben, und ich kann Ihnen versichern, bei diesem Korrekturlesen lese ich oft zwanzig Seiten und weiß nicht ein Wort hinterher von dem, was ich da gelesen habe. Der Kopf will einfach nicht mehr, es ist, als wollten Sie Vokabeln lernen und lernen, die Sie seit Jahren schon genau kennen, als wollten Sie ein Lied auswendig lernen, das Sie von der ersten bis zu letzten Strophe absingen können.

Sind wir nun mit unserm Kinde fertig –? Nein, jetzt fangen wir erst richtig damit an! Denn die meisten meiner Bücher sind ja vor dem Erscheinen in Buchform erst in einer

Zeitung oder in einer Illustrierten vorabgedruckt worden, und ein solcher Vorabdruck bedarf wieder einer besonderen Bearbeitung. Denn einmal kann eine Zeitung nie einen so langen Roman wie die Buchform bringen, die Leser würden den Anfang über den Schluss vergessen, und dann muss in einem Vorabdruck vieles heraus, was auf einen weiten Leserkreis anstößig wirken könnte. Also noch einmal durcharbeiten, auf die Hälfte kürzen, Übergänge schreiben, weglassen, zusetzen, ergänzen. Einmal, zweimal, dreimal – hoffentlich ist es nun so recht. Hoffentlich.

Und dann kommt der Film. Ja, dieser Roman soll nun auch verfilmt werden, man muss aus dem Roman ein Drehbuch machen für einen Film, der nicht mehr als zweieinhalbtausend Meter haben darf, also ran an die Sache und wieder umgearbeitet! Ich habe es mir mal wieder überschlagen, und ich bin dabei zu dem Ergebnis gekommen, dass der Autor so seinen Roman etwa ein Dutzend Mal vorzunehmen und zu überarbeiten hat. Sicher nicht angenehm, mühselige Tagesarbeit, aber besser noch, man tut sie selbst, als dass ein anderer sie macht. Denn man selbst kennt sein Kind doch am besten, und es tut einem weh, wenn man es als Vater plötzlich in ganz falschen Tönen reden hört und mit Worten, die man ihm nie in den Mund gelegt hatte. Das ist eine große, aber nicht zu umgehende Schattenseite meines Berufes, aber danach werden sie es verstehen, dass ich nach der letzten Umarbeitung mein Kind aus der Hand legen und es nie wieder sehen und nie wieder von ihm hören will. Ja, dass ich es nun ganz vergesse. Es hat ein wenig zu oft mein Hirn und mein Herz beschäftigt, ich habe zum Schluss meinen Kopf ja direkt zwingen müssen, sich damit zu befassen. Und nun, da es nicht mehr nötig ist, will ich es nicht mehr, und er will auch nicht mehr. Fort und vergessen, zu einem neuen Buch, wieder hinein in die Schöpferfreude, und wenn dann das Buch kommt oder der Film oder der Vorabdruck oder auch eine

Kritik oder ein wohlgesinnter Leser, so denke ich: ach ja, das war damals, ja, das ist schon lange her, aber jetzt beschäftige ich mich mit einem ganz andern Buch, jetzt lebe ich in einer ganz anderen Welt, geht mir doch mit dem, was einmal war und das schon so lange vergangen ist!

Mit meinem ersten Roman aber, mit »Bauern, Bonzen und Bomben« aber, oder wie ich ihn für mich ganz einfach nenne, mit B. B. B., ist es mir noch seltsam ergangen. Ich habe gesagt, dass Verleger und Lektoren und mancherlei Leute nicht ungünstig auf dieses mein erstes Kind sahen, und es erreichte mich auch die Nachricht, dass die Kölnische Illustrierte den Roman zum Vorabdruck erworben hätte. Ich habe mich nicht aus Ruhmsucht darüber gefreut, sondern aus einem andern, sehr materiellen Grunde: ich sollte nämlich viel Geld dafür bekommen, ich will es verraten, ich sollte 9000 Mark dafür bekommen. Nun wissen Sie es ja, wie wir bis dahin gelebt hatten, von heute auf morgen, von dem kleinsten Gehalte, nicht ein einziges Möbelstück nannten wir bis zur Stunde unser Eigen, da war es kein Wunder, dass wir über dieses in Aussicht stehende viele, viele Geld fast aus dem Häuschen gerieten. Ach, was haben wir gesessen und Pläne gemacht, was wir mit dem Gelde alles tun wollten. Damals konnte man ja, schien uns, für 9000 Mark noch die halbe Welt kaufen. Bei unsern Spaziergängen, wenn wir bei den Mahlzeiten saßen, abends im Einschlafen redeten wir davon, wir machten uns säuberliche Listen und machten neue Listen, und dem einen fiel dies ein, und dem andern fiel jenes ein, und die 9000 schienen ganz unerschöpflich, und unsere Listen wurden immer länger, dort oben in unserm möblierten Zimmer am Kriminalgericht Moabit.

Und dann kam das Geld, aber damals war so eine gespannte Lage, dass ich es nur in Raten bekam, dann mal 500 und dann wieder 1000 Mark. Aber das machte uns gar nichts aus, wir dachten nicht an die angespannte, an die gefährliche Wirtschaftslage, wir gingen hin und kauften ein. Wir kauften uns ein Siedlungshäuschen mit 2½ Zimmern – auf Abzahlung und Möbel – auf Abzahlung und Kleider und Wäsche und Hausgerät – auf Abzahlung und Bücher – auf Abzahlung. Und wir zogen hinaus aus der Stadt in einen östlichen Vorort in eine Straße, die so nett hieß wie Der grüne Winkel (die aber nicht viel Grünes hatte), und dort lebten wir denn herrlich und in Erwartung weiterer Zahlungen – auf Abzahlung.

Aber an einem schwarzen Tage erfuhr ich, dass es keine weiteren Zahlungen vorläufig mehr geben würde, sondern dass mein guter Verlag in Konkurs gegangen war (damals gingen in Berlin die größten Banken und Geschäfte in Konkurs), und mein Geld steckte nun in der Konkursmasse und ich bis über die Ohren und weit tiefer noch in den Schulden! Oh, das waren sehr schwere Stunden und Tage und Wochen, ich wusste nicht, wovon ich die nächsten Raten bezahlen sollte, ja, es war nicht einmal möglich, die nötigsten Lebensmittel zu kaufen, und so plagte ich meinen Kopf und schrieb Geschichten und Geschichtchen für Zeitungen, und alles, was das einbrachte, war doch nur wie ein Tropfen auf den heißen Stein. So hatte ich denn nur Sorgen erschrieben, und es war mir ziemlich egal, dass an allen Anschlagsäulen mein Name als des Verfassers von B. B. B. stand und auf den Vorabdruck in der Kölnischen Illustrierten aufmerksam machte.

Aber irgendwie gingen auch diese Tage vorüber, wie eben alle Tage vorübergehen, die guten mit den schlechten, und der Verlag sanierte sich, und ich bekam mein Geld auf Heller und Pfennig und konnte meine Schulden bezahlen, und wir lebten nicht mehr auf Abzahlung, sondern in unserm Eigentum. Da war ich schon wieder tief drin im Schreiben des Buches »Kleiner Mann – was nun?«, und die Welt draußen interessierte mich nicht mehr sehr, und ich ging wieder einmal umher als ein Träumender.

Dann wurde das Buch fertig, und wir fanden diesen Titel dafür – ja, ich muss Ihnen gestehen, ich weiß eigentlich nicht, wer den Titel fand, der dem Buche zu solchem Erfolge verhalf. Ursprünglich hieß das Buch »Der Murkel«, aber alle fanden, dass dies kein guter Titel sei. Und so saßen wir denn eines Tages zusammen auf dem Verlage, Rowohlt und meine Frau und ich und die beiden Lektoren, und es können auch andere Leute noch dabei gewesen sein, ich weiß es nicht mehr. Und Rowohlt sprach uns immer wieder den Titel eines damals erfolgreichen Romanes vor: »Wohin rollst du, Äpfelchen?«, als ein Muster dessen, was wir zu finden hatten, gewissermaßen. Und da saßen wir nun, ziemlich dumm eigentlich, und machten Vorschläge, die alle gleich verworfen wurden, und dann herrschte wieder Stille, und in die Stille hinein sagte Rowohlt wieder einmal: »Wohin rollst du, Äpfelchen?« – und plötzlich war der Titel da, »Kleiner Mann – was nun?« war geboren. Wer hat ihn gefunden? Ich weiß es nicht mehr. Ich möchte beinahe annehmen, dass ich ihn gefunden habe, da niemand jemals mich darauf angesprochen hat, dass er der Vater dieses Titels sei. Also werde ich es wohl gewesen sein. Aber ich weiß es nicht mehr, genauso wie ich nicht mehr weiß, was in diesem Buch vom »Kleinen Mann« steht, ich habe es vergessen.

Und der »Kleine Mann« wurde das, was man einen Welterfolg nennt, was heißen soll, dass es in sehr viel Sprachen übersetzt wurde, dass es seinen Autor sehr bekannt machte und dass es viel Geld einbrachte. Ich kann Ihnen nur sagen, dass ein Welterfolg nichts Angenehmes ist – wenigstens nicht für mich. Alle möglichen Leute schrieben mir plötzlich, und die meisten wollten Geld von mir, und wenn es mit einer Widmung abging, so war es gnädig. Und ich sollte da reden und dahin zu Besuch kommen und dort was eröffnen und für diese Zeitung einen Artikel schreiben und jenem Verlage meinen nächsten Roman geben und diese wunderbare Erfindung finanzieren, die mich unbedingt zum Millionär machen würde. Und Schlösser wurden mir zum Kaufe angeboten, und jetzt, da ich um keinen Preis mehr Landwirt sein wollte, hätte ich der Besitzer von Gütern werden können und mir meine eigenen Beamten halten, da ich doch nichts weiter wollte als in Ruhe weiter Bücher schreiben.

Aber dieser Ansturm, der übrigens bald wieder abflaute und sich auf einen noch berühmteren Mann stürzte, war noch nicht das Schlimmste an dem Welterfolg. Sondern das Schlimmste war das Geld. Noch vor sehr kurzer Zeit hatte ich von einem sehr bescheidenen Einkommen leben müssen, und wir hatten kaum etwas besessen. Dann war ja mit B. B. B. ein wenig Geld in unser Haus gekommen, aber weiter als bis zu einem Häuschen mit zwei und einem halben Zimmer hatte es doch nicht gereicht. Jetzt aber fing das Geld an zu strömen. Es schwoll immer mehr an, es kam nicht nur aus Deutschland, es kaum aus zehn, aus zwanzig Ländern, und es schien immer mehr zu werden, es schien nie enden zu wollen …

Niemandem kann ein so plötzlich erworbener Reichtum bekommen, man muss auch mit Geld umgehen lernen, und das hatte ich in meinem Leben bisher nicht gelernt. Ja, mit wenig hatten wir uns ausgezeichnet eingerichtet, das konnten wir, mit zwei-, mit dreihundert Mark im Monat konnten wir ausgezeichnet leben. Aber mit zweitausend oder mit zwanzigtausend? Konnte man sich nun eigentlich alles erlauben, die halbe Welt kaufen, oder wie war das. Ein alter weiser Bücherrevisor sagte mir damals den Satz, den ich immer für wahr erfunden habe: »Ja, Fallada«, sagte er, »mit wenig Geld gut auskommen, das ist gar keine Kunst, aber mit viel Geld sich einrichten, dass man all seinen Verpflichtungen gerecht wird, das können die wenigsten.«

Ich jedenfalls konnte es nicht. Ich hörte mit Arbeiten auf, denn ich hatte ja nun eine ganz neue Beschäftigung entdeckt:

Geld einnehmen und Geld ausgeben, und ich bemühte mich sehr erfolgreich, diese Beschäftigung möglichst töricht auszuüben. Ich wusste wirklich nicht mehr, was alles ich anfangen sollte, und ich war auf dem allerbesten Wege, meine Familie, meine Arbeitslust und meine Gesundheit zu ruinieren, mein Vermögen dazu, als Freunde und meine Frau mich schließlich bestimmten, vor diesem wahren Goldrausch aufs Land zu fliehen.

In einem kleinen Mecklenburger Dorfe, wo ich mir ein ganz kleines Anwesen erworben hatte, kam ich schließlich wieder zu Besinnung und zur Vernunft. Es war auch hohe Zeit. Denn der Welterfolg war von dem nächsten Welterfolg abgelöst worden (kein Welterfolg hält länger als ein halbes Jahr vor), der Strom des Geldes war im Versickern, und schließlich gab es ja auch noch so eine Einrichtung wie das Finanzamt, und diese Einrichtung hatte ich bei meinem unsinnigen Leben ganz übersehen. Aber genug, ich kam noch einmal mit heiler Haut davon, ich rettete mich auf das Land, auf mein Höfchen. Aber ich möchte es nicht noch einmal erleben, wenn ich seitdem auch ein ganz Stück älter geworden bin und – vielleicht – ein wenig vernünftiger mit Geld umgehen gelernt habe.

Nein, von all den Geldgeschichten abgesehen: ich möchte das nicht noch einmal erleben. Denn es ist zweierlei, an seinem Schreibtisch zu sitzen und sich eine Welt erschaffen und dann draußen zu stehen in der wirklichen Welt und sich in ihr behaupten und in ihr seinen Mann zu stellen. Das sind zwei sehr verschiedene Dinge. Und je stärker man an der ersten, nennen wir sie ruhig, an der künstlichen Welt hängt, und ich hänge sehr stark an der meinen, so stark, dass ich sie um nichts in der Welt missen möchte, umso schlechter wird man in der Welt draußen abschneiden. Ein Buch schreiben und es vor der Welt draußen repräsentieren, das verlangt ganz verschiedene Eigenschaften von einem Manne, und ich möchte sagen, je mehr man ein Schreiber ist, ein umso schlechterer Repräsentant ist man auch. Ich wenigstens habe mich erst wieder wohlgefühlt, als ich wieder in der Stille saß, der Sturm war verrauscht, weißes, säuberliches Papier lag vor mir, und ich sprach zu mir: auf ein Neues. Beginne nun dein drittes Buch!

Denn nun war ich doch so weit gekommen, dass ich es begriffen hatte, was ich durch 36 Jahre meines Lebens nicht gewusst hatte, dass es mein Beruf war, Bücher zu schreiben, und nur das, nichts wie das. Und so habe ich es denn mein Leben durch auch weiter gehalten: ich habe mit und für Bücher gelebt, und wenn ich mit Menschen zusammen war und Dinge erfuhr und Taten erlebte, so wurden sie immer Stoff für mich zu Büchern. Das war nicht so, dass ich mir das etwa vornahm, dass ich den oder jenen Menschen aufs Korn nahm, ihn beobachtete und ausspionierte mit dem festen Vorsatz, eine Gestalt in einem Buche aus ihm zu machen, nein, nichts von alledem. Aber ich habe nun mittlerweile in meinem Leben die Erfahrung gemacht, dass mir alles, was ich sehe und erlebe, Stoff zu einem Buche oder zu einer Geschichte in einem Buche oder zu einer Gestalt in einem Buche werden *kann.* Ich weiß das nicht, ich nehme mir nichts vor. Aber plötzlich, während ich schreibe, taucht dies oder jenes Erlebnis in mir auf, aus alten Zeiten oder auch aus den jüngsten Tagen, und ich sitze wieder in einem S-Bahn-Zug und der oder jener Mann sieht so oder so aus und spricht dies oder das, und das muss ich nun schildern, dass es jeder sieht. Mein Hirn, mein ganzes Leben ist zu einer Speicherkammer geworden für etwas, das eines Tages geschrieben werden soll, und ich weiß nicht, was der Speicher alles enthält, so groß ist er, ich kann nicht in seine dunklen Winkel und Laden sehen, aber ich weiß, ich finde in ihm alles. Anders gesagt, würde das vielleicht heißen, dass ich ein Naturalist bin, der die Natur schildert, wie sie ist. Aber ich muss da doch die Einschränkung oder die Erweiterung machen – was in diesem Falle das Gleiche bedeutet –, dass ich die Natur so schildere, wie sie sich in mir ansammelt, in der Auswahl, in der sie sich in mir ansammelt, in der Veränderung, die sie in mir erfährt.

In einem früheren Teile meiner Ausführungen habe ich sehr darauf bestanden, dass ich meine beiden ersten Romane verleugnete, weil sie nicht ›meine‹ Romane waren, sondern bestellt, weil ich sie angetrieben schrieb. Ich sehe mich nun in einer gewissen Verlegenheit, wenn ich Ihnen gestehen muss, dass ich seitdem dann und wann – und nicht einmal selten – Romane geschrieben habe, die mir wirklich in Auftrag gegeben wurden, von einer Zeitschriftenredaktion etwa, und ich erkenne sie doch als meine echten Kinder an. Ich muss auch daran denken, dass ich in der Zeit der Naziherrschaft selten so schreiben durfte, wie ich wollte, sondern dass es da nicht nur thematisch, sondern auch ins Einzelne gehende Bestimmungen gab über das, was man schreiben durfte und was nicht. Ich erinnere mich zum Beispiel daran, dass es von einem gewissen Zeitpunkt ab uns Romanschreibern verboten war, von Geistlichen, von Pfarrern zu sprechen, weder im guten noch im bösen Sinne, denn die Existenz von Geistlichen sollte im Dritten Reiche einfach vergessen werden. Und wiederum war es uns nur erlaubt, von Lehrern in günstigem Sinne zu schreiben, wir durften nur sympathische und völlig fehlerfreie Lehrer in unsern Büchern erwähnen, denn Lehrer waren knapp im Dritten Reich, und es war sehr erwünscht, dass möglichst viel junge Menschen sich zum Lehrerberuf entschlossen. Solcher Bestimmungen gab es eine Unzahl, und ich musste sie beim Schreiben meiner Bücher beachten, sonst gab es keine Aussicht auf Veröffentlichung. Und auch unter diesem Zwange habe ich Bücher geschrieben, und erkenne sie als meine Bücher an.

Wie ich schon sagte, ich bin in einiger Verlegenheit, wie

ich diesen Widerspruch erklären soll. Am besten ist es vielleicht, ich sage es so, dass ich heute so weit bin, dass ich mein Handwerk so weit gelernt, denn bei meiner Tätigkeit wie bei jeder andern Tätigkeit ist viel Handwerksmäßiges, also ich will sagen, dass ich heute mein Handwerk so weit beherrsche, dass ich auch einen fremden mir zugetragenen Stoff ganz zu meinem eigenen mache. Das war im Anfange nicht so. Im Anfange war ich noch unsicher, ich wusste ja nicht einmal, ob ich einen Roman überhaupt zustande brächte, da ängstigte mich noch jeder Zwang, da musste ich mich ganz in mich verschließen, mich einkapseln wie eine Auster, und niemand durfte mich stören, nicht einmal mit meiner Frau konnte ich über das reden, was ich vorhatte.

Heute weiß ich, dass ich einen Roman schreiben kann. Und ich weiß noch mehr, ich weiß, dass ich aus fast jedem Stoff meinen Roman machen kann, weil meine Art, die Dinge zu sehen und sie zu beschreiben, nun einmal festliegt. Darum ängstigt mich ein Auftrag nicht mehr, nein, ich suche dann meinen Weg, und ich finde ihn eigentlich immer.

Ich möchte Ihnen mit einem Beispiel aus meiner jüngsten Vergangenheit erläutern, wie seltsam so etwas zugehen kann. Es war vor reichlich einem Jahr, ich war vom Lande grade nach Berlin gezogen und noch recht zermürbt von einer mir aufgezwungenen fremden Tätigkeit als Bürgermeister einer kleinen Stadt, also sagen wir, im Oktober des Jahres 1945 gab mir ein Bekannter einen schmalen Akt in die Hände, Akten der Gestapo gegen ein Berliner Arbeiterehepaar. Die beiden schon ältlichen Leute hatten plötzlich im Kriege angefangen, Postkarten mit Aufrufen gegen Hitler zu schreiben, nachdem sie doch bis dahin kleine Parteiämter bekleidet hatten, und diese Karten hatten sie in Treppenhäusern sehr begangener Geschäftsbauten niedergelegt. Das war so zwei Jahre gut gegangen, dann war der Mann durch die Gestapo erwischt worden, nach ihm die Frau, es folgte das unvermeidliche Verfahren vor dem Volksgerichtshof und das Todesurteil, das dann im Jahre 1942 an beiden vollstreckt wurde.

Mein Bekannter fragte mich, ob ich es wohl für möglich hielte, hieraus einen Roman zu machen. Doch, ich hielt das für möglich. Ich las mir den Band durch, und dann machte ich erst einmal daraus einen kurzen sachlichen Bericht für eine Zeitschrift, der so abgedruckt wurde. Das alles ist etwa ein Jahr her.

Aber während ich diesen Bericht machte, wurden mir die Schwierigkeiten des Stoffes so recht klar. Da waren zwei ältliche Leute, ohne Anhang, ohne Kinder, ohne Freundschaft. Sie schrieben Postkarten, zwei Jahre lang, nichts wie das, und legten sie auf den Treppen nieder. Schließlich wurden sie erwischt und hingerichtet. Es war zu trocken, zu wenig. Kein bisschen Jugend, Licht, Hoffnung. Nun ja, die Gestapo war da mit ihren Beamten, die nach den Kartenschreibern jagten, aber wie gleichgiltig, wie routinemäßig und wie ungeschickt jagten sie. Sie jagten, wie ein Beamter Briefmarken hinter seinem Schalter verkauft!

Nein, der Stoff gab nichts her, der Stoff war zu trocken, daraus war wohl ein Aufsatz von zwanzig Schreibmaschinenseiten zu machen, aber nie ein Roman von vierhundert! Und dann – wer mochte noch von solchen Dingen etwas lesen? Dachte ich gerne daran? Illegale Tätigkeit während der Kriegszeit, und nun noch solche illegale Tätigkeit –! Ungeschickt bis dorthinaus, die Karten von einer Primitivität des Inhalts, die nicht mehr zu überbieten war, und sie hatten auch nie irgendeine Wirkung getan. Die meisten Karten waren ja auch ohne weiteres möglichst schnell an die Gestapo abgeliefert. Niemand hatte sich die Zeit genommen, sie zu lesen und über sie nachzudenken. Nur fort mit ihnen!

Und ich verbannte diesen Stoff für immer aus meinem Gedächtnis. Ich wollte nichts mit ihm zu tun haben, es war kein Stoff für mich. Ich schrieb einen kleinen andern Roman, der mir recht missglückte, und dann lenkte ich meinen Kopf auf einen andern Plan, auf einen ganz großen Roman, der im Berlin von heute spielen sollte; ein junger Mensch kommt vom Lande in die Stadt, in die erste Stadt seines Lebens, ein Flüchtling lebt zwischen den Trümmern, er kommt in Gefahr, ins Abrutschen, und dann sammelt er sich, er baut sich eine kleine Existenz auf, ein bisschen Glück, ein wenig Optimismus …

Mit diesen Dingen beschäftigte ich meinen Kopf, und ich war schon nahe am Beginnen, noch mit der heute so nötigen kleinen Tagesarbeit beschäftigt, als ich durch einen Brief zu einer Filmgesellschaft gerufen wurde. Voller Erwartungen ging ich dorthin. Und was ich dort hörte, das enttäuschte mich doch tief. Dort hatte man – nach Jahresfrist – meinen kleinen Aufsatz über das Berliner Arbeiterehepaar gelesen, man hatte Gefallen an dem Stoff gefunden, man glaubte, daraus einen Film machen zu können. Wie weit ich denn schon mit meinem Roman gekommen sei? Ich musste gestehen, dass ich ihn noch nicht begonnen hatte. Ich erzählte von meinem andern, von dem optimistischen Roman.

Aber nein, so seltsam sind die Menschen nun einmal, man wollte von meinem schönen optimistischen Roman nichts wissen, ich sollte diesen andern düsteren Stoff bearbeiten, dieses aussichtslose Buch, ohne Jugend, ohne Hoffnung, ohne Liebe, grade das sollte ich schreiben.

Nun, auch ein Schriftsteller muss leben, ein Filmauftrag bedeutet Geld, unter Umständen viel Geld, und als ich nach Haus ging, hatte ich einen Vertrag mit diesen Leuten besprochen genau über das Buch, das ich um keinen Preis schreiben wollte. Das war am 26. September 1946, als Arbeitsbeginn war der 1. Oktober 1946 festgesetzt. Ich war nicht froh, als ich nach Haus ging, das Geld, was da in Aussicht stand, freute mich nicht. Ich dachte nur daran, welche Quälerei diese Arbeit sein und wie doch nichts aus ihr werden würde.

Aber mein Arbeitsgewissen ließ mir keine Ruhe. Mit keinem Blick sah ich zwar in die Notizen und Auszüge hinein, die ich mir damals aus den Gestapoakten gemacht; ich kümmerte mich auch nicht um den Aufsatz, den ich damals geschrieben. Aber mein Gehirn beschäftigte sich doch mit dem Stoff, es beschäftigte sich fast ununterbrochen mit der Frage: wie bekomme ich ein bisschen Farbe und Leben in diese Düsternis. Und dann: wie sieht das erste Kapitel aus? Das erste Kapitel ist wie die Tür zu einem Hause, steht man erst in der Tür, dann braucht man nur noch weiterzugehen.

Ich begann einen Tag früher als ausgemacht mit der Niederschrift, ich hatte meine Tür gefunden. Übrigens war die Arbeitszeit auch knapp bemessen: schon in zwei Monaten sollte ich abliefern.

Und ich schrieb weiter. Schon als ich noch bei den ersten hundert Seiten war, merkte ich zu meiner Überraschung, dass dies kein Romänchen, sondern dass es ein ausgewachsener Roman werden würde, dass ich eher zu viel Stoff haben würde als zu wenig. Ich habe Ihnen schon erzählt, dass ich nicht in die Maschine dichten kann, ich muss mit der Hand kritzeln, und da ich auch noch einen Schreibkrampf habe, ist das ein mühseliges Geschäft. Der Ablieferungstermin hetzte mich auch, so hatte ich alle Tage einen langen, mühseligen Arbeitstag. Ich saß morgens um fünf Uhr an der Arbeit, und ich machte selten abends vor sieben Schluss. Ich legte mir, wie das so meine pedantische Gewohnheit ist, einen Arbeitskalender an, und auf ihm trug ich ein, wie viel Seiten ich jeden Tag geschrieben hatte. Und ich machte es mir zum Gesetz, wie ich das schon immer gemacht habe, dass ich keinen Tag weniger Seiten schreiben durfte als den Tag zuvor. Mehr war erlaubt, aber weniger war streng verboten. Kurz, ich hetzte mich und mein Hirn mit allen alten und neuen Kniffen, die ich nur wusste.

Und während ich schrieb, während ich den Stoff verarbeitete und mit Schrecken sah, dass es immer mehr Stoff wurde und dass ich hart zu arbeiten haben würde, um ihn zu bewältigen, währenddem kam ich doch nicht aus dem Verwundern über meinen eigenen Kopf heraus. Da hatte ich doch wahrhaftig geglaubt, dies sei kein Stoff für mich, ich hatte ihn endgiltig ad acta gelegt und mich nicht mehr um ihn gekümmert. Ein Jahr lang hatte ich nicht an ihn gedacht, sondern mich mit optimistischeren Plänen beschäftigt. Und da ergab es nun der Zufall, dass nach einem Jahr einem Filmmenschen mein längst vergessener Aufsatz in die Hände kam, ich bekam einen Auftrag, ich nahm ihn an, aus äußeren Gründen nahm ich ihn an, weil ich nämlich rasch und möglichst viel Geld verdienen wollte, und nun stellte es sich heraus, dass dies alles nicht stimmte. Sondern mein Hirn hatte in aller Stille, ohne dass sein Besitzer auch nur das Geringste davon wusste, an diesem Stoff weiter herumgekaut, es hatte ihn zerfasert, bereichert, umgestaltet, kurz, es hatte einen Stoff daraus gemacht, aus einem Nichts war in aller Stille ein Roman geworden, und ich hatte nichts davon gewusst!

Ich überlegte mir zwischendurch immer wieder, was denn nun geworden sei, wenn ich nicht zufällig von außen angestoßen wäre, den Roman doch zu schreiben. Ob er dann ungeschrieben in mir liegen geblieben wäre? Ob noch viele andere Stoffe ungeschrieben in mir lägen? Ich wusste es nicht, ich würde es nie erfahren. Aber Sie verstehen es vielleicht, welch ein seltsam aufregendes Abenteuer das Leben heute noch für mich ist, in einem Alter, in dem die meisten Menschen schon daran denken, mit ihrer Arbeit aufzuhören, in diesem Alter fange ich noch immer wieder an. Und Sie werden jetzt auch verstehen, dass ich diesen in Auftrag gegebenen Roman doch mein Buch nenne, mein eigen Werk, das ich anerkenne. Zweifelsfrei wurde der Auftrag erteilt, zweifelsfrei wurde er ungern angenommen, aber ebenso zweifelsfrei wurde es mein Roman, was ich da schrieb.

Ich brauchte 24 Tage dazu, um diesen Roman niederzuschreiben, und seine 600 Druckseiten wird er so ungefähr haben. Wahrlich, ich habe mich trefflich gehetzt. Ich habe alle Schöpferwonnen empfunden, als ich ihn niederschrieb, aber ich konnte mir keine Zeit für sie lassen, ich musste ja weiter. Ich wusste ja nicht, ob der Strom fortströmen würde, ob es nicht plötzlich aufhören würde, ich hetzte mich. Und war am 24. Oktober fertig. Wieder einmal gerettet, wieder einmal ein Buch unter Dach und Fach! Und während ich viele Kinder, namentlich aus der letzten Nazizeit, nur mit ungünstigen Augen ansehe, als halb gelungen nur oder als ganz misslungen, habe ich nun bei diesem Roman, den ich durchaus nicht schreiben wollte, das Gefühl: er ist mir gelungen, endlich mal wieder was Richtiges geschafft! Ich bin froh …

Ich gönnte mir eine Woche Ruhe, was heißen will, dass ich Briefe beantwortete, Gänge tat und alles mögliche Geschäftliche erledigte, ich ruhte meinen Kopf aus. Ich fand, er hatte es nötig. Dann, pünktlich am 1. November, begann ich mit dem Umarbeiten des Buches, teils tippte ich es selbst, teils diktierte ich es. Dieses Umarbeiten und Diktieren dauerte fast länger als die Niederschrift, aber freilich, jetzt war der Roman auch gesichert, er war ja niedergeschrieben, ich brauchte mich nicht mehr so zu hetzen …

Freilich muss ich auch das mit einer kleinen Einschränkung sagen. Ein in der Handschrift vollendeter Roman ist noch nichts, er ist immer gefährdet. Ein einziges Exemplar – und es kann Feuer ausbrechen, es kann gestohlen werden (trotzdem ich noch nie von Dieben gehört habe, die Roman-Manuskripte stehlen!), er kann irgendwie wegkommen – und nie, nie, nie könnte ich ihn wieder schreiben! Ein Roman in Handschrift ist noch nichts, ist ein ewiges Kind der Sorge. Erst wenn er getippt ist, erst wenn er in drei, vier Exemplaren da ist und wenn diese drei, vier Exemplare an drei, vier verschiedenen Stellen sind, dann atme ich auf, dann bin ich – fast – sicher, dass meinem Buche nichts mehr geschehen kann. Was wollen Sie? Ich bin nun einmal mit allem, was mit meiner Arbeit zusammenhängt, ein abergläubischer Mensch. Ich mag nie mit jemandem über meine Arbeit sprechen, ich finde es unmöglich, dass jemand auch nur eine Zeile des Manuskriptes liest. Ich glaube immer daran, dass der Strom aufhört, dass der Roman nie fertig werden wird. Ich habe Angst um sein Schicksal – immer wieder, immer neu. Ich bin ein Sklave all dieser Gefühle, wie ich ein Sklave meiner Arbeit bin. Schreibe ich denn diese Bücher? Es schreibt sie in mir. Ich muss ja einfach! Es ist wahrhaftig kein Vergnügen, tagaus, tagein jeden Tag zehn, zwölf Stunden am Schreibtisch zu sitzen und sich von seiner Arbeit hetzen zu lassen, da ich doch nach sechzehn Romanen weiß, ich habe noch jeden Roman zu Ende geschrieben, es hat mich noch nie der Strom im Stiche gelassen. Da ich auch weiß, dass Hunderte oder dass doch Dutzende von meinen Schriftstellerkollegen sehr viel bequemer und ruhiger ihre Bücher schreiben, und ihre Bücher sind nicht schlechter als meine!

Aber das alles hilft mir gar nichts! Ich muss. Ich muss so schreiben, wie das Gesetz in mir ist, oder ich muss das Schreiben lassen. Und da ich das Schreiben nicht lassen will und werde, so muss ich mich hetzen, heute, morgen, wahrscheinlich werde ich mich noch als alter Mann hetzen, als Greis, immer werde ich die Angst haben, ich werde nicht fertig.

Was aber nun diesen Roman angeht, der vorläufig den Titel trägt »Jeder stirbt für sich allein«, so hat er das Schicksal vieler meiner Romane: er wird mir in der nächsten Zeit noch gründlich verekelt werden, ich werde nie wieder von ihm hören mögen. Er wird nicht nur verfilmt werden, und ich werde nicht nur dazu verpflichtet sein, an der Fertigstellung des Drehbuches mich zu beteiligen. Nein, er wird auch in der Neuen Berliner Illustrierten im Vorabdruck erscheinen. Nun ist es mit einem Vorabdruck so – ich sprach schon davon –, und besonders ist es mit einem Vorabdruck in einer nur wöchentlich erscheinenden Zeitung so, dass solch ein Roman nur über eine bestimmte Zeit laufen kann, sonst vergessen die Leser den Anfang. Dreizehn Wochen, ein Vierteljahr ist eigentlich das Höchste, was man ihnen zumuten kann. Mein Roman, so aber wie er jetzt vorliegt, ist lang genug, um weit über ein halbes Jahr zu laufen, ich muss also gut die Hälfte herausschneiden, ich muss auch noch manches andere ändern, um ihn für einen Vorabdruck zurechtzumachen. Diese Arbeit liegt noch vor mir, und ich muss Ihnen gestehen, ich denke mit Seufzen an sie. Aber wie der Kapitän Shotover in Bernard Shaws Stück »Haus Herzenstod« sagt: »Geld wird nicht bei Tage verdient«, und außerdem finde ich es immer noch besser, ich nehme diese Verstümmelung vor, als dass sie ein fremder Anatom tut, und so werde ich mich denn daranmachen. Aber wenn ich Sie um etwas heute bitten darf: beurteilen Sie nie einen Roman nach seinem Vorabdruck. Ich habe Ihnen ein kleines Bild davon entworfen, wie solch ein Vorabdruck zustande kommt, und ich habe Ihnen auch gesagt, warum das so sein muss. Wir müssen diese Dinge so hinnehmen, weil sie nun einmal nicht zu ändern scheinen oder weil ihre Änderung im Augenblick nicht möglich ist. Aber darum bleibt doch meine Bitte richtig: beurteilen Sie einen Roman nicht nach seinem Vorabdruck. Der gewitzte und der gewarnte Leser werden es schon beim Lesen des Vorabdrucks merken, dass hier etwas fehlt und dass dies etwas unmotiviert erscheint, und werden sich sagen: Aha, Vorabdruck! Wir wollen darum nicht auf die Vorabdrucke schelten. Sie ermöglichen nicht nur dem Autor ein gut Teil seiner Lebensführung, sie gewähren doch auch einen ersten Eindruck von der Art eines Romans, sie gewinnen ihm Leser, und das ist auch etwas.

Und dann winken da in der Ferne, in keiner sehr weiten Ferne leider, die Korrekturen der Buchausgabe. Drei an der Zahl. Und auch das Ausland fängt schon an, sich wieder zu melden, erst einmal nur ein paar Länder, aber es ist doch ein Anfang. Aber auch für das Ausland wird man den Roman noch einmal durchsehen müssen.

Kurz, es stehen grade jetzt vor mir alle die unangenehmen Tagesaufgaben, die zu dem Berufe eines Schriftstellers gehören. Ich werde sie erledigen, wie ich sie viele Male schon erledigt, nicht grade gerne, aber wie eine nun einmal übernommene Pflicht. Niemand kann von seinem Berufe hier auf Erden erwarten, dass er nur Angenehmes mit sich bringe, immer werden zu den Rechten auch die Pflichten gehören, auch bei meinem Berufe, den ich so sehr liebe und den ich nie aufgeben werde. Nach den Stunden des Schaffensrausches folgen die Stunden, lange, sehr viel längere Stunden der Arbeit, anstrengender, ermüdender, oft unangenehmer Arbeit. Grade auch das Ihnen zu sagen lag mir am Herzen.

Und nun stehe ich am Schluss meiner Ausführungen. Ich überlege, ich hoffe, ich habe nichts Wesentliches zu sagen vergessen. Ich habe Ihnen ein ganz persönlich gefärbtes Bild von meiner Arbeit gegeben. Ich habe es Ihnen, stark verkürzt, aufgezeichnet, wie ich das wurde, was ich heute bin, wie ich zu meiner Art der Tätigkeit kam. Ich glaube fest daran, dass jeder von uns, dass also auch jeder von Ihnen solche Berufung in sich trägt, jeder hat eine Art von Aufgabe, der er am besten gewachsen ist. Es hat Zeit, diese Art Aufgabe herauszufinden. Man muss sich damit nicht übereilen. Bei mir hat es immerhin 36 Jahre gedauert, bis ich mir über das, was ich hier auf dieser Welt zu tun hatte, klar wurde. Lassen Sie sich auch Zeit. Überstürzen Sie nichts. Es wird sich eines Tages schon zeigen. Es gibt so viele Aufgaben, und es gibt so viele Wege zu ihnen. Nur eben das muss man versuchen zu erreichen, dass man nicht irgendetwas tut, bloß um etwas zu tun, sondern dass man etwas tut, das einen freut – und damit auch die andern. Dass Ihnen dies beschieden sein möge, das ist mein Wunsch für jeden von Ihnen!

[Geschrieben für den Literarischen Klub an der Schule von Falladas Sohns Uli]

ANHANG

Im Spiegelkabinett von Literatur und Leben

Falladas unbekannte Erzählungen und Selbstauskünfte

Häufig hat sich Hans Fallada dazu bekannt, dass ihm die erzählerische Breite mehr als die epische Kurzform liege: »Ich kann nur erfinden«, bekundet er einmal, »wenn ich schildern, wenn ich in die Breite gehen darf.«[1] Dennoch hat er im Lauf seines Lebens – je nach Zählweise – an die 70 Erzählungen und ebenso viele kleinere Prosa-Arbeiten geschrieben.[2] Der vorliegende Band versammelt die bisher unveröffentlichten Erzählungen und Selbstauskünfte Falladas aus dem Nachlass zusammen mit Texten, die bisher nur in der Tagespresse oder in Zeitschriften gedruckt wurden und die hier (bis auf eine Ausnahme) erstmals in Buchform erscheinen.[3]

Dass Fallada trotz seiner Vorliebe für die epische Breite dennoch auch Erzählungen geschrieben hat, hängt nicht zuletzt mit den äußeren Umständen seines verwickelten Lebens zusammen. Am Anfang diente ihm die erzählerische Kurzform als geeignetes Mittel, einen Einstieg in das literarische Schaffen und in die literarische Welt zu finden. Später waren es nicht selten Geldgründe, die ihn bewogen, Erzählungen zu schreiben, häufig als Auftragswerk. Schließlich dienten ihm die Geschichten auch zum Atemholen zwischen dem Verfassen längerer Romane und zur Vorbereitung seiner großen Werke. Für den heutigen Leser ist das ein Glücksfall, nicht nur weil diese Texte neuen, bislang unbekannten Lesestoff bieten, sondern darüber hinaus (Selbst-)Auskunft geben über das faszinierende, tragische Leben dieser Schriftstellerexistenz: Die Erzählungen führen durch Hans Falladas Biographie, und umgekehrt beleuchten die Ereignisse seines Lebens den Stoff seiner Erzählungen.

Junge Liebe – die frühen Jahre

Rudolstadt bildet die Szenerie der einleitenden Erzählung und ist zugleich Schauplatz eines einschneidenden Erlebnisses für den jugendlichen Rudolf Ditzen, der als Schriftsteller ab 1919 das Pseudonym Hans Fallada verwendet. Rudolf wächst in einer Familie auf, in der das Musische zum Alltag gehört: Allabendlich spielen Vater und Mutter eine Stunde lang Klavier. Die vier Kinder, neben ihm die beiden älteren Schwestern Margarete und Elisabeth sowie der jüngere Bruder Uli, langweilen sich dabei zumeist oder erledigen heimlich ihre Hausaufgaben. Danach wird vorgelesen. Zu den literarischen Hausgöttern des Vaters, die auch der Sohn später schätzen wird, gehören Jean Paul, Wilhelm Raabe, Theodor Fontane und Heinrich Seidel. Die berufliche Laufbahn Wilhelm Ditzens, der mit außergewöhnlicher Zielstrebigkeit die Karriereleiter vom Amtsrichter bis zum Reichsgerichtsrat erklimmt, erfordert mehrfach den Umzug der Familie, was für die Kinder mit der Eingewöhnung in ein stets neues Umfeld verbunden ist. 1899 wechselt die Familie von Greifswald, wo Rudolf sechs Jahre zuvor geboren wurde, nach Berlin.

Der älteste Sohn der Ditzens ist kein unproblematisches Kind. Eine Reihe kleinerer und größerer Unglücksfälle sowie mehrere, teilweise lebensbedrohliche Krankheiten fördern bei ihm die Tendenz, sich abzukapseln und sich in der Parallelwelt der Literatur einzurichten. Von Schlafproblemen gequält, liest er häufig schon morgens ab vier Uhr die Reclam-Bändchen aus der Bibliothek seines Vaters, aber auch Passagen aus den Akten des Kammergerichtsrats. Auf den mit großer Vorstellungskraft Begabten üben die Geschichten von der

Rudolf (l.) mit seinem Bruder Uli, um 1900

dunklen Seite des Lebens eine starke Anziehung aus, wie sie umgekehrt seiner Phantasie neue Nahrung geben. Bereits der Heranwachsende denkt sich selbst in verschiedene Rollen hinein, wobei die Grenzen zwischen Vorstellungswelt und Lebenswirklichkeit des Jungen verschwimmen. Im Alltag führt das immer wieder zu irritierenden Szenen, so dass die Eltern ihren Sohn, wie der Vater in seinen Erinnerungen schreibt, eine Zeitlang sogar »für beschränkt« halten.[4] Das schlechte Abschneiden Rudolfs auf dem Prinz-Heinrich-Gymnasium, wo er bei Mitschülern und Lehrern keinen guten Stand hat, scheint diesen Eindruck zu bestätigen. Die Eltern erkennen jedoch die Nöte des Kindes und veranlassen einen Schulwechsel, durch den sich die Situation ab dem Herbst 1906 entspannt.

Zwei Jahre später wird Wilhelm Ditzen an das Reichsgericht nach Leipzig berufen. Hier setzt sich die Kette von Missgeschicken mit einem einschneidenden Fahrradunfall fort. Beim Zusammenstoß mit einem Pferdewagen wird er lebensgefährlich verletzt. Zum ersten Mal kommt Rudolf mit Morphium in Berührung, das ihm, wie in jener Zeit üblich, gegen die starken Schmerzen verabreicht wird. Über ein Vierteljahr liegt er in einer Privatklinik. Erst fünf Monate nach dem Unfall kann er die Schule wieder besuchen. Er wird in die Untersekunda aufgenommen und gehört bald zu den besseren Schülern. Auch wenn Rudolf seine Schüchternheit überwindet und Freunde gewinnt, bleibt er ein Sonderling.

Wenig später erkrankt er nach einer Fahrt mit dem Wandervogel an Typhus. Immer mehr verdüstert sich seine Stimmung, hinzu kommen die Bedrängnisse der Pubertät. In diese Zeit fällt eine Affäre, in der die problematische Anlage, seine Persönlichkeit in verschiedene Rollen aufzuspalten, wie auch die ihn quälenden Zwangsvorstellungen zum ersten Mal nach außen dringen. Es gelingt ihm, ein junges Mädchen für sich einzunehmen, Käthe Matzdorf, die Tochter eines Kollegen seines Vaters am Reichsgericht. Obwohl das Verhältnis der beiden zueinander harmlos ist, entwickelt er die Vorstellung, die Mutter des Mädchens mit einem anonymen Brief vor sich selbst warnen zu müssen: »In den Anlagen der Promenade zwischen fünf und sechs Uhr werden Sie den Schüler Ditzen mit Ihrer Tochter Unzucht treiben sehen. Ein Freund des Hauses, der wacht.«[5]

Es dauert – trotz verschiedener Täuschungsmanöver – nicht lange, bis der Urheber der Nachricht ermittelt ist. Rudolf scheut die Konsequenzen dieser Entdeckung und plant, sich umzubringen. Es ist nicht sein erster Selbstmordversuch, aber der erste, von dem die Familie erfährt. Er bittet daraufhin, Leipzig verlassen zu dürfen, und kommt über drei Zwischenstationen im August 1911 – wiederum auf eigenen Wunsch – nach Rudolstadt in das Haus des Generalsuperintendenten Arnold Braune. Hier, am Fürstlichen Gymnasium, lernt auch sein Freund Hanns Dietrich von Necker. Zusammengeführt hat die beiden die Neigung zur Schriftstellerei wie auch ein Lebensgefühl des Weltekels und der dandyhaften Verachtung alles Bürgerlichen.

In der Geschichte »Junge Liebe« wird das Interesse des Helden an einem Mädchen zum Anlass, dass der junge Erwin Ruden, das Alter Ego des Autors, das Haus des Superintendenten in Rudolstadt verlassen muss. Wie immer enthält Falladas Prosa eine Mischung aus »Erfahrenem und Erfundenem«. So erwähnt er seine (auch in anderen Quellen bezeugten) für diese Zeit ungewöhnlich langen blonden Haare, macht seinen Protagonisten aber ein Jahr jünger (kaum siebzehn statt kaum achtzehn) und lässt ihn, entgegen der verbürgten Realität, keine Freunde auf dem Gymnasium haben. Authentisch wiederum ist der Besuch beim Schuldirektor und der Wechsel vom Superintendenten zu einem Oberst, »der so ein milder Mann war«. Erna heißt das Mädchen in der Erzählung – 1911 schwärmte der Gymnasiast Ditzen für die 15-jährige Erna Simon.

Als der junge Erwin Ruden Erna das erste Mal von nahem sieht, die Pickel in ihrem Gesicht, ist er ernüchtert. Die Ungleichheit in der Liebe und im Leben ist das Thema der Erzählung, die Zeichnung durch das Schicksal, bei Erna eine äußere, vergängliche, die sich nach der Pubertät verliert – bei Erwin Ruden eine tiefer gehende: seine innere Zerrissenheit. Das Ende der Geschichte erinnert an Falladas Erzählung »Länge der Leidenschaft« und die Idee, es gäbe ein Urmuster der Liebe, das jeden durch das ganze Leben begleitet. Gewicht erhält die Erzählung dadurch, dass sie im größtmöglichen Abstand zu den Ereignissen entstanden ist, die als biographische Vorlage dienen. Fallada schreibt die Geschichte Anfang August 1946, kein halbes Jahr vor seinem Tod, und bietet sie der Zeitung der Sowjetischen Militäradministration »Tägliche Rundschau« an, wo sie ebenso abgelehnt wird wie im November 1946 vom Ost-Berliner »Nacht-Express«. Sie wird in diesem Band zum ersten Mal gedruckt.

Das traumatische Ende der Zeit am Rudolstädter Gymnasium thematisiert der junge Rudolf Ditzen in einer biographischen Skizze, die hier unter dem Titel »Aufzeichnungen des jungen Rudolf Ditzen nach dem Scheinduell mit seinem Schulfreund« erscheint. Sie ist, anders als die Erzählung »Junge Liebe«, im zeitnahen Rückblick auf das geschilderte Ereignis um die Jahreswende 1911/12 entstanden. Mit seinem Schulfreund Hanns Dietrich von Necker inszeniert Rudolf im Oktober 1911 ein Duell, das über die gemeinsame Selbstmordabsicht täuschen soll. Doch geht der Plan nur zur Hälfte auf: Rudolf überlebt schwer verletzt. Da er zuvor seinen Freund auf dessen Verlangen mit einem Schuss aus der Nähe getötet hat, wird er des Mordes angeklagt. Auch wenn sich die Aufzeichnungen wie ein authentischer Bericht des Geschehens lesen, ist das Bemühen des Autors um eine literarische Überformung nicht zu übersehen. Zugleich ist dem Text der Verismus anzumerken, die Lust an der möglichst genauen Beschreibung des Schmerzlichen, wenn etwa die »zwei schwarzen runden Löcher« direkt neben der Brustwarze beschrieben werden, »in denen das Blut, bald höher steigend, bald tiefer sinkend, zischte«. Wie schon bei dem Scheinduell selbst, das literarisch camoufliert wird – die Duellanten tragen Gedichte von Nietzsche und Hofmannsthal mit sich –, verschwimmen auch hier die Grenzen zwischen Stilwillen und verbürgtem Geschehen. Literatur und Leben verhalten sich bei Fallada wie in einem Spiegelkabinett: Das Duell folgt einem literarischen Szenario, und die Reflexion des Geschehens kommt wiederum nicht ohne das Bemühen um Literarisierung aus.

Nicht nur die Grenzen zwischen Literatur und Leben, sondern auch die zwischen den verschiedenen Instanzen von Falladas Persönlichkeit sind fließend. Viel später, in seinem Erinnerungsbuch »Damals bei uns daheim«, wird er im Rückblick schreiben, ihm war, als gäbe es »zwei ganz gleiche Hans Fallada, und sie erlebten beide genau das gleiche, aber sie ertrugen es nicht gleich. [...] Er war auch ich, aber er war ein Ich, das nicht ganz so wirklich war wie ich [...], er war wie ein Schatten oder ein Gespenst. Oder wie ein Doppelgänger.«[6] Nicht viel anders drückt er es in den Aufzeichnungen aus seiner Jugend aus, wenn er schreibt: »Das, was ich getan, lag so fern von mir, dass es zu dem, was ich jetzt tat, in kaum einer Beziehung zu stehen schien.« Die Wochen in Rudolstadt, das Scheinduell und der Tod seines Freundes bleiben der traumatische Kern seines Lebens, um den sich sein Schreiben immer wieder dreht.

Nach einem Aufenthalt im Rudolstädter Krankenhaus, wo Rudolf gegen die Schmerzen wiederum mit Morphium behandelt wird, kommt er in die Psychiatrie nach Jena, wo der Text über das Duell entsteht. Die Mordanklage wird um den Preis der Hospitalisierung fallengelassen. Anderthalb Jahre verbringt er im thüringischen Sanatorium Tannenfeld. Das Gelände ist umzäunt, die Fenster sind vergittert, Wächter führen Aufsicht, ansonsten aber ähnelt dieses Privatsanatorium einer Kuranlage: Es gibt Klubräume, ein Billard- und Tischtenniszimmer, eine Bibliothek und ein Fotolabor. Zu der weitläufigen Anlage gehören ein Garten, in dem sich die Patienten betätigen dürfen, und ein Tennisplatz. Hier kümmert sich eine Schwester seines Vaters, Adelaide Ditzen, von den Kindern Tante Ada genannt, selbstlos um den Gestrauchelten, gibt ihm Sprachunterricht und regt seine literarischen Interessen an. Bereits im August 1913 kann Rudolf eine Landwirtschaftslehre – eine praktische Tätigkeit, zu der die Ärzte raten – auf dem nahe gelegenen Gut Posterstein aufnehmen, und im November 1916 kommt der Berufsanfänger, auf dem Umweg über zwei Stationen in Pommern, als freier Mann nach Berlin. Er wird Angestellter einer gerade gegründeten Kartoffelbaugesellschaft, deren Aufgabe es ist, die desolate Versorgungslage in dem von der Lebensmitteleinfuhr abgeschnittenen Land zu verbessern. Doch vor allem genießt Rudolf die Freiheit der Großstadt in einer Zeit, da die Altersgenossen zumeist an der Front sind. Anne Marie Seyerlen, die Frau des Schriftstellers und Gottfried-Benn-Freundes Egmont Seyerlen, wird seine Geliebte. Bisher hat er vor allem mit Übersetzungen und Gedichten versucht, sich einen Namen im literarischen Leben zu machen. Jetzt ermutigt ihn Anne Marie, sich mit dem Schreiben eines Romans von seinen traumatischen Jugenderlebnissen zu befreien.

Sein Erstling »Der junge Goedeschal« erscheint 1920 im Rowohlt Verlag, zum ersten Mal steht das Pseudonym »Hans Fallada« auf einem Buchtitel. Das spätexpressionistische Werk findet jedoch nur mäßigen Absatz, zugleich scheitert die Liebesbeziehung des jungen Autors, und er gerät in die Morphiumabhängigkeit. Fallada flüchtet sich aufs Land. In kurzer Abfolge wechseln Anstellungen als Rendant auf Gütern in Pommern, Westpreußen, Mecklenburg, Schlesien und Brandenburg mit Aufenthalten in Sanatorien, in denen er versucht, vom Morphium loszukommen. Nebenher schreibt er. Auf die Dauer ist dieser Lebenswandel mit den Einkünften eines Rechnungsführers nicht zu finanzieren. 1922 wird Fallada im niederschlesischen Neu Schönfeld bei Bunzlau der Unterschlagung überführt und zu einem halben Jahr Haft verurteilt, die er 1924 in Greifswald antritt. In der Zwischenzeit erscheint sein zweites Buch, »Anton und Gerda«. Selbst im Gefängnis in Greifswald kann er weiterschreiben.

Fallada wird nur Monate nach seiner Entlassung rückfällig. Er muss sich ein zweites Mal wegen Unterschlagung verantworten. Gelang es ihm das erste Mal noch, die Haft vor den Eltern zu verheimlichen, erfahren sie nun von der doppelten Schande. Ein halbes Jahr verbringt er in Kiel in Untersuchungshaft, anschließend zwei Jahre im Gefängnis in Neumünster. Nach seiner Entlassung nimmt er die Enthaltsamkeit ernst: In Hamburg tritt er den Guttemplern bei, einem Abstinenzlerorden. Hier entstehen auch wieder erste Geschichten, die er an Lokalzeitungen schickt, um seine dürftigen Einkünfte aus dem mühsamen Geschäft des Adressenschreibens, mit dem er seinen Lebensunterhalt bestreitet, aufzubessern.

Vermutlich in diesen Wochen entsteht die Erzählung »Pogg, der Feigling«, die hier als Zeugnis von Falladas literarischer Entwicklung steht. In der Pose des verhinderten Dandys – forsch, aber auf dünnem Erfahrungsgrund – berichtet Fallada vom Werdegang des jungen Pogg, indem er Versatzstücke eigenen Erlebens neu montiert. Deutlich werden die biographischen Parallelen zum Helden bei den im Elternhaus empfundenen Bedrängnissen, der Tötung eines Freundes und der der Haft. Der 35-jährige Buchhalter Pogg, im selben Alter wie der Autor, wird auf das Barockschlösschen seines Arbeitgebers eingeladen und verliebt sich hier in eine der Töchter des Bankiers. Doch Irmgard reist ab, nach Weimar, zum Studium der Musik, und Pogg verliert den Halt. Er verschwindet mit der Kasse, kommt vor den Richter und gesteht (wie Fallada in Kiel) mehr, als er verbrochen hat. Das spätexpressionistische Pathos seiner ersten beiden Bücher hat der angehende Schriftsteller abgestreift, auch wenn er noch nicht zu dem unbefangenen Erzählen gefunden hat, zu dem später für ihn typischen Fallada-Ton, der in seinen Briefen und im Greifswalder Gefängnistagebuch schon lange vorgeprägt ist. »Zur Tagesschriftstellerei tauge ich nichts, meine Manuskripte kommen mit einer ermüdenden Regelmäßigkeit an mich zurück […]«, berichtet er in einem Brief an Rowohlt.[7]

Nr. 1

Hans Fallada: Pogg, der Feigling.

Diese Geschichte muß erzählt werden, indem man sich streng an die Tatsachen hält. Ich habe längst aufgegeben, sie zu verstehen. Ich präsentiere sie dem Leser so, wie ich sie erfuhr, und muß es ihm überlassen, das Letzte – oder das Schlechteste – aus ihr zu machen, wie nun eben seine Geschmacksrichtung liegen mag. Daß mein Tatsachenmaterial lückenhaft ist, kann ich nicht bestreiten, es bleibt jeder Phantasie frei, diese Lücken zu ergänzen: Colportage oder Wirklichkeit, auch hier sind keine Grenzen gezogen.

Jedenfalls war Julius Pogg aus guter Familie. Sein Vater war irgend ein hohes Tier in der Verwaltung oder Justiz, das habe ich vergessen. Sicher, daß er viele Orden trug und daß der Vater mit seinem einzigen Sohn sich darauf beschränkte, vierteljährlich seine Zeugnisse durchzusehen.

Die waren jämmerlich genug. Pogg Vater blieb es unverständlich, daß sein Sohn solche Noten nach Haus bringen konnte. Da stand dieser Bursche nun, käsig, zum Umpusten und auf jeden Schritte gegen den Wind warf man ihm Angst an. Pogg Vater wußte nicht was tun, er kündigte Julius seiner Mutter aus, die ihn an den Arzt weitergab. Der Arzt verordnete Eisen, Lebertran, kalte Abreibungen, Sanatogen, Biomalz. [illegible] und Julius blieb gedrückt und schief, kroch an den Wänden entlang und tat das Maul nicht auf.

Um so größer war das Entsetzen, als sich herausstellte, Julius könne noch anders als schief sein: die Gouvernante der Schwestern meldete empört, daß Julius regelmäßig ihr ein [illegible] aufbewahrtes Portemonnaie bestehle. Es war unglaubhaft, doch stellte man eine Falle, in [illegible] mit rührendem Ungeschick ging.

Diesmal nahm der Vater selbst die Rute in die Hand. Er verordnete Strafwoche, mehrere köstliche [illegible] mußten daran glauben und Julius wurde in eine strenge Pension geschickt.

Überraschenderweise lauteten die Berichte von dort nicht ungünstig, die Zeugnisse wurden besser und gut, der Vater mußte zu seinem Kummer erleben, daß Julius Primaner wurde. Er war größer geworden, hatte er nicht einen [illegible]

Titelseite des Manuskripts von »Pogg, der Feigling«, 1928

Tatsächlich ist in den Hamburger Lokalblättern kaum Platz für Kunst und Literatur. Ein wirkliches Feuilleton gibt es nicht, weder im »Hamburger Echo«, in den konservativen »Hamburger Nachrichten«, dem »Hamburger Fremdenblatt«, dem »Hamburger Anzeiger« noch im KPD-Blatt »Hamburger Volkszeitung«. Gerade ein Mal pro Woche, häufig nur auf einer halben Seite, findet sich in Rubriken wie »Literarische Rundschau«, »Bunte Lese« oder »Kunst, Wissenschaft und Leben« Platz für Nachrichten aus der Welt der Literatur. Zu den wenigen Erzählungen, die Fallada in dieser Zeit in einem Hamburger Blatt unterbringen kann, gehören die beiden in der SPD-Zeitung »Hamburger Echo« am 17. Dezember 1928 unter der Überschrift »Großstadttypen« veröffentlichten Geschichten »Der Strafentlassene« und »Die Verkäuferin auf der Kippe«. Als Autor wird »Hans Pallada« angegeben.

»Der Strafentlassene« liest sich wie eine Kurzfassung von »Wer einmal aus dem Blechnapf frißt«. Der Exhäftling bekommt keinen Fuß in die Tür, kein Weg wird ihm geebnet, er müht und strampelt sich umsonst ab, bis er sich schließlich nach seiner Zelle zurücksehnt: »Leicht war es, er hatte zu essen, keine Geldsorgen, niemand verachtete ihn. Er war unter seinesgleichen.« Es ist ein Thema, das Fallada in Variationen immer wieder beschäftigt, etwa 1931 in der Erzählung »Einbrecher träumt von der Zelle«.

Ebenfalls einen direkten Werkbezug hat die zweite der Skizzen. Das Feuilleton handelt von einer mitteilungsfreudigen, lebenslustigen jungen Verkäuferin, die sich nicht zwischen Max und Hans entscheiden kann – einer »Verkäuferin auf der Kippe«, die mit einem weniger ehrbaren, dafür aber einträglicheren Dasein als Tanzdame zu liebäugeln beginnt. Das einseitig protokollierte Telefongespräch der Protagonistin mit einer Freundin, beide aus der neuen Angestelltenwelt, wirft einen Vorschein auf Falladas Welterfolg »Kleiner Mann – was nun?«.

Wie in »Pogg, der Feigling« lässt Fallada auch in der »Detektivgeschichte« »Der blutende Biber« die Handlung anmoderieren. Erna, die als Ich-Erzählerin auftritt, und Nelli, zwei Fürsorge-Studentinnen, sind auf der Jagd nach Männern mit Bärten, die sie »Biber« nennen. Warum? Ein Spaß unter Freundinnen? Fast alles ist seltsam in dieser Erzählung.

Handlungsort ist Hamburg, die Reeperbahn, dazu dunkle, enge Straßen, die »ganz unvermittelt neben weiten glänzenden Geschäftsstraßen liegen«. Die beiden Studentinnen folgen einem Mann, den sie für einen »Biber« halten, bis die Protagonistin entdeckt, dass der Verfolgte seinen rechten Arm unnatürlich hält und blutet. Sofort wittert sie ein »heimliches Verbrechen, womöglich Mord«. Sie folgen ihm in ein »dunkles schweigendes Haus«, wo sich das Rätsel schließlich auflöst. Diese eigenwillige Geschichte lebt vor allem von der Atmosphäre, weniger von der Spannung einer klassischen Detektivgeschichte.

Vermutlich in diesen Monaten entsteht eine weitere Skizze, »Der rücksichtsvolle Herr Mordhorst«, eine literarische Gelegenheitsarbeit, die für diese Auswahl nicht berücksichtigt wurde. Sie spielt »damals, als [...] die Grüne Woche in Hamburg war«. Mordhorst – der sprechende Name kommt im Norddeutschen häufiger vor und wird von Fallada auch im »Trinker«-Roman verwendet – will nächtens, da er seine Schlüssel verloren hat, seine Vermieter nicht wecken, schlägt die Fenster zu seinem Zimmer ein, legt sich ins Bett und wacht wenig später auf, umgeben von den Vermietern und einem Polizei-Überfallkommando.

»Ich sitze hier in Hamburg im Wartesaal des Hauptbahnhofs, völlig mittellos, und überdenke, ob es für mich nicht am besten sein wird, mit diesem elenden Leben, das doch nur Qual ist, Schluß zu machen und in die Elbe zu springen«, schreibt Fallada seinem Freund Hans-Joachim Geyer.[8] Ähnlich verzweifelte Briefe erhält Ernst Rowohlt. Es wird Winter, und Falladas Einnahmen aus der Adressenschreiberei und der kleine Zuschuss von den Eltern reichen nicht aus, um die hohen Lebenshaltungskosten in der Hansestadt zu bestreiten. Im November 1928 gelingt es Gefängnisdirektor Bithorn, seinen einstigen Häftling als Abonnenten- und später als Annoncenwerber auf Provisionsbasis beim »General-Anzeiger« in Neumünster unterzubringen. Es ist die unterste Stufe auf der Leiter, ein Drückerjob, Türklinken putzen und Leute belästigen. Aber es ist ein neuer Anfang, und Fallada widmet sich der Arbeit mit Energie und Ernsthaftigkeit. An den Wochenenden besucht er seine Logen-Freunde in Hamburg, auch seine alte Wirtin, um die dorthin gesandte Post abzuholen, und trifft hier zum ersten Mal auf Anna Issel, seine Suse.

Die Begegnung mit Suse, die er wenig später heiratet, ist die entscheidende Zäsur in seinem Leben. Erst der Halt, den sie ihm gibt, lässt aus dem stets von neuen Anfechtungen und Abstürzen bedrohten Künstler, aus der verkrachten bürgerlichen Existenz Rudolf Ditzen den erfolgreichen Schriftsteller Hans Fallada werden. In dieser Zeit scheint ihm alles zu gelingen, vom Annoncenjäger arbeitet er sich binnen kurzem hoch zum Leiter eines Anzeigenblattes, zum Geschäftsführer des Verkehrsvereins und zum Aushilfsredakteur. Hier ist er eine Zeitlang das, wozu er sich nicht berufen fühlt, ein »Tagesschriftsteller«, der Kurzberichte verfasst, aber auch das eine oder andere Feuilleton unterbringen kann. Im März 1930 wird Sohn Uli geboren. Neumünster wird dem jungen Paar bald zu klein. Rowohlt bietet seinem einstigen Autor eine bescheidene Stellung in der Rezensionsabteilung seines Verlages in Berlin an. Zum ersten Mal ist er sozial und künstlerisch nicht isoliert – er hat Umgang mit den Kollegen, Anschluss an den Literaturbetrieb ebenso wie Zeit zum Schreiben.

Schwierig oder leicht – der Erfolgsschriftsteller

Kaum in Berlin, beginnt Fallada Anfang Februar mit der Arbeit an einem Roman, den er Rowohlt bereits von Neumünster aus als »die Geschichte einer verkrachten Kleinstadtzeitung« angekündigt hat und der 1931 unter dem Titel

»Bauern, Bonzen und Bomben« erscheint.[9] Das Buch wird ein Achtungserfolg, mit ihm wechselt er die Seiten vom Angestellten zum Autor des Rowohlt Verlags.

Mittlerweile ist der Verlag in wirtschaftliche Turbulenzen geraten und fällt ab Herbst 1931 als Arbeitgeber aus. Fallada muss zusehen, wie er die junge Familie, die inzwischen nach Neuenhagen östlich von Berlin gezogen ist, weiter mit seinem Schreiben über Wasser hält. Die kommenden Jahre werden – neben der Zeit 1945/46 – zur Hauptzeit seiner Geschichten-Produktion. 1931 und 1932 publiziert er Erzählungen in zahlreichen Blättern, in Tageszeitungen wie der »Vossischen Zeitung«, der »Berliner Morgenpost« und der »Frankfurter Zeitung« ebenso wie in Zeitschriften wie dem »Uhu«, der »Grünen Post« und dem »Querschnitt«. Die Vermarktung seiner Geschichten überlässt er Agenturen, zunächst dem Feuilletondienst von Rowohlt und nach Schließung des Verlags in der NS-Zeit u. a. dem Presse-Büro Gayda in Eisenach.

Mit dem Welterfolg von »Kleiner Mann – was nun?«, das Buch erscheint im Juni 1932, rückt Fallada auf einen Schlag in den Mittelpunkt des medialen Interesses. Nun werden ihm keine ungebeten eingesandten Arbeiten mehr zurückgeschickt, im Gegenteil, die Redaktionen reißen sich um die Beiträge des Erfolgsautors. Mehr als viertausend Tageszeitungen gibt es in Deutschland, dazu 103 Literaturblätter und Revuen im deutschsprachigen Raum.[10] Zu allen möglichen Fragen wird Fallada ein Statement abverlangt, am ehesten aber will man etwas wissen über ihn selbst, über sein Herkommen, seine literarischen Interessen und Vorbilder. Fallada kommt diesem Verlangen bereitwillig nach, wobei er die problematischen Episoden seiner Biographie überspielt. »Sie wissen ja«, schreibt er einmal an Rowohlt, »daß der übergroßen Präzisheit einige Hindernisse im Wege stehen – und auf Schwindeln möchte ich mich doch auch nicht erwischen lassen.«[11]

Die hier zum ersten Mal veröffentlichte Skizze »Schwierig oder leicht –?«, die um 1933 entstanden ist, legt den Eindruck nahe, Fallada sei der eigene Erfolg nicht ganz geheuer. Wie schon »Bauern, Bonzen und Bomben« bedeutete auch »Kleiner Mann – was nun?« die Abkehr von einem früher gehegten Kunstideal, das Zugehen auf ein Publikum, das Hineinlassen der Wirklichkeit in die Literatur. Aber war damit die Abkehr von der Kunst vollzogen, war der Erfolg ein Indiz des Unkünstlerischen? Ausgerechnet am Beispiel seines Lieblingsautors Jean Paul stellt er sich diese Frage. Jean Paul gehörte zur Lektüreerfahrung des Kindes, und das letzte Zeugnis von Falladas literarischem Interesse ist seine Jean-Paul-Lektüre, die für den Neujahrstag 1947 in der Krankenakte aus der Charité vermerkt ist. Auf dem Höhepunkt seines Erfolgs hegt Fallada Zweifel: Ist er selbst ein Künstler oder »doch nur ein Bücherschreiber«? Hat er es sich »zu leicht« gemacht? Zugleich weiß er um die Kraft seiner Literatur: Als »einsames, kopfhängerisches, scheues Kind« schildert der Schriftsteller sich selbst in dem Text »Warnung vor Büchern«. Seine Leselust und seinen Lesekanon hat er mehrfach beschrieben, beides ist auch durch Erinnerungen und Aufzeichnungen in der Familie bezeugt. Hier findet er die schöne Wendung, wie es wiederum ein Buch ist, diesmal ein selbstgeschriebenes, das ihn aus der Vereinzelung heraushilft, in der ihn die vielen anderen gelesenen Bücher gehalten haben (gewiss eine idealisierte Schilderung des tatsächlichen Geschehens): »Und – es war keine Niederschrift vom erträumten Glück, von ersehnter Größe, nein, es war eine Geschichte aus dem Bereich des einfachen, schlichten, täglichen Lebens, nahrhaftes Brot aus den Äckern dieser Erde – kurz gesagt: es war die Geschichte vom Kleinen Mann. Plötzlich war ein Widerhall da, siehe da, ich war nicht mehr allein.« Dennoch warnt er vor Büchern, vielmehr davor, das Leben über der Lektüre zu vergessen. Gute Bücher entstehen nicht allein als

Frucht von Lektüre, sondern schöpfen aus dem Leben selbst. Eine gekürzte Variante des Textes erscheint unter dem bewusst irreführenden Titel »Etwas von meiner Jugendliebsten« erstmals am 5. November 1934 in der »Berliner Montagspost«.

Die Jahre von 1928 bis 1934 kann Fallada privat und beruflich als eine Zeit des Erfolgs und des Aufstiegs verbuchen. Eine ganz spezielle Bilanz dieser Zeit zieht er in dem kleinen Feuilleton »Vom Kuhberg nach Carwitz. Vom Feuerherd zum Elektroherd«, das er – offensichtlich zu Werbezwecken – für die Zeitschrift »Der Strom« geschrieben hat, wo es 1934 in der Juli/August-Ausgabe erscheint. Von der »Abseite« in Neumünster zur »Elektroküche« samt Kühlschrank in Carwitz – in fünf Jahren Ehe holt er »tausend Jahre menschlicher Arbeit« auf, so das Resümee des stolzen Autors.

Es sind vor allem die biographischen Tiefpunkte, die Fallada in diesem kurzen Text ausspart. Der literarische und ökonomische Erfolg von »Kleiner Mann – was nun?« lässt ihn 1932 den Halt verlieren. Er beginnt wieder zu trinken und betrügt seine Ehefrau. Auch politisch verdüstert sich der Horizont. Wird es ihm, der als Autor der Weimarer Republik bekannt ist, im Dritten Reich möglich sein, weiter als Schriftsteller zu arbeiten? Ende 1932 ist die junge Familie nach Berkenbrück östlich von Berlin gezogen. Sie mieten sich in ein Haus direkt an der Spree ein, ringsherum nur Wald. Die Ditzens fühlen sich hier so wohl, dass sie dem verschuldeten Besitzer, Paul Sponar, Haus und Grundstück abkaufen wollen. Der sieht jedoch nach dem Machtantritt der Nazis seine große Stunde gekommen und zeigt seinen Mieter wegen angeblicher Attentatspläne auf Hitler an. Infolge der Denunziation kommt Fallada für einige Tage in Haft. Obwohl sich schnell herausstellt, dass die Anschuldigungen für Sponar nur Mit-

Bei der Beaufsichtigung der Umbauten in Carwitz, August 1933

tel zum Zweck waren, den eigenen Besitz zu retten, ist Fallada schockiert ob der Willkür im neuen Staat. Er bricht zusammen, trinkt, fühlt sich verfolgt. Zur gleichen Zeit hat Suse mit den Komplikationen einer schwierigen Schwangerschaft zu kämpfen. Im Juli bringt sie zwei Mädchen zur Welt, nur Lore, das »Mückchen«, überlebt. Fallada gibt sich eine Mitschuld am Tod des anderen Kindes, zu wenig hat er sich um Suse gekümmert. In dieser Zeit erfährt die Familie viel Unterstützung durch Freunde. Rowohlt kümmert sich um die Freilassung seines Autors, Peter Suhrkamp übernimmt die Rückabwicklung des Hauskaufs in Berkenbrück, und Peter Zingler, bei Rowohlt für den Auslands- und Feuilletondienst zuständig, führt Fallada an jenen Ort, den er als mögliches Refugium für die Familie ausgemacht hat: Carwitz, die »verwunschene Herrlichkeit« in einer der schönsten Seenlandschaften Deutschlands.[12] Im Oktober 1933 ist alles so weit vorbereitet, dass die Familie einziehen kann.

Suse mit Tochter Lore (Mücke) und Sohn Uli, Oktober 1934

In welchem Zustand Fallada das Anwesen in Carwitz auch immer gekauft hat – es war alles andere als eine überstürzte Entscheidung. An diesem Ort verdichten sich seine Wünsche und Vorstellungen von der eigenen Zukunft zum Gehäuse einer langerstrebten souveränen Lebensform. Hier entstehen in den kommenden elf Jahren, beginnend mit »Wir hatten mal ein Kind« (1934), über zwanzig Werke: Romane, längere Erzählungen und Kinderbücher.

Noch bis 1938 gibt es, trotz des gerade erworbenen Anwesens, immer wieder konkrete Pläne, Deutschland zu verlassen, letztlich entscheidet sich Fallada gegen die Emigration. Der Preis dafür ist hoch. Er macht Zugeständnisse in Vorreden seiner Bücher, mit denen er Freunde und Gegner gleichermaßen verprellt. Immer wieder muss er nach publizistischen Angriffen fürchten, seine Existenzgrundlage als Schriftsteller zu verlieren, 1935 wird er vorübergehend zum »unerwünschten Autor«. Nach seinem großen Roman »Wolf unter Wölfen« (1937) und nach dem »Eisernen Gustav« (1938), den er auf Druck von Goebbels in dessen Sinne umschreibt, flüchtet er sich in scheinbar harmlose Stoffe. Doch ungeahnte Angriffsflächen finden sich auch hier zur Genüge. In immer kürzeren Abständen ereilen ihn Depressionen, zu deren Behandlung er sich in diesen Jahren zumeist nach Zepernick am nördlichen Stadtrand von Berlin begibt, wo sein Leipziger Schulfreund Willi Burlage ein Sanatorium leitet.

Auf die Alternative »Landwirtschaft oder Literatur«, »Kartoffel oder Kunst« hatte Fallada seine Lebensaussichten einst zugespitzt. In Carwitz stellt sich heraus, dass beides keinen Gegensatz bildet, dass die Betätigung als Landwirt nicht nur den Ausgleich für die geistige Hochleistung des Schreibens bietet, sondern lange Zeit auch die innere Rechtfertigung für seine Existenz als Schriftsteller. Im »Märchen vom Unkraut«, in dem das biblische Gleichnis vom vierfachen Ackerfeld anklingt, greift Fallada die Landwirtschaft als Sujet auf. Im Kern erzählt er die Geschichte von einem, der nicht bereit ist, die Welt so zu nehmen, wie sie ist: Ein mürrischer Bauer trifft auf Gott in Gestalt eines alten, freundlichen Mannes, der ihm den Wunsch erfüllt, seine kleine Welt nach den eigenen Vorstellungen einzurichten, jedoch nur für den Zeitraum eines Jahres. Der Bauer braucht zwei Anläufe, um zu begreifen, dass das Gute ohne das Böse nicht zu haben ist. Am Ende sieht er das Unkraut auf seinem Land wieder gern wachsen. Eine schlichte Moral, gerichtet gegen die ewigen Nörgler, die Oberschlauen und Weltdurchblicker. Vielleicht stellt der von Zensur und öffentlicher Ächtung bedrohte Schriftsteller mit dieser Geschichte auch die Frage nach der eigenen Rolle in einer Zeit zunehmenden Konformitätsdruckes.

1936 tröpfeln die Bucheinnahmen nur noch – fünf Titel zusammen bringen im ersten Halbjahr gerade einmal 358 RM ein. Fallada muss Personal entlassen, Land verpachten, Pferd und Wagen verkaufen. Seinem Freund Kagelmacher schreibt er: »[…] ich will in den nächsten zwei Jahren kein Buch veröffentlichen. Es soll alles liegen bleiben, ich möchte, dass meine Umwelt mich ein bisschen vergäße, ich habe diese ständigen Angriffe, diese Bedenken, kann man das auch drucken?, reichlich über. Es wird schon kommen, man muss bloß – in jeder Hinsicht – warten können.«[13] Da sitzt er längst schon wieder an zwei neuen Vorhaben, den »Geschichten aus der Murkelei« und einem Werk, das bis Ende Oktober auf 600 Seiten angewachsen ist: »Wolf unter Wölfen«.

»Zur Erholung« beginnt er nach Abschluss des ersten Teils von »Wolf unter Wölfen« am 21. November 1936 die Geschichte um »Gesine Lüders«, die den Leser in die Heimat seiner Vorfahren führt, nach Friesland. Im Haus des Pastors Zyriac Tiburtius kündigt sich die Geburt eines Kindes an. Während das Mädchen Gesine gesund auf die Welt kommt, stirbt die Mutter. Im Gedenken an die Tote entwickelt sich ein stilles Einverständnis zwischen dem Vater und der heranwachsenden Tochter. Zyriac, der den Verlust seiner Frau nicht verwinden kann, nimmt Gesine eines Tages mit auf den Friedhof zum Grab der Mutter, wo die »Schattenhände« des Todes nach ihm greifen. Es ist Gesine, die ihn am Arm nimmt und in die Wirklichkeit zurückholt. In dieser leider Fragment gebliebenen Geschichte, in der Figurenkonstellation des schwachen Mannes und der starken (Kind-)Frau, ist Fallada sich und seinen Themen sehr nahe.

Vom Entbehrlichen und vom Unentbehrlichen – die Kriegsjahre

Fallada gönnt sich keine Pause, auf den »Eisernen Gustav« folgt eine Reihe von Unterhaltungsbüchern, teilweise für den Film, teilweise für Illustrierte geschrieben. Nicht nur die große Welt gerät aus den Fugen, auch in Falladas Privatleben herrscht Chaos. Mehr als einmal stellt er den Langmut Suses auf die Probe, stürzt sich in Affären und versucht seine Niedergeschlagenheit in Alkohol zu ertränken. Anfang April 1940 wird Sohn Achim geboren. Suses und Falladas Glück sind die Kinder, in Zeiten der Depression sind sie »rasch vergehende Lichtblitze in einem tiefen Dunkel«.[14]

Die Signale, die der Schriftsteller von der NS-Kulturbürokratie empfängt, sind widersprüchlich. Es gibt keine konsistente nationalsozialistische Literaturpolitik, was einerseits zu Willkür führt, andererseits Schlupflöcher eröffnet.[15] Auf jeden Fall bedeutet es eine ständige nervliche Belastung, der Fallada auf Dauer nicht gewachsen ist. Je länger der Krieg weitergeht, desto heikler wird auch die Frage der Papierbewilligung. Fallada verlegt sich nicht zuletzt deshalb auf Unterhaltungsstoffe, weil es dafür ein breites Publikum und Absatzmöglichkeiten in Zeitungen und Zeitschriften gibt. Aus dem gleichen Grund schreibt er seit 1941 auch wieder Erzählungen.

Zwei dieser Geschichten entstehen zwischen dem 7. und 13. August 1941, sie sind von der Illustrierten »Signal« bzw. der Wochenzeitung »Das Reich« bestellt: »Vom Entbehrlichen und vom Unentbehrlichen« und »Das EK Eins«. Unklar ist, warum sie damals nicht gedruckt wurden.

In »Vom Entbehrlichen und vom Unentbehrlichen« sitzt eine Gruppe von Besuchern mit den Gastgebern »in einer stillen Sommernacht« am See, die Atmosphäre atmet Frieden, aber schon seit zwei Jahren gibt es Krieg. Der Garten am See ist als Carwitz identifizierbar, die Gastgeberin wird deutlich erkennbar als Suse eingeführt, für den »dicken Arzt« steht Willi Burlage Pate, für den »Syndikus« Peter Zingler, der »Maler« lässt sich als Heinrich Heuser entschlüsseln, »Veronika« als eine Schwester Suses.[16] Die Gesellschaft unterhält sich darüber, was jeder am meisten entbehrt in dieser Kriegszeit. Angeführt werden alle möglichen Alltäglichkeiten, deren Berechtigung nicht in Frage gestellt wird, das Auto, Fleisch, Seife, die

Beleuchtung in der Nacht. Am Ende sagt Veronika, was sie am meisten entbehrt: ihren Sohn, der als Soldat an der Ostfront steht. Die Gesellschaft ist beschämt, und die Gastgeberin resümiert: »[...] ich wollte, ich lernte es noch einmal, Kleines und Großes zu unterscheiden.« Oberflächlich lässt sich die Geschichte vor dem damaligen Hintergrund wie ein Durchhalte-Appell lesen, versteht man »das Große« als den Krieg im Osten und »das Kleine« als die Annehmlichkeiten des Alltags. Tatsächlich aber ist »das Große«, demgegenüber alles andere als entbehrlich erscheint, der drohende Verlust eines geliebten Menschen. Durch die Ritzen des Gesprächs schleicht sich der Tod in den Carwitzer Sommernachtstraum hinein.

In der zweiten Geschichte, »Das EK Eins«, werden, wie häufig bei Fallada, Wirklichkeitspartikel, Ereignisse und Zusammenhänge, aber auch Eigenschaften von Personen für die Zwecke der Erzählung neu zusammengestellt. Es lassen sich als reale Vorlage für die geschilderten Personen neben dem Autor selbst und seinem Bruder Uli wiederum Ernst Rowohlt (»Tolwe«) und Jugendfreund Burlage (der »dicke Nervenarzt«) ausmachen, der geschilderte Ort erinnert an die Wohnsituation der Ditzens in Neuenhagen. Zu den realen Details gehört die Remigration Rowohlts. Der Verleger war bereits 1938 wegen der »Tarnung jüdischer Schriftsteller« aus der Reichsschrifttumskammer ausgeschlossen worden, sein Verlag firmierte fortan als Tochterunternehmen der Deutschen Verlags-Anstalt. Er selbst ging im Frühjahr 1939 mit der Familie nach Brasilien, kehrte jedoch Ende 1940 auf einem Blockadebrecher zurück.

Eine biographisch verbürgte Episode aus der gemeinsamen Dienstzeit von Rowohlt und Falladas Bruder Uli (beide versahen ihren Dienst im Ersten Weltkrieg im selben Regiment) dient dem Autor dazu, das ambivalente, zwischen freundschaftlicher Nähe, geschäftlicher Distanz, Bewunderung und Zurückhaltung wechselnde Verhältnis zwischen ihm und Ro-

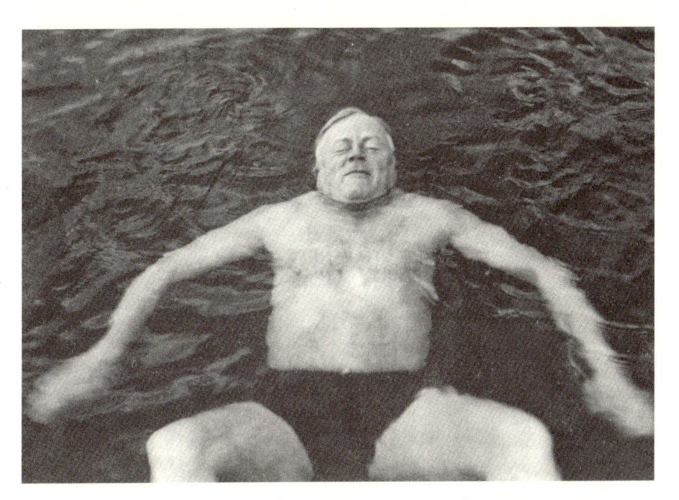

Ernst Rowohlt in Carwitz, 9. Juli 1938

wohlt zu beschreiben. Freundschaft auf Augenhöhe wollte Fallada auf Dauer nicht gelingen, wer dafür in Frage kam, neben Rowohlt und Burlage anfänglich noch Peter Suhrkamp, nach dem Zweiten Weltkrieg auch Johannes R. Becher, wurde von ihm früher oder später wieder in die für ihn nötige Distanz gerückt – ein Aspekt seines starken Autonomie- und Souveränitätsbedürfnisses.

Fallada stürzt sich in einem selbstzerstörerischen Tempo weiter in die Arbeit: Mitte Oktober 1941 beginnt er mit dem ursprünglich für den Film gedachten Manuskript »Ein Mann will nach oben«. In drei Monaten entstehen an die tausendeinhundert Manuskriptseiten.[17] Noch bevor der Text in die Maschine diktiert wird, schreibt er Ende Januar 1942 an vier Tagen sechs Geschichten. Eine davon ist »Genesenden-Urlaub«. Kurt Brasch, Held in mehreren Geschichten Falladas, ist auf Heimaturlaub in seinem Dorf, doch er blickt jetzt mit den Augen des Krieges auf den scheinbar unveränderten Frieden in dem Ort. Er soll eine Verletzung am Arm auskurieren, von der die Ärzte nicht wissen, woher sie kommt. Er kapselt sich ab, will von Gefühlen nichts wissen. Einmal bricht es aus ihm heraus, er erzählt der Mutter von seinen Kriegserlebnissen, und das Grauen und die Unmenschlichkeit des Krieges bekommen ein Gesicht. Als er dann einem Mädchen begegnet und Gefühle zulässt, löst sich das Problem mit dem Arm. Er weicht dem Mädchen und dem unwirklichen Leben im Frieden jedoch aus und will zurück an die Front. Ist das Durchhalteprosa, oder beschreibt die Erzählung nicht eher den Konflikt des Soldaten, der beide Welten nicht mehr zusammenbekommt? Dasselbe Motiv nutzt Fallada in einer späteren Geschichte, »Der Heimkehrer« (1946), deren Protagonist durch eine ähnliche Spontanheilung befähigt wird, am Wiederaufbau teilzunehmen.

Vier der für die Zeitschrift »Signal« bestimmten und dort abgelehnten Erzählungen erscheinen später in verschiedenen Zeitschriften des Scherl-Verlags (»Nur Stroh«, »Das Ende vom Lied«, »Genesenden-Urlaub«, »Der Maler«). Nicht unterbringen kann Fallada die Texte »Auch eine Kriegsgeschichte« und »Warmer Strom und das Eis« – Letzterer ist verschollen. In der Erzählung »Auch eine Kriegsgeschichte«, auf deren Abdruck hier verzichtet wurde, verlieben sich eine Lehrerin und ein junger Soldat ineinander. Die Lehrerin fühlt sich von der Hilflosigkeit des Soldaten angezogen, doch als der an der Front alles Kindliche verliert, erlischt ihr Interesse, und sie sucht sich einen anderen. Falladas Versuch, ein psychologisches Thema, das ihn interessiert, in zeitgemäßer Verpackung zu erzählen, bleibt hier in der Ausführung kursorisch.

Von anderer Qualität ist die im gleichen Zuge Ende Januar 1942 geschriebene Erzählung »Der Maler«, die in den »Breslauer Nachrichten« vom 19. Juli 1942 unter dem Titel »Ein Wanderer ist unterwegs in der Nacht. Begegnung mit dem verrückten Maler« gedruckt wurde. Kurt Brasch wird auf der Landstraße zwischen Oranienburg und Schwerin als blinder Passagier von einem Lastwagen heruntergeprügelt und in der Novemberkälte zurückgelassen. Er verirrt sich in die Stube eines Malers, der nach dem Bild des alten Sponar in Berkenbrück gezeichnet ist. Anspruch und Wirklichkeit sind, wie es Fallada schon bei seinem Vermieter zu sehen glaubte, auch bei dem Maler nicht in Einklang zu bringen: Er hält sich für Rubens. Schlecht geht es ihm nur, wenn er an diesem Trugbild zweifelt. Es ist ein typisches Fallada-Sujet – über das Sicheinrichten in Scheinwirklichkeiten, über den Zweifel am eigenen Künstlertum, über verfehlte Ansprüche, Selbstbetrug, die Projektion des eigenen Versagens auf andere und die Lebensuntauglichkeit des Künstlers.

Fast ein Jahr später, im November 1942, setzt sich Fallada noch einmal an eine Geschichte, die Fragment bleibt und für diesen Band nicht berücksichtigt wurde. »Eine Königskrone geht auf Reisen (Die Krone von Bosambo)« lässt sich als Persiflage des Afrika-Romans »Bosambo aus Monrovia« von Edgar Wallace lesen und als ein Spiel mit antibritischen Klischees. Über den Entstehungshintergrund ist nichts überliefert.

Reichlich drei Jahre liegen zwischen dem Entstehen dieses Textes und einer Serie von Geschichten, die Fallada im Dezember 1945 für die Zeitung der Sowjetischen Besatzungsmacht in Deutschland schreibt. In dieser Zeit verändern sich fast alle Umstände seines bisherigen Lebens. Carwitz kommt ihm zunehmend wie eine Falle vor. Hier steht er unter der Kontrolle lokaler Nazi-Funktionäre. Auf exzessive Schreibphasen folgen in immer kürzeren Abständen Zusammenbrüche und Sanatoriumsaufenthalte. Fallada flüchtet sich weiter in den Alkohol und in Affären mit Dienstmädchen. All das verschärft die Konflikte, die sich in der Ehe mit Suse angehäuft haben. Die Befürchtung, bei fortschreitender Kriegsdauer einberufen oder dienstverpflichtet zu werden, verdüstert seine Stimmung zusätzlich.

1943 ist das Haus in Carwitz voll belegt mit Verwandten, Freunden und Evakuierten. Auch seine Mutter lebt inzwischen hier. An Ruhe fürs Schreiben ist kaum zu denken. Zudem ist mit der endgültigen Schließung des Rowohlt Verlags im November 1943 die Existenzgrundlage des Schriftstellers bedroht. Im Mai 1944 ist das gemeinsame Glück mit Suse endgültig aufgebraucht, die Scheidung wird eingereicht. Fallada ist in dieser Zeit reizbar, trinkt viel und schießt im Garten auf Scheiben. Nur Wochen nach der Scheidung bekundet er die Absicht, neu heiraten zu wollen. Seine Geliebte ist Ulla Losch, dreiundzwanzigjährige Witwe und Mutter einer vierjährigen Tochter. Auf dem Hof in Carwitz lebt Fallada inzwischen in einem Nebengebäude, die einstigen Eheleute gehen sich aus dem Weg. An einem Wochenende im August 1944 kommt es wieder einmal zum Streit zwischen ihm und Suse. In zweieinhalb Tagen hat er zwölf Flaschen Wein getrunken und Schlafmittel genommen, jetzt droht er Suse, sie zu erschießen. Sie kennt ähnliche Szenen und nimmt ihn nicht ernst. Er fuchtelt mit der altertümlichen Waffe herum, und ein Schuss löst sich. Die dramatische Szene endet für Fallada, gegen den Willen Suses, in einer Gemeinschaftszelle für geistig unzurechnungsfähige Verbrecher in Neustrelitz. Hier kommt er zur Besinnung, und er darf sogar schreiben. In nur wenigen Monaten entstehen die Romane »Der Trinker« sowie große Teile des verschollenen »Kutisker«-Romans, verschiedene Erzählungen und Kindergeschichten und ein Tagebuch, mit dem sich Fallada unter den Augen der Wärter seinen Hass auf das Regime der Nationalsozialisten von der Seele schreibt. Der Text erscheint 2009 unter dem Titel »In meinem fremden Land. Gefängnistagebuch 1944«. Seine Entlassung im Dezember 1944 verdankt er einem Medizinalrat, der nach dem Krieg von den sowjetischen Besatzern verhaftet wurde und für immer verschwand.

Kurz vor Weihnachten darf Fallada nach Carwitz zurück

und versöhnt sich mit Suse. Beide kommen überein, es noch einmal gemeinsam zu versuchen. Aber ihn zieht es zu Ulla. Im Februar 1945 heiraten die beiden in Berlin, während ringsherum die Welt untergeht. Zwei Jahrzehnte lang hat Fallada kein Morphium angerührt, jetzt kommt es durch Ulla zurück in sein Leben. Das Kriegsende erleben sie in Feldberg. In den ersten Tagen wird Ulla zum Säckeschleppen, Fallada zum Kühehüten kommandiert. Nach kurzer Zeit machen ihn die Russen zum Bürgermeister von Feldberg und zwanzig Umlandgemeinden. Er ist auf Dauer dem Druck nicht gewachsen, der sich aus dem Agieren zwischen den Interessen seiner Mitbürger und denen der Besatzer ergibt. Im August 1945 bricht er zusammen, Ulla unternimmt einen Selbstmordversuch. Beide kommen ins Krankenhaus nach Neustrelitz. Von hier aus fahren sie Anfang September in die Ruinenstadt Berlin.

Junge Liebe zwischen Trümmern – Neuanfang

Es dauert Wochen, bis sie wieder auf die Beine kommen. Von den vier Besatzungsmächten sind es zunächst die Russen, die den Wert der Kultur für die moralische Genesung der Deutschen nach dem Ende des NS-Regimes erkannt haben. Die einflussreichste Person im Kulturbetrieb der frühen Nachkriegszeit ist, zurückgekehrt aus dem Moskauer Exil, Johannes R. Becher, Präsident des »Kulturbunds«, Spiritus Rector bei der Gründung des Aufbau-Verlags und späterer DDR-Kulturminister. Becher sieht in Fallada einen Wesensverwandten, er teilt mit ihm die Herkunft aus der Familie eines hohen Juristen, die Verirrungen in der Jugendzeit – beide sind sie die einzigen Überlebenden eines versuchten Doppelselbstmordes – ebenso wie die seelische Labilität des Künstlers. Einmal unter Bechers Obhut geraten, kümmert der sich

»wie ein Vater« um Fallada.[18] Er versorgt ihn mit einer Villa in Pankow-Niederschönhausen, im Machtzentrum der neuen Elite, und verschafft ihm Aufträge, vor allem vom Aufbau-Verlag, aber auch von Zeitungen wie der »Täglichen Rundschau«.

Hier, im Blatt der Sowjetischen Militäradministration für die deutsche Bevölkerung, erscheinen bereits im Dezember 1945 wieder Erzählungen Falladas. Die erste dieser Geschichten nach Kriegsende heißt »Oma überdauert den Krieg«. Oma verkörpert eine Haltung, die den Menschen in zwölf Jahren Pöbelei, Diktatur, Brutalität und Denunziantentum abhandengekommen ist: Altruismus, pragmatische Hilfe, Anstand und der Blick für die Schwachen, für die Kinder, eine Einstellung zum Leben, die das Beste aus dem macht, was einem widerfährt. Es ist diese Haltung, die wie ein Fremdkörper im verrohten Nachkriegsdeutschland wirkt. Die Geschichte erinnert an eine andere, etwas rührselige Erzählung aus den frühen dreißiger Jahren, »Mutter lebt von ihrer Rente«, wie überhaupt Fallada in diesen Monaten gern zurückgreift auf alte Motive.

Äußerlich betrachtet, fällt die Bilanz am Ende dieses Schicksalsjahres für ihn positiv aus: Er ist, hochprivilegiert und beneidet, dort, wo viele hinwollen: dicht an der Macht, an der »Futterkrippe«: »[…] ich bin ein unwahrscheinlich angesehener und begehrter, aber auch sehr beneideter Mann geworden, der sich vor Aufträgen nicht retten kann«, schreibt er Ende November 1945 an seine Exfrau Suse.[19] Doch wie viel davon hält der inneren Revision stand? Fallada ist im raschen Wechsel von Hochgefühlen getrieben und von Depressionen geplagt. Der große Traum, mit knapp fünfzig noch einmal von vorn zu beginnen, sich mit Ulla ein neues Leben, auch mit gemeinsamen Kindern, aufzubauen und dabei seine alte Familie nicht aus den Augen zu verlieren, droht an den Drogenproblemen der beiden zu scheitern. Es ist eine unselige

Konstellation zweier Liebender: Ulla, die selbst eine führende Hand brauchte, und Fallada, der gewohnt ist, in seinen wechselnden Stimmungen Halt bei der Partnerin zu finden.

Am 13. Dezember 1945 schreibt Fallada zwei Erzählungen, die für die »Tägliche Rundschau« gedacht sind. Beide spiegeln die Lebenssituation des Autors. Die eine heißt »Junge Liebe zwischen Trümmern«: Im zerstörten Berlin, in dem jeder nur an sich denkt, ist nach dem Krieg nur mehr eine missmutige, vom täglichen Überlebenskampf zermürbte Masse übriggeblieben. Auch das Glück zweier Liebender hat es schwer, sich gegen die Missgunst der Mitwelt inmitten der Trümmer zu behaupten. Am Ende retten sich die beiden in die Zweisamkeit, in ein Leben »mit Liebe und Glück«. Monate später wird ein Teil dieser Geschichte in den Roman »Der Alpdruck« einfließen.

Am gleichen Tag entsteht »Der Pott in der U-Bahn«. Die Erzählung schildert eine Szene aus dem Alltag im Nachkriegsberlin: Der Held erwirbt im U-Bahn-Getümmel als Letzter in einer Kette von Zwischenhändlern einen Kochtopf, bringt ihn glücklich nach Hause und wird von seiner Frau gelobt, dass er den Hochzeitstag nicht vergessen habe. Der Mann beschließt, seiner Frau zu verschweigen, dass das zeitliche Zusammentreffen reiner Zufall ist, vielleicht wird sie die Geschichte eines Tages in der Zeitung lesen. Tatsächlich erscheint »Der Pott in der U-Bahn« zum einjährigen Hochzeitstag von Ulla und Fallada am 1. Februar 1946 in der »Täglichen Rundschau«.

Ende Mai 1946 vermeldet Fallada, auf Entzug in einem Hilfskrankenhaus in Pankow, seinem Freund Rowohlt: »Ich habe viel mit Depressionen zu tun und das Leben ist im Augenblick eigentlich nur unerfreulich«.[20] Dennoch geht es bergauf, Indikator dafür ist wie immer das Anschwellen der schriftstellerischen Produktion des Patienten. Am 1. Juni schreibt er bereits den »Pfingstgruß an Achim«, ein Geschenk für den jüngsten Sohn in Carwitz. In der Geschichte wird dem kleinen Achim ein Pfingstwunder versprochen, stattdessen erlebt er ein reales Wunder, das Anbrechen eines neuen Tages in der Natur, ein Erlebnis, das ihn durch sein ganzes Leben begleiten wird. Es ist die Liebeserklärung eines Vaters an seinen Sohn, ein Gruß aus der Berliner Ferne nach Carwitz. Die Geschichte lässt die Sehnsucht des Autors nach Normalität, Frieden und harmonischem Familienleben erkennen. Sie wird am 9. Juni in der »Täglichen Rundschau« veröffentlicht. An diesem Tag schreibt Fallada von der Krankenstation an Suse über sein Leben: »Gesamtergebnis: nicht viel Gutes, aber auch nichts direkt Schlechtes. Das beste ist, dass ich wieder den Arbeitswillen und auch einige Arbeitskraft habe. Ich werde es schon irgendwie schaffen.«[21] Mit dem gleichen Brief schickt er die Pfingstgeschichte nach Carwitz.

»Ich pussele endlose Kurzgeschichten«, lässt er seine Schwester wissen.[22] In dieser Zeit entstehen zehn Kalendergeschichten – Fallada greift die literarische Form der didaktischen Kurzerzählung auf, wie sie Johann Peter Hebel zur Kunst entwickelt hat. Neun der Geschichten werden gedruckt. An der zehnten, »Die schlimme Tochter«, scheinen die Redakteure Anstoß genommen zu haben. Ein kaum 14-jähriges Mädchen reißt wiederholt aus und wird mit fremden Männern im Bett gefunden. Ihr Stiefvater bringt sie jedes Mal nach Hause zurück, wo die Mutter sie zur Rede stellt. Doch geht der Tochter die Scham ab, sie mache nichts, was die Mutter nicht auch getan habe. Wieder reißt die Tochter aus und kommt schließlich in Polizeigewahrsam. Scham, so die Lehre des Erzählers, kann man nicht erst einer Vierzehnjährigen beibringen, und die Sünden der Eltern wirken nach im Leben der Kinder. Die Kalendergeschichte von der »schlimmen Tochter« spiegelt das moralische Chaos im Kleinen und den

Mit Achim am Carwitzer See, 4. Juli 1943

Verlust von Wertorientierung in einer Zeit des kompletten materiellen und geistigen Zusammenbruchs. Im Großen lässt Fallada im »Alpdruck« sein Alter Ego in der Stunde null erkennen: »Plötzlich wurde es Doll klar, dass sein Leben vermutlich nicht mehr ausreichen würde, um die Reinigung des deutschen Namens in der Welt Augen noch zu erleben, dass vielleicht seine eigenen Kinder und Enkel unter der Schmach ihrer Väter zu leiden haben würden.«[23]

Ein Stimmungs- und Stadtbild aus jenen Wochen zeichnet Fallada in einem Brief aus Niederschönhausen an seine Schwester Elisabeth und deren Familie: »Wenn ich, was so selten wie nur möglich geschieht –, in die eigentliche Stadt hineinkomme, bin ich immer wieder erschüttert von dem Ausmass der Zerstörung, und es bewegt mich doch immer sehr, dass Berlin so energisch wieder ans Zurechtrücken – von einem Aufbauen kann man noch nicht sprechen – geht, welche Tatkraft, welche Zähigkeit, welche Genügsamkeit mit dem Primitivsten, welcher Mut! Berlin ist wahrscheinlich heute die interessanteste Stadt der Welt, es gibt hier alles unvermittelt in einem U-Bahn-Wagen: Millionäre und die Elendsgestalten des Trecks, Schieber und kleine Angestellte, verkommene Jugendliche und Nutten: das Leben zeigt sich in seiner Rohheit und dabei in seiner Gewalt oft herrlich!«[24]

Zu den Erzählungen, die in dieser Zeit entstehen, gehört »Jeder fege vor seiner Frau«, eine temporeich erzählte Geschichte um Freundschaft, Liebe, Betrug und Untreue, die nur skizzenhaft ausgeführt ist. Am 31. Juli entsteht im Eisenmengerweg eine weitere Erzählung, »Unser täglich Brot«: Ein Mann stielt ein Brot, da er nicht weiß, wovon er seine drei Kinder ernähren soll, und schlägt aus Angst, verhaftet zu werden, die um Hilfe rufende Verkäuferin nieder. Wegen der Rohheit der Tat wird er zu einem halben Jahr Gefängnis ohne Bewährung verurteilt. Sein neunjähriger Sohn hat in den Trümmerfeldern der Stadt ein Refugium gefunden, einen früheren Luftschutzraum, in dem er einen jungen Windhund versteckt hält, den er dem Richter als Gegenleistung für die Freilassung des Vaters anbietet. Am Ende geht alles gut aus wie in einer der sentimentalen Weihnachtsgeschichten des Schriftstellers – Lebenshilfe in trüben Zeiten. Falladas eigene Erfahrungen mit Haustieren als Kind und seine Fluchtphantasien, die Robinson-Träume der Kindheit und späterer Jahre, klingen hier an.

Nur Tage später, am 4. August 1946, schreibt er die Erzählung »Die Bucklige«. Die abgründige Geschichte führt biographisch zurück in die Neumünsteraner Zeit. Damals hielt sich Fallada als Abonnentenwerber für den »General-Anzeiger« über Wasser. Eine bucklige Leichenwäscherin mit einer Vorliebe für verstorbene Kinder lockt den Helden der Erzählung mit Abschlüssen über zahlreiche Abonnements immer wieder in ihre Wohnung und versucht ihn zu verführen. Er sieht sich die Bucklige schön. Beim nächsten Besuch gibt es schon Kaffee, Kuchen und »eine Flasche Süßwein«. Schließlich bedrängt die Leichenwäscherin ihren Gast im Angesicht eines toten Kindes: »Du musst mich lieben!« Es ist eine jener Geschichten, in denen Fallada die Grenzfälle des Psychopathologischen auslotet und seine Vorliebe für die, wie Thomas Mann es nannte, »dunkle Spielart des Humanismus« auslebt. Als ihn Kurt Wilhelm vom Aufbau-Verlag Mitte August nach neuen Texten fragt, bietet er ihm eine Kurzgeschichte an, die ihm »die Russen wegen ›Graulichkeit‹ freigegeben haben«.[25] Möglicherweise war diese Geschichte gemeint. Gedruckt wird »Die Bucklige« hier zum ersten Mal.

»Die Tagesarbeit für die Zeitung, von der wir leben, frisst mich auf«, klagt Fallada in einem Brief an den Antiquar Wolfgang Keiper.[26] Unzufrieden ist Fallada auch mit seiner privaten Situation. Was immer übriggeblieben sein mag von dem Plan, noch einmal neu anzufangen, privat und beruflich, für Zuversicht reicht es nicht mehr aus. Fallada möchte sich endgültig von Ulla trennen. An Suse schreibt er: »Jedenfalls ist mir klar, daß alle meine Arbeitskraft und Arbeitslust bei Ulla verlorengehen würden, daß die mir am wichtigsten sind, weißt Du ja.«[27]

Fallada gönnt sich keine Atempause. In der zweiten Septemberhälfte 1946 schließt er den »Alpdruck«-Roman ab. Die neugegründete Filmgesellschaft DEFA meldet sich und bringt ein Vorhaben in Erinnerung, das ins vergangene Jahr zurückreicht. Es geht um den Roman, der später »Jeder stirbt für sich allein« heißen wird und – laut Vertrag mit dem Aufbau-Verlag – bereits zum Jahresende 1945 hätte vorliegen sollen. Fallada tut sich schwer mit diesem Stoff. Bereits im März 1946 hat er versucht, Verlagsleiter Kurt Wilhelm ein anderes Buch als Ersatz für den noch ausstehenden Widerstands-Roman anzubieten, ein Gegen-Buch zu Hans Grimms »Volk ohne Raum«.[28]

Beim Treffen mit den Filmleuten am 26. September 1946 möchte er wiederum auf einen anderen Plot ausweichen. Ihm schwebt ein »große Roman« vor, der, so der verworfene Titel eines früheren Buchs, »Die Eroberung von Berlin« heißen soll: »Der Roman wird aber nichts mit militärischen Eroberungen zu tun haben, sondern schildern, wie ein junger Mann, Flüchtling aus Pommern, in die Ruinenstadt Berlin kommt, wie er dort lebt, sich eine Existenz aufbaut, eine kleine bescheidene Existenz in dieser Zeit. Das Buch soll einen Querschnitt durch das heutige Leben junger Menschen in Berlin geben.«[29] Doch zunächst entsteht ab dem 30. September in nur 24 Tagen die erste Niederschrift seines wichtigsten Nachkriegswerks »Jeder stirbt für sich allein«, das im Druck über 600 Seiten umfasst. Seiner Mutter schreibt er Ende Oktober, die Arbeit an dem neuen Roman, »die erste vernünftige Arbeit wieder mal«, habe ihm »beim Schreiben trotz aller Schwierigkeiten und trotz des düsteren Stoffes (11 Tote!) immer Freude gemacht«.[30]

Am 24. November 1946, zwei Monate vor seinem Tod, sendet er das fertig getippte Typoskript von »Jeder stirbt für sich allein« an den Aufbau-Verlag. Jetzt passiert, was immer passiert, wenn er sich von einer Geschichte entlastet hat: Die »Krankheits-Belästigungen« setzen wieder ein. Ulla besorgt, »um ihm eine Freude zu machen«, von einem amerikanischen Arzt Morphium, 5 Ampullen für jeden.[31] Der erschöpfte

Schriftsteller bekommt zusätzlich ein Schlafmittel verordnet. Inmitten dieses Absturzes, am 29. November 1946, schreibt er eine Fragment gebliebene Geschichte mit dem Titel »Ich, der verlorene Findling«. Sie handelt vom Schicksal eines Jungen, der mit Mutter und Stiefvater vor der anrückenden Roten Armee aus Hinterpommern gen Westen flieht; die beiden setzen sich ab und lassen den Zwölfjährigen allein zurück. Der Junge wird vom Jugendwart betreut, hütet im Sommer Kühe und schnitzt sich ein Abbild der verlorenen Heimat mit Vater, Haus, Hof und Vieh. Er träumt vom früheren Leben, während er in der Gegenwart von allen nur ausgenutzt wird. Zunehmend nimmt der Gedanke von ihm Besitz, sein Vater könnte noch am Leben sein, und er macht sich allein auf, ihn zu suchen. Diese bisher unveröffentlichte Geschichte stellt vermutlich den Beginn des geplanten Romans »Die Eroberung von Berlin« dar, dessen Handlungszüge Fallada in verschiedenen Briefen skizziert hat.

Er kommt jedoch nicht mehr dazu, diesen Roman auszuführen. Seit Tagen hängen Ulla und er wieder an der Nadel. Als der Stoff ausgeht und sich die Entzugserscheinungen auch durch Alkohol nicht mehr betäuben lassen, bekommt Fallada einen Tobsuchtsanfall. Am Abend des 7. Dezember wird er in die Charité eingeliefert. Auch hier arbeitet er weiter, sobald er dazu wieder in der Lage ist. So entsteht für den literarischen Klub an Ulis Schule die umfangreichste biographische Selbstauskunft, die Fallada je geschrieben hat. Es ist der letzte einer Reihe von Texten, in denen er über seine literarischen Vorbilder, seine Arbeitstechnik und seinen Werdegang als Schriftsteller schreibt.

Bereits ein Jahr zuvor, im Dezember 1945, war der Text »Meine Ahnen« – ein Rückblick auf seine prägenden Lektüreeindrücke – für den Berliner Rundfunk entstanden. Gesendet wurde er im Programm »Die Stimme des Kulturbundes«.[32] Wie bereits bei anderer Gelegenheit beschreibt Fallada das Lesen als Mittel der Flucht aus einer als bedrückend und anregungslos empfundenen Realität. Schon früh ist ihm die Phantasie vertraut, als Robinson Crusoe ganz allein auf einer Insel zu leben. Ein Weihnachtsgeschenk – eine Robinsonade aus Blei, die die Szenerie des Gestrandeten nachbildet – hatte die Vorstellungskraft des Kindes angeregt. Die Erinnerung daran begleitet ihn durch sein ganzes Leben. Wiederum berichtet er, wie dem Heranwachsenden Reclams Universalbibliothek zum Führer durch den Garten der Weltliteratur wird. Was in ihm anklingt, sind vor allem Stoffe, in denen sich »die Nachtseiten menschlichen Lebens« offenbaren, etwa in den Werken von Dostojewski und Hamsun. Bei den deutschsprachigen Schriftstellern schult er seinen Geschmack weniger an Goethe oder Schiller, sondern an den kauzigen Nebenfiguren der Literaturgeschichte, an Jean Paul, E.T.A. Hoffmann und Jeremias Gotthelf – sie alle sind seine Ahnen.

Kurz darauf entsteht ein zweiter Text für den Berliner Rundfunk. In einem Brief vom 21. Dezember 1945 bietet Fallada der Intendanz einen Beitrag in Form eines fiktiven Gesprächs mit seiner Frau Ulla an, in dem es um die Frage gehen soll, wie ein Roman entsteht.[33] Wenige Jahre zuvor, als er sein Carwitz-Buch »Heute bei uns zu Haus« schrieb, hatte er schon einmal einen detaillierten Einblick in seine Werkstatt gewährt. Damals leitete er das Buch mit einem Hohelied auf Suse ein. Jetzt gibt Fallada dem Gespräch »Ein Roman wird begonnen« den Rahmen einer neuen Familiennormalität mit Ulla und Jutta. Wie zuvor die Carwitzer Mitbewohner stört nun die kleine Tochter Ullas aus erster Ehe die Ruhe des Schriftstellers. Fallada gibt dem Hörer im Gespräch mit seiner Frau eine Vorstellung von seinen Schreibplänen und den Eigengesetzlichkeiten, nach denen sich Handlung und Figuren entwickeln, zugleich von der Furcht, diese Entwicklung könne irgendwann einmal stocken oder ins Leere laufen. Auch spricht er von der Diskrepanz zwischen Publikum und Autor im Urteil über seine Bücher: Der von Kritik und Lesern reserviert aufgenommene Roman »Wir hatten mal ein Kind« sei ihm nach wie vor sein liebstes Buch. Nach dem Zusammenbruch Deutschlands glaubte er nie wieder Romane schreiben zu können. Nun ist er überzeugt, dass die neue Zeit nicht etwa einer neuen Form bedarf, sondern die neuen Inhalte entscheidend sind. Er wolle Menschen schildern, die den Abgrund überlebt und sich dabei gewandelt haben. Geschrieben hat Fallada den Dialog vom 4. bis 6. Januar 1946, die Sendung ist für den 9. Januar vorgesehen.[34] Zwei Tage zuvor fragt er bei der Intendanz brieflich an, »ob es erwünscht scheint, dass wir für die Szene am Anfang unsere Jutta samt Ziehharmonika mitbringen«.[35]

Falladas letzte schriftstellerische Arbeit überhaupt entsteht in den Weihnachtstagen des Jahres 1946 in der Charité. Einen Monat zuvor, am 26. November 1946, erwähnt er in einem Brief an seine Mutter, er habe »Uli für seinen literarischen Verein einen Vortrag über literarisches Schaffen versprochen, der auch ausgearbeitet werden will, denn ich kann den Jungen doch nicht vor seinen Freunden blamieren«.[36] In diesem Vortrag »Meine lieben jungen Freunde« skizziert Fallada seinen Weg als Schriftsteller nicht als etwas, was mit Fleiß, Zielbewusstsein und Ausdauer erreicht werden kann, sondern als den Durchbruch einer Veranlagung, die sich auf Um- und Abwegen Geltung verschafft. Auf jedem dieser Wege wächst der Schatz an

Erfahrung und Anschauung – ebenso wie sich der Sinn für Sprache, Figurenzeichnung und Handlungsführung mit der Lektüre schärft, mit dem obsessiven Lesen, das sich Fallada bereits im Kindesalter angewöhnt hat. »Man muss Bücher schreiben, weil man sie schreiben muss!« Noch immer staunt er: »Schreibe ich denn diese Bücher? Es schreibt sie in mir.«

Fallada und Ulla sind in diesen Tagen in der Charité auf unterschiedlichen Stationen untergebracht, sie dürfen sich nicht sehen. Ulla bekommt in der Weihnachtszeit seitenlange Briefe von ihrem Mann. Am ersten Weihnachtsfeiertag berichtet er, wie er sich am Heiligabend »noch ein Stündchen an die Maschine gesetzt und [...] weiter an einem Vortrag für Ulis Schule getippt« habe: »morgen soll er fertig werden, wenn's Gott will und mein Kopf. Augenblicklich stecke ich ein bisschen fest und weiss nicht weiter. Aber es wird schon werden, nur keine Bange!«[37] Tatsächlich gelingt es ihm, den Aufsatz zu beenden. Doch Falladas Befinden verschlechtert sich nach den Weihnachtstagen: »Er fürchte, eine Depression zu bekommen«, heißt es im Krankenblatt, »er habe große Angst davor, denn dann sei er unfähig zu arbeiten und könne seinen Roman nicht zur festgesetzten Zeit beenden. Die Depression dauere ca. 6 Wochen und sei ein scheußlicher Zustand.«[38] Erst am Neujahrstag 1947 verbessert sich sein Zustand, an diesem Tag liest er Jean Paul.

Nur wenige Wochen bleiben ihm noch. Am 13. Januar wird das Paar auf eigenen Wunsch in ein Behelfskrankenhaus in Niederschönhausen überführt, ganz in der Nähe ihres Hauses. Über die kommenden drei Wochen weiß man wenig. Fallada bekommt ein Parterrezimmer, Ulla wird im Stockwerk darüber untergebracht, sie versorgt ihn mit Cognac und Zigaretten und vermutlich auch mit Morphium. Am 5. Februar 1947, gegen 20 Uhr, stirbt Fallada hier allein auf seinem Zimmer.

Für Falladas erzählerisches Werk gilt, was sich auch über seine Romane sagen lässt: Die außergewöhnliche Spanne an Formen und Themen lässt ein einheitliches Resümee nicht zu. Was dieses Werk bei allen Brüchen so zeitlos und lebendig erscheinen lässt, ist seine Kunst der Menschenschilderung, die Mischung aus Sentimentalität und Sarkasmus, die Radikalität und Schärfe seiner Figurenzeichnung und eine Grundhaltung, die das weite Feld des Menschlichen in der natürlichen Mischung aus Gut und Böse schildert. Bei aller Vorliebe für die finsteren Gestalten wird Fallada nie zum kühlen Menschenverächter, weil er, wie er in einem Brief an einen Leser schreibt, letzten Endes doch an das Gute im Menschen glaubt, »weil ich den Menschen doch liebe, aber eben nicht blind, mit bewußtem Augenschließen, sondern so, wie er ist: ein Geschöpf der dunklen Erde, aber mit herrlichen Erleuchtungen!«.[39]

Anmerkungen

1 Günter Caspar: Nachwort. In: Hans Fallada, Gute Krüseliner Wiese rechts und 55 andere Geschichten, Berlin 1991, S. 562.
2 Enno Dünnebier: Hans Fallada 1893–1947. Eine Bibliographie. Neubrandenburg 1993, S. 51–67. Seit 1993 konnte noch eine Reihe zusätzlicher Fallada-Publikationen ermittelt werden.
3 Bei der Ausnahme handelt es sich um den autobiographischen Text »Meine lieben jungen Freunde«. Editorische Notizen zu den einzelnen Texten stehen am Ende des Nachworts.
4 Erinnerungen von Wilhelm Ditzen, Hans-Fallada-Archiv, Carwitz, Signatur S 4.
5 Zitiert nach: Tom Crepon: Leben und Tode des Hans Fallada. Halle 1992, S. 39.
6 Hans Fallada: Damals bei uns daheim. Erlebtes, Erfahrenes und Erfundenes/Heute bei uns zu Haus. Ein anderes Buch Erfahrenes und Erfundenes. Ausgewählte Werke in Einzelausgaben, Band 10. Hrsg. von Günter Caspar. Berlin 1982, S. 125 (Damals bei uns daheim).
7 Michael Töteberg und Sabine Buck (Hrsg.): Hans Fallada. Ewig auf der Rutschbahn. Briefwechsel mit dem Rowohlt Verlag. Reinbek 2008, S. 49 (8. 8. 1928).
8 An Hans-Joachim Geyer, zitiert nach: Hannes Lamp: Der Alp meines Lebens. Hans Fallada in Hamburg und Schleswig-Holstein. Hamburg 2007, S. 37.
9 14. 8. 1929. In: Michael Töteberg und Sabine Buck (Hrsg.): Briefwechsel a. a. O., S. 55.
10 Günter Caspar: Nachwort. In: Geschichten a. a. O., S. 657 f.
11 30. 7. 1931. In: Michael Töteberg und Sabine Buck (Hrsg.): Briefwechsel a. a. O., S. 93.
12 Hans Fallada an Heinz Hörig, 29. 7. 1933. In: Hans-Fallada-Archiv, Carwitz, Signatur S 186.

13 3. 8. 1936. In: Hans-Fallada-Archiv, Carwitz, Signatur S 222.

14 Hans Fallada an Margarete und Fritz Bechert, 25. 5. 1944, zitiert nach: Gunnar Müller-Waldeck und Roland Ulrich (Hrsg.) unter Mitarbeit von Uli Ditzen: Hans Fallada. Sein Leben in Bildern und Briefen. Berlin 2012 (erweiterte Neuauflage), S. 208.

15 Zur NS-Literaturpolitik siehe: Christian Adam: Lesen unter Hitler. Autoren, Bestseller, Leser im Dritten Reich, Berlin 2010.

16 Siehe Erika Becker: Zwei bedeutende Neuerwerbungen im Hans-Fallada-Archiv. In: Salatgarten. Mitteilungen der Hans-Fallada-Gesellschaft, 2/2008, S. 28 f.

17 Günter Caspar: Nachwort. In: Geschichten a. a. O., S. 620.

18 Hans Fallada an Johannes R. Becher, 12. 11. 1945. In: Michael Töteberg und Sabine Buck (Hrsg.): Briefwechsel a. a. O., S. 395.

19 29. 11. 1945. In: Uli Ditzen (Hrsg.): Wenn du fort bist, ist alles nur halb. Briefe einer Ehe. Berlin 2007, S. 445.

20 Michael Töteberg und Sabine Buck (Hrsg.): Briefwechsel a. a. O., S. 428 (27. 5. 1946).

21 Uli Ditzen (Hrsg.): Ehebriefe a. a. O., S. 454 (9. 6. 1946).

22 An Elisabeth Hörig, 10. 7. 1946, zitiert nach: Sabine Lange, »… wir haben nicht nur das Chaos, sondern wir stehen an einem Beginn …«. Hans Fallada 1945–1947. Neubrandenburg 1988, S. 35.

23 Hans Fallada: Der Alpdruck. Berlin 2014, S. 39.

24 22. 7. 1946. In: Hans-Fallada-Archiv, Carwitz, Signatur N 279.

25 Hans Fallada an Kurt Wilhelm, 20. 8. 1946. In: Archiv des Aufbau-Verlags in der Staatsbibliothek zu Berlin, Dep. 38, 0583.

26 20. 8. 1946. In: Hans-Fallada-Archiv, Carwitz, Signatur N 281.

27 Uli Ditzen (Hrsg.): Ehebriefe a. a. O., S. 462 (16. 9. 1946).
28 17. 3. 1946 an Kurt Wilhelm. In: Archiv des Aufbau-Verlags in der Staatsbibliothek zu Berlin, Dep. 38, 0583.
29 An den norwegischen Verlag H. Aschehoug & Co., 22. 8. 1946. In: Hans-Fallada-Archiv, Carwitz, Signatur N 272.
30 29. 10. 46. In: Hans-Fallada-Archiv, Carwitz, Signatur N 241.
31 Klaus-Jürgen Neumärker: Der andere Fallada. Eine Chronik des Leides. Berlin 2015, S. 358.
32 In einem Brief an den Berliner Rundfunk vom 22. 1. 1946 mahnt Fallada die Honorierung des Beitrags an. In: Hans-Fallada-Archiv, Carwitz, Signatur N 286.
33 In: Hans-Fallada-Archiv, Carwitz, Signatur N 285.
34 Laut Vorplan-Übersicht der Literatursendungen des Berliner Rundfunks vom 21. 12. 1945 für den Zeitraum vom 1. 1. bis 31. 1. 1946 (Deutsches Rundfunkarchiv, Signatur A202–00–09/3). Die Regie der Sendung lag in der Hand von Peter Huchel. Lesungen mit Fallada waren im Januar außerdem für den 15. und 29. des Monats geplant (Auskunft von Dr. Jörg-Uwe Fischer, DRA, Standort Babelsberg).
35 Hans Fallada an die Intendanz des Berliner Rundfunks, 7. 1. 1946. In: Hans-Fallada-Archiv, Carwitz, Signatur N 285.
36 Hans-Fallada-Archiv, Carwitz, Signatur N 241.
37 Hans-Fallada-Archiv, Carwitz, Signatur S 654.
38 Klaus-Jürgen Neumärker: Chronik des Leides a. a. O., S. 367.
39 An Professor Hölscher, 28. 4. 1940, zitiert nach: Gunnar Müller-Waldeck und Roland Ulrich (Hrsg.) unter Mitarbeit von Uli Ditzen: Bildbiographie a. a. O., S. 179.

Editorische Notiz

Die vorliegende Ausgabe beruht auf den teils als Handschrift, teils als Typoskript vorliegenden Originalen, die nachstehend im Einzelnen aufgeführt werden. Orthographie und Interpunktion folgen der neuen Rechtschreibung. Offensichtliche Irrtümer oder falsche Schreibweisen wurden stillschweigend korrigiert, wobei Eigenheiten des Autors gewahrt blieben (z. B. »endgiltig« und »gleichgiltig«). Unterstrichene Textstellen sind kursiv wiedergegeben.

Grundlage für die Texte dieses Bandes sind, in der Reihenfolge ihrer Anordnung:

Junge Liebe. *Erstveröffentlichung.* 4 Seiten Handschrift (Kurrent), datiert auf den 4. 8. 1946. In: Hans-Fallada-Archiv, Carwitz, Signatur N 40.

Aufzeichnungen des jungen Rudolf Ditzen nach dem Scheinduell mit seinem Schulfreund. *Erstveröffentlichung.* (Das Faksimile einer inzwischen verschollenen handschriftlichen Vorlage ist in Jürgen Mantheys 1963 erschienener Fallada-Biographie abgebildet.) 3 Seiten Typoskript. In: Hans-Fallada-Archiv, Carwitz, Signatur S 2233.

Pogg. der Feigling. *Erstveröffentlichung.* 9 Seiten Handschrift (Kurrent). In: Hans-Fallada-Archiv, Carwitz, Signatur N 49.

Der Strafentlassene; Die Verkäuferin auf der Kippe. Beide Erzählungen wurden zuerst unter dem Obertitel »Großstadttypen« im Hamburger Echo vom 17. 12. 1928 veröffentlicht, als Autor wird dort »Hans Pallada« angegeben (Textgrundlage). Nachdruck mit Erläuterungen von Michael Töteberg im Hamburger Abendblatt, 20. 4. 2011 (Der Strafentlassene) bzw. 21./22. 4. 2011 (Die Verkäuferin auf der Kippe).

Der blutende Biber. *Erstveröffentlichung.* Günter Caspar vermutet die Entstehung in der Zeit um 1928. 4 Seiten Handschrift (Kurrent). In: Hans-Fallada-Archiv, Carwitz, Signatur N 26.

Schwierig oder leicht –? *Erstveröffentlichung.* 3 Seiten Typoskript (auf Durchschlagpapier). In: Archiv der Akademie der Künste, Berlin, Signatur Fallada 15.

Warnung vor Büchern. *Erstveröffentlichung.* Eine gekürzte Fassung erschien unter dem Titel »Etwas von meiner Jugendliebsten« in der Berliner Montagspost vom 5. November 1934. Textgrundlage: 2 Seiten Typoskript. In: Hans-Fallada-Archiv, Carwitz, Signatur N 53.

Vom Kuhberg nach Carwitz. Vom Feuerherd zum Elektroherd. Erstveröffentlichung in: Der Strom, Berlin, Juli/August 1934. Textgrundlage: 3 Seiten Typoskript. In: Hans-Fallada-Archiv, Carwitz, Signatur S 1931.

Märchen vom Unkraut. Erstveröffentlichung in: Bibliothek der Unterhaltung und des Wissens, Band 61, Union Deutsche Verlagsgesellschaft, Stuttgart 1936, S. 87–112. Nachdruck in Kleinstauflage (30 Expl.) in der Nora-Handpresse 2002. Textgrundlage: 15 Seiten Typoskript. In: Archiv der Akademie der Künste, Berlin, Signatur Fallada 18.

Gesine Lüders oder Eine kommt – eine geht. *Erstveröffentlichung.* 4 Seiten Handschrift (Kurrent). Vermerk auf dem Titel: Begonnen am 21. November 1936. In: Hans-Fallada-Archiv, Carwitz, Signatur N 37.

Vom Entbehrlichen und vom Unentbehrlichen. Erstveröffentlichung in: Frankfurter Allgemeine Zeitung, 19. 7. 2008. Textgrundlage: 8 Seiten Handschrift (Kurrent). In: Hans-Fallada-Archiv, Carwitz, Signatur S 2306.

Das EK Eins. *Erstveröffentlichung.* 10 Seiten Handschrift

(Kurrent), datiert auf den 11. 8. 1941. In: Hans-Fallada-Archiv, Carwitz, Signatur N 23.

Genesenden-Urlaub. Erstveröffentlichung in: Der Silberspiegel 8 (Juni 1942). Textgrundlage ist der Wiederabdruck in: Der Neue Tag, Prag, 7. 2. 1943. In: Hans-Fallada-Archiv, Carwitz, Signatur N 136.

Der Maler. Erstveröffentlichung in: Breslauer Nachrichten, 19. 7. 1942, unter dem Titel »Ein Wanderer ist unterwegs in der Nacht, Begegnung mit dem verrückten Maler«. Textgrundlage: 9 Seiten Typoskript. In: Archiv der Akademie der Künste, Berlin, Signatur Fallada 26.

Oma überdauert den Krieg. Erstveröffentlichung in: Tägliche Rundschau, 12. 12. 1945 (Textgrundlage). In einer Textvariante ist die Erzählung auch in der Rhein-Neckar-Zeitung, Heidelberg, vom 16./17. 2. 1957 erschienen. In: Hans-Fallada-Archiv, Carwitz, Signatur S 1969.

Junge Liebe zwischen Trümmern. *Erstveröffentlichung.* Überliefert sind 2 Seiten Handschrift (Kurrent), datiert auf den 13. 12. 1945. In: Hans-Fallada-Archiv, Carwitz, Signatur N 41. Textgrundlage: 3 Seiten Typoskript. In: Archiv der Akademie der Künste, Berlin, Signatur Fallada 28.

Der Pott in der U-Bahn. Erstveröffentlichung in: Tägliche Rundschau, 1. 2. 1946. In: Hans-Fallada-Archiv, Carwitz, Signatur S 1969.

Pfingstgruß an Achim. Erstveröffentlichung in: Tägliche Rundschau, 9. 6. 1946. Textgrundlage: 5 Seiten Typoskript. In: Archiv der Akademie der Künste, Berlin, Signatur Fallada 29.

Die schlimme Tochter. *Erstveröffentlichung.* 1 Seite Handschrift (Latein), datiert auf den 19. 6. 1946. In: Hans-Fallada-Archiv, Carwitz, Signatur S 2306.

Jeder fege vor seiner Frau. Erstveröffentlichung in: Mein Gast, Bielefeld, 2 [1951]. In: Hans-Fallada-Archiv, Carwitz, Signatur S 1970.

Unser täglich Brot. Erstveröffentlichung in: Illustrierte

Rundschau, 2/1947. In: Hans-Fallada-Archiv, Carwitz, Signatur S 1969.

Ich, der verlorene Findling. *Erstveröffentlichung.* 4 Seiten Handschrift (Kurrent), datiert auf den 29. 11. 1946. (Das Manuskript bricht mitten in einem Satz ab, der hier samt dem vorangehenden weggelassen wurde: »Später führte mich der Weg in einen Wald und blieb lange drin. Es war so dunkel, daß ich ein paarmal in den Graben geriet, und wenn die Straße sich«.) In: Hans-Fallada-Archiv, Carwitz, Signatur N 39.

Die Bucklige. *Erstveröffentlichung.* 5 Seiten Handschrift (Kurrent), datiert auf den 4. 8. 1946. In: Hans-Fallada-Archiv, Carwitz, Signatur N 20.

Meine Ahnen. *Erstveröffentlichung.* 5 Seiten Typoskript. In: Hans-Fallada-Archiv, Carwitz, Signatur N 44.

Ein Roman wird begonnen. Erstsendung in: »Literaturstunde«, Berliner Rundfunk, 9. 1. 1946. Textgrundlage: 14 Seiten Typoskript. In: Hans-Fallada-Archiv, Carwitz, Signatur N 77.

Meine lieben jungen Freunde. Erstveröffentlichung unter dem Titel »Wie ich Schriftsteller wurde« in: Hans Fallada, Gesammelte Erzählungen. Reinbek bei Hamburg 1967, S. 278–319. Textgrundlage: 41 Seiten Typoskript. In: Hans-Fallada-Archiv, Carwitz, Signatur N 65. Die Korrekturen von fremder Hand wurden nicht berücksichtigt.

Die Erzählung »Vom Entbehrlichen und vom Unentbehrlichen« wurde von Erika Becker (HFA) transkribiert. Die Transkription aller anderen Textvorlagen erfolgte durch Klaus-Peter Möller (Potsdam), die Kollationierung durch Magdalena Frank (Berlin).

Der Abdruck der Abbildungen erfolgt mit freundlicher Genehmigung des Hans-Fallada-Archivs, Carwitz (S. 262, 269, 275 und 283) und des Deutschen Literaturarchivs Marbach (S. 255 und 270).